LES JEUX DE LA NUIT

DU MÊME AUTEUR

Légendes d'automne, Robert Laffont, 1981
Sorcier, Robert Laffont, 1983
Nord-Michigan, Robert Laffont, 1984
Un bon jour pour mourir, Robert Laffont, 1986
Faux-soleil : l'histoire d'un chef d'équipe américain Robert Corvus Strang racontée à Jim Harrison, 10-18, 1988
Dalva, Christian Bourgois, 1989
Wolf : mémoires fictifs, Robert Laffont, 1991
La Femme aux lucioles, Christian Bourgois, 1991
Entre chien et loup, Christian Bourgois, 1993
Théorie et pratique des rivières, L'Incertain, 1994
Julip, Christian Bourgois, 1995
La Route du retour, Christian Bourgois, 1998
Lettres à Essenine, Christian Bourgois, 1999
Lointains et Ghazals, Christian Bourgois, 1999
En route vers l'Ouest, Christian Bourgois, 2000
Le garçon qui s'enfuit dans les bois, Seuil « Jeunesse », 2001
Aventures d'un gourmand vagabond, Christian Bourgois, 2002
En marge : mémoires, Christian Bourgois, 2003
De Marquette à Veracruz, Christian Bourgois, 2004
L'été où il faillit mourir, Christian Bourgois, 2006
Retour en terre, Christian Bourgois, 2007
Une odyssée américaine, Flammarion, 2009

Jim HARRISON

LES JEUX DE LA NUIT

*Traduit de l'anglais
par Brice Matthieussent*

Flammarion

Titre original : *The Farmer's Daughter*
Éditeur original : Grove Press
© Jim Harrison, 2009
Pour la traduction française :
© Flammarion, 2010
ISBN : 978-2-0812-2266-3

La Fille du fermier

Première Partie

I

1986

Elle était née bizarre, du moins le croyait-elle. Ses parents avaient mis de la glace dans son âme, ce qui n'avait rien d'exceptionnel. Quand tout allait bien, cette glace semblait fondre un peu ; mais quand tout allait mal, la glace gagnait du terrain. Elle s'appelait Sarah Anitra Holcomb.

N'ayant jamais appris à s'apitoyer sur les autres, elle n'éprouvait aucune pitié pour elle-même. Les choses étaient ce qu'elles étaient. Une certaine solitude faisait partie des criantes évidences de la vie. Sa famille s'était installée dans le Montana en 1980, Sarah avait alors neuf ans. Ils s'étaient pris pour des pionniers en quittant Findlay, dans l'Ohio, mais sans le jeune homme surnommé Frère, âgé de dix-huit ans ; ce fils issu du premier mariage du père de Sarah avait préféré rester sur place, puis il avait bientôt rejoint les marines, un engagement qui constituait en soi une insulte car le corps des marines se trouvait au cœur du malheur de son père Frank. Le père n'avait participé à aucun combat au Vietnam, mais en tant que diplômé de Purdue il avait travaillé à Saigon au Bureau

La Fille du fermier

des stratégies (toutes inefficaces). Son meilleur ami, Willy, lui aussi originaire de Findlay, était mort à Khe Sanh, fauché par des tirs amis. Le décès de Willy, un copain d'enfance, avait été l'aiguillon empoisonné qui avait enfin envoyé Frank dans le Montana où, treize années après sa démobilisation, il s'était proposé d'oublier le monde. La fin de son premier mariage l'avait presque entièrement empêché de faire des économies, après quoi le second mariage et la naissance de Sarah avait repoussé encore ses projets passablement héroïques. En pur idéologue, Frank avait envisagé un avenir enfin débarrassé de notre culture et de sa politique assassine. Cet ingénieur mécanicien diplômé de Purdue (avec les félicitations du jury) ne doutait pas de pouvoir gagner sa vie dans le Montana après avoir dépensé le montant de ses économies, qui selon lui dureraient trois ans.

En février 1980, Frank annonça que le grand départ aurait lieu fin avril. Il rentrait à peine du Montana, où il venait d'acheter cent quatre-vingts arpents de terres. Il fit cette déclaration avec une solennité toute militaire, comme s'il disait : « Nous partons à l'aube. »

« Super ! Nous allons vivre au pays de Dieu », s'écria l'épouse de Frank – mère de Sarah, surnommée Peps.

« Il doit bien y avoir cent régions aux États-Unis qui se prennent pour le pays de Dieu », marmonna Frank au-dessus de son goulasch au bœuf extra maigre. Peps enseignait l'économie domestique quand Frank avait fait sa connaissance à la Foire de l'Ohio où il supervisait le vaste stand d'exposition de sa société d'ingénierie. L'une des raisons pour lesquelles il avait épousé Peps était que sa première femme avait été alcoolique et que Peps, venant d'une famille évangélique, ne buvait pas.

La Fille du fermier

« Moi, je compte rester ici et habiter chez Mamie, à moins que je puisse avoir un cheval et un chien sur notre ranch. »

Cette sortie interrompit brutalement le dîner, comme chaque fois que Sarah proférait l'un de ses rares ultimatums. Sa mère lui avait toujours interdit d'avoir un chien, car elle considérait le caca de chien comme satanique. Frank ne broncha pas et attendit la réponse de son épouse.

« Tu connais mon point de vue sur les matières fécales des chiens, rétorqua sobrement Peps.

— J'apprendrai au chien à faire ses besoins à cent mètres de la maison. Si nous habitons à trente kilomètres de la ville, nous aurons besoin d'un chien pour garder nos poulets, nos vaches et nos chevaux sur le ranch.

— Ce n'est pas un ranch. C'est une ferme, précisa absurdement Frank.

— Nous allons y réfléchir, mon cœur, temporisa Peps.

— Non, nous n'allons pas y réfléchir. C'est un chien et un cheval, sinon je reste dans l'Ohio avec Mamie. » La grand-mère de Sarah donnait des cours de piano ; c'était une Suédoise qui avait épousé un maraîcher italien, pas forcément le meilleur mélange ethnique. Tous les jours après l'école, Sarah faisait halte chez sa grand-mère pour jouer du piano. La vieille dame avait tenu mordicus à ce que Sarah porte comme second prénom Anitra, lequel venait de *La Danse d'Anitra* du compositeur Edvard Grieg.

« Eh bien, dans le Montana tous les gamins de la campagne semblent avoir un cheval et un chien, avança Frank.

— Je vais prier pour ça », conclut Peps d'un air résigné.

Sarah dut prier chaque matin avec sa mère, mais elle avait ses propres versions excentriques de la prière, qui incluaient des animaux imaginaires, la lune et les étoiles, sans oublier la musique, les chevaux et les chiens. Sa

La Fille du fermier

grand-mère, qui n'appréciait guère les croyances évangéliques de Peps, pensait que son fils avait troqué une poivrote contre une nigaude. Mamie enseignait à la petite Sarah que la musique était le discours des dieux, alors que Peps tenait à ce que Sarah apprît à jouer quelques cantiques pour contrebalancer l'influence délétère des classiques. Ainsi Sarah massacrait-elle la lugubre mélodie de *La Vieille Croix rugueuse*, car ce n'était rien de plus qu'un paquet de notes emballées dans du fil de fer barbelé.

Les préparatifs de départ furent pénibles. Sarah voulait emporter avec elle leur grand jardin, ses érables et ses chênes, ses baies de viornes, de chèvrefeuilles et d'épines-vinettes, les pommiers d'ornement et les amandiers en fleurs, la minuscule cabane à jeux où l'on pénétrait à quatre pattes, jusqu'au sentier qui menait au portail de derrière inutilisé et à la ruelle où elle donnait à manger aux chats errants et par où elle allait rendre visite à ses rares amies. Maria, sa meilleure amie âgée d'un an de plus qu'elle et prématurément pubère, jura ses grands dieux à Sarah que dans le Montana les cow-boys la violeraient et qu'elle devrait se trouver un pistolet pour se défendre, une affaire à laquelle Sarah réfléchit longuement.

Un vendredi après-midi de la mi-avril, son père arriva au volant d'un énorme pick-up noir de sept cent cinquante kilos, suivi d'une longue remorque. Deux voisins aidèrent à remplir cette remorque, et le dimanche on organisa une vente de garage pour se débarrasser de tout ce qu'on laissait sur place, y compris le vieux piano de Sarah. Comment ferait-elle là-bas sans piano ? Ses parents, bien sûr, n'y avaient pas pensé. Son piano était littéralement sa parole, la seule conversation qu'elle entretenait avec le monde. Son père parlait peu, et sa mère, tout occupée à trouver ce qu'elle allait répondre, n'écoutait pas. Sarah

La Fille du fermier

resta seule dans un fourré durant cette vente de garage, à regarder les gens palper les meubles de sa chambre et son piano bien-aimé. Il fallait laisser tant de choses derrière soi pour faire de la place aux outils et à l'équipement de Frank, dont une grande tente où ils vivraient en attendant que Frank leur construise un chalet en rondins. Elle pleura derrière la haie de chèvrefeuilles quand un homme acheta le piano trente dollars en annonçant bruyamment qu'il comptait le démolir pour en récupérer le bois. Cet homme allait assassiner le piano de Sarah. Elle repensa alors aux balades à vélo avec Maria jusqu'à la fourrière de la SPA pour rendre visite aux adorables chiens et choisir lesquels elles aimeraient avoir si jamais on leur permettait d'avoir un chien. Après plusieurs visites seulement, une employée revêche leur avait appris que la plupart de ces chiens étaient voués à l'euthanasie, car personne n'en voulait. On allait tuer ces chiens, de même qu'aujourd'hui l'acheteur allait tuer son piano. En essuyant ses larmes contre sa manche de chemise, elle se dit tout à trac que les enfants comme elle étaient des chiens de chenil.

Les connexions qui reliaient le piano, l'homme, elle-même et le chien, se faisaient toutes seules. Contrairement à la plupart des gens, Sarah connaissait sa propre histoire tout en en inventant sans cesse de nouvelles. Ayant compris que c'étaient les pôles extrêmes qui posaient problème, elle essayait de penser à autre chose. Son père l'aimait-elle ? De temps à autre. Sa mère l'aimait-elle ? Elle en doutait. Sa mère aimait les certitudes de sa propre religion. Elle manifestait seulement envers sa fille un amour conventionnel, un amour obligé. Peps évoquait toujours aux yeux de Sarah le chat souriant, en porcelaine, posé sur le rebord de la fenêtre, près du piano de Mamie.

II

1983

Entre l'inconfort brutal du début et leur mode de vie quelques années plus tard, ce fut, comme on dit, le jour et la nuit. D'abord, la fin avril n'est pas vraiment le printemps à mille cinq cents mètres d'altitude dans le Montana. Le jour de leur arrivée, il faisait à peine deux degrés à midi, la neige fondue tombait en abondance et des nuages bas venus du sud-ouest envahissaient la vallée. Après la route goudronnée, les huit kilomètres de chemin de terre se réduisaient à un vaste bourbier appelé *gumbo*, à cause de la neige qui venait de fondre et dont on voyait encore des névés dans les ravines menant aux contreforts des montagnes situées à l'ouest.

Au volant du pick-up qui roulait en position quatre roues motrices, son père faisait grise mine. Ils s'arrêtèrent enfin sur un chemin, près du trou calciné où s'était jadis dressé un ranch. À quelques dizaines de mètres, on voyait de modestes corrals, des toilettes extérieures, un abri ouvert pour les veaux, une petite cabane à outils et un minuscule étang couvert de fléoles des prés mortes et

La Fille du fermier

brunes. Au loin, un troupeau d'une cinquantaine d'élans considéraient le pick-up d'un air méfiant.

« C'est quoi, ça ? » demanda Sarah en remarquant des larmes dans les yeux de Peps qui, ce matin-là, avaient pourtant brillé d'espoir.

« Des élans », répondit son père en descendant du véhicule avant de se tourner vers le chemin et le petit canyon où un vieux Studebaker roulait vers eux. C'était sans doute le type qui s'appelait Old Tim et qui avait vendu les cent quatre-vingts arpents à Frank, tout ce qu'il restait d'un ranch familial jadis très étendu et pour l'essentiel cédé à des voisins. À soixante et onze ans, Old Tim était le seul survivant de sa famille. Quand la maison avait brûlé à cause d'un poêle à bois au conduit d'évacuation chauffé au rouge, il avait construit un chalet en rondins un peu plus haut dans le canyon, sur les cinq arpents de la propriété initiale qui lui appartenaient toujours.

Sarah et Peps regardèrent Frank et Tim monter très vite la tente, puis installer un évier sec et un poêle ventru. Il y avait un tuyau qui sortait de terre tout près de la tente, Tim utilisa une clef anglaise pour ouvrir un robinet, puis, plié en deux, il rejoignit la cabane à outils, fit démarrer un générateur Yamaha, et l'eau sortit du tuyau. Frank leur avait dit que Tim avait été à la fois cow-boy et guide de chasse, et qu'il les aiderait à monter la tente pour qu'ils y demeurent jusqu'à ce que le chalet soit construit.

« Ne laisse aucun garçon te toucher avant l'âge de dix-huit ans », déclara Peps pour des raisons inconnues dans le pick-up alors qu'elles regardaient les hommes s'activer.

« Pourquoi ? demanda Sarah.

— Ne fais pas ta maligne.

— Enfin, pourquoi un garçon voudrait-il me toucher ? » Sarah taquinait sa mère. Son amie Maria lui avait

La Fille du fermier

assuré que les garçons tenteraient de glisser leur zizi en elle et que ça faisait affreusement mal. Mais Sarah avait la tête ailleurs : elle observait le vieux chien dans le pick-up de Tim. Brusquement, elle ouvrit la portière. Le chien grogna et Tim la rejoignit en toute hâte.

« Fais attention. Elle aime personne d'autre que moi et il y a même des jours où elle ne m'aime pas. Elle s'appelle Sarah.

— Elle est de quelle race ? » Sarah souriait à la chienne, car il était miraculeux que toutes les deux portent le même prénom.

« Il y a chez elle du berger australien mâtiné d'autre chose, peut-être du pitbull. Elle croit que toutes les terres des environs lui appartiennent.

— Allez viens, Sarah », appela Sarah en s'agenouillant. La chienne arriva et roula sur le dos pour se faire chatouiller le ventre.

Durant ces trois ans, il y eut beaucoup de bon et autant de mauvais. Ils étaient maintenant plus ou moins chez eux, mais le problème, c'est que l'isolement réduisit bientôt à rien la ferveur que Peps avait jusque-là éprouvée pour la religion. Elle sombra dans la dépression et Frank la conduisit chez un médecin d'Helena, à cent soixante kilomètres de chez eux, lequel lui prescrivit du Valium, un médicament très populaire chez les épouses de fermiers. Peps s'abandonna à une profonde lassitude et les études par correspondance de Sarah, déjà médiocres, tournèrent au fiasco.

Pour Sarah, ces études solitaires constituaient la pilule la plus amère. On les avait prévues longtemps avant leur déménagement, et sans consulter la principale intéressée. En dehors du chien de Tim, qui s'appelait Sarah et qu'elle rebaptisa Vagabonde parce qu'elle ne voulait pas prononcer son propre prénom pour appeler la chienne, et de son jeune

La Fille du fermier

et difficile cheval hongre, Lad, elle était terriblement seule. Elle avait rejoint un club d'éducation manuelle, une organisation semblable aux scouts ou aux jeannettes, mais consacrée à toutes les activités rurales, telles que l'élevage du bétail et le jardinage, la couture et la préparation des conserves.

La puberté arriva désagréablement tôt pour Sarah, qui comprima sa poitrine naissante avec des bandes Velpeau. Cette poitrine était bien pire que ses règles, qui se déclarèrent au milieu de sa onzième année ; à cette occasion, Peps, qui n'avait plus beaucoup d'entrain, lui donna une brochure sur le sujet, destinée aux « jeunes chrétiennes ». On y ressassait le miracle des processus physiques, le corps y était qualifié de « temple du Saint-Esprit ». C'était sans commune mesure avec ce qu'elle ressentait. Même Vagabonde était déroutée par l'odeur de ce sang.

À la fin de sa douzième année elle mesurait un mètre soixante-quinze ; c'était la fille la plus grande de son club d'éducation manuelle. Les garçons, plus jeunes et plus petits, la surnommaient « Zarbi », sa taille blessait leur vanité de nabots provisoires, mais elle leur clouait promptement le bec. Dès que le temps le permettait, elle parcourait sur Lad, son hongre irascible, les quinze kilomètres qui la séparaient du lieu de rendez-vous mensuel de leur club sur le ranch de la famille Lahren, pour leur pique-nique. C'était un ranch de taille moyenne, quatre mille arpents, mais impeccablement entretenu, car les Lahren étaient d'origine norvégienne. Sarah en voulut à son père, qui refusa de lui laisser élever une génisse pour la foire du comté, comme faisaient de nombreux enfants du club, si bien qu'elle dut se rabattre sur le jardinage.

Lad, un cheval laid et très rétif, ne pouvait constituer un projet à lui seul. Vagabonde était hors de question, car lorsque Sarah attachait la chienne chez les Lahren,

La Fille du fermier

l'animal montrait les dents à quiconque s'approchait de Lad, car elle incluait désormais le hongre et Sarah dans le cercle de ses protégés. Vagabonde arrivait d'ordinaire vers midi à leur ferme, après que Sarah eut terminé la corvée de ses devoirs, puis elle rentrait chez Old Tim à l'heure du dîner. La nuit, si jamais elle entendait ou sentait quelque chose d'anormal, elle arrivait du canyon de Tim en moins de deux minutes. Lors d'une promenade à cheval, Sarah avait vu Vagabonde secouer un vieux coyote attrapé par la nuque jusqu'à ce que la tête se sépare du corps, puis se pavaner en brandissant cette tête tel un trophée.

Comme presque tous les adolescents, Sarah était très sensible à la moindre saute d'humeur chez ses parents. À cause de toutes leurs difficultés hormonales, ils tiennent à ce que leurs parents restent identiques à eux-mêmes afin de s'épargner le moindre problème supplémentaire au cours de l'acquisition de leur fragile équilibre.

Frank prospérait et se jugeait très en avance sur son échéance de trois ans, moment où il devrait gagner sa vie dans le Montana. Il travaillait en moyenne douze heures par jour, en partie parce qu'il ne trouvait rien d'autre à faire. À Findlay, dans l'Ohio, il avait joué au golf le week-end et au basket avec un groupe d'amis pendant l'hiver, un dérivatif guère envisageable dans le Montana. Il construisit une petite grange à armature en bois où il organisa un atelier de mécanique. Sur le panneau de la poste réservé à cet usage dans le village le plus proche, distant de trente kilomètres, il mit une affichette vantant ses talents de réparateur de machines. Old Tim l'aida de ses conseils pour l'équipement inconnu du nouveau venu, par exemple les ramasseuses-presses, les tracteurs à moteur diesel, ou les moissonneuses-batteuses pour le blé. Cette nouvelle activité impliquait de longs trajets jusqu'à des ranchs éloignés,

La Fille du fermier

et Sarah accompagnait souvent Frank. Les ranchers étaient charmés par cette jolie jeune fille en salopette tachée qui aidait son père. Les bénéfices les plus substantiels de Frank venaient néanmoins d'une assez grande serre qu'il avait construite. Il avait grandi en aidant son propre père, un gros maraîcher qu'il détestait, et il était toujours très compétent pour cultiver les légumes. Il avait aussi créé un vaste jardin potager, défendu par une haute clôture contre les cerfs et les élans. On pouvait recouvrir ce jardin d'un auvent à commande mécanique. À l'une des extrémités, il avait installé deux énormes ventilateurs derrière lesquels se trouvaient des cuves métalliques remplies de bois de chauffe afin de protéger ces légumes contre les gelées de printemps ou d'automne. On ne cultivait plus beaucoup de légumes dans le Montana, et deux fois par semaine, pendant la saison, Frank transportait sa belle production jusqu'à Missoula, Helena et Great Falls en compagnie de Sarah qui l'aidait et goûtait de loin aux plaisirs citadins. Un jour de début juin où les légumes s'étaient bien vendus, son père fit halte à une taverne de campagne où ils mangèrent des hamburgers et où il prit aussi une bière. Le barman demanda à Sarah :

« Hé, mignonne, je te prépare quoi ? »

Elle rougit alors jusqu'à la racine des cheveux.

Ils firent un détour par Choteau avant de bifurquer vers le sud et son père traversa quelques kilomètres de la réserve sauvage Bob Marshall. Comme s'il obéissait à un ordre, un ours grizzly traversa sous leurs yeux le gravillon de la route, à la poursuite d'un jeune élan. Dans une clairière de la forêt située à une centaine de mètres, le gros ours plaqua à terre le jeune élan.

« Ne regarde pas ! » s'écria son père.

La Fille du fermier

Mais elle regarda l'élan se faire mettre en pièces. Frank fit demi-tour et ils découvrirent la mère élan dans les fourrés de l'autre côté de la route, qui elle aussi regardait. C'était horrible, mais aussi très excitant.

Durant cette troisième année passée dans le Montana, Peps changea radicalement. Au début de l'hiver, en conduisant Sarah à son club d'éducation manuelle, elle rencontra Giselle, une mère célibataire dont la fille, Priscilla, était récemment devenue l'amie de Sarah. Priscilla avait prêté à cette dernière *L'Attrape-cœurs*, roman qu'elle lut dans la cabane en sachant très bien que Peps lui aurait interdit cette lecture. Peps et Giselle devinrent amies malgré toutes les différences qui les séparaient. Le bruit courait que Giselle faisait « la bamboula », mais Peps prit l'habitude de se rendre au village afin de faire des courses ou sous prétexte d'acheter du grain pour les poules après onze heures du matin, quand la taverne ouvrait ses portes. Giselle y travaillait comme barmaid, Peps commandait un soda à l'orange et elles bavardaient. Pour une évangéliste comme Peps, mettre les pieds dans une taverne était très angoissant, même si les autres membres de sa famille ainsi que son pasteur étaient restés dans l'Ohio. Peps aimait écouter Giselle parler de ses « amis », mais un jour Giselle dit : « Franchement, j'adore baiser », et Peps passa toute une semaine solitaire sans la voir. Elle finit par se convaincre que Giselle l'aidait à surmonter sa dépression – est-ce que ça ne comptait pas ? Peps se mit à fréquenter les « soirées entre filles » hebdomadaires organisées dans le grand mobile home de Giselle, où plusieurs femmes des environs se retrouvaient pour boire de la bière, jouer à la canasta et apprendre de nouveaux pas de danse, toutes choses interdites par la religion de Peps.

La Fille du fermier

Cette amélioration de l'humeur de Peps réjouit Sarah. Frank enseignait les sciences à Sarah, Peps la littérature et l'histoire dans des manuels approuvés par son groupe évangélique, ce qui signifiait qu'ils étaient expurgés. Peps insista pour que Frank initie leur fille au créationnisme plutôt qu'à la théorie de l'évolution, mais il n'en tint pas compte. Sarah emprunta des livres à un garçon de son club affligé d'un pied-bot et donc dispensé du travail harassant sur un ranch. On appelait cette région « la campagne à cheval », car on pouvait seulement atteindre à cheval la plupart des pâtures situées en terrain accidenté. Ce garçon prénommé Terry prêta à Sarah des romans de Theodore Dreiser, John Dos Passos et Steinbeck, un volume de Henry Miller intitulé *Sexus* qu'il avait acheté à Missoula, et les recueils de poèmes de Walt Whitman, à mille lieues des textes de Tennyson et de Kipling que sa mère l'obligeait à lire. Dans l'air froid de la cabane à outils, Sarah lut avec terreur le livre de Henry Miller. Pourquoi une femme acceptait-elle de faire toutes ces choses ? Début mars, son père surprit les habitudes de lecture de Sarah et il installa un chauffage électrique dans la cabane à outils. Sarah venait de découvrir Willa Cather et c'était quand même plus agréable de lire ces livres sans se geler les fesses.

III

1985

Sa quatorzième année donna du fil à retordre à Sarah, car de toute évidence elle était presque une femme. Et il était hors de question de retourner en arrière. Elle était même devenue une vraie « bombe », selon le terme argotique utilisé dans cette partie du Montana pour désigner une fille ravissante, ou encore ce que les garçons appelaient « une tranche de cul premier choix » avant même d'avoir la moindre idée de ce que cette expression pouvait bien signifier. Moyennant quoi, Sarah était encore plus timide qu'avant. Lorsqu'elle allait au village avec sa mère ou son père, les hommes lui lançaient des regards dénués de toute ambiguïté. Lors d'une danse à son club d'éducation manuelle, son partenaire se colla si fort contre elle que Sarah sentit le membre en érection du garçon. Quand le club organisait une baignade collective dans l'étang du ranch des Lahren, Herman, leur hôte, avait tendance à s'attarder pour se rincer l'œil. Priscilla, l'amie de Sarah, qui était petite mais bien roulée, et qui n'avait pas la langue dans sa poche, déclara : « Ce vieux con est un sacré pervers. » Et un jour que Sarah et Priscilla se promenaient à cheval, elles virent un étalon de course monter une jument et Priscilla dit en riant : « Je détesterais me coltiner un truc aussi gros. » Priscilla se vantait d'avoir perdu sa virginité l'année précédente, à treize ans, avec un ami de sa mère, mais Sarah n'arrivait pas à croire qu'un homme adulte pût tripoter une simple jeune fille.

Old Tim, qui était désormais un ami intime, conseilla à Sarah de ne pas rester sur son quant-à-soi et de se comporter comme si elle était fière d'être ce qu'elle était. « La beauté est ce que tu as reçu en partage », lui dit-il. En fait, Sarah n'était pas une beauté dévastatrice, simplement la plus jolie fille du coin.

Plus tôt, Old Tim avait montré à Sarah un canyon miniature situé sur des terres des Eaux et Forêts, à environ trois kilomètres au nord. Ce canyon abrité ouvrait sur le sud et il y faisait très bon, même quand la température ne dépassait pas les dix degrés, fin avril ou début mai, ou par les fraîches journées venteuses de l'automne. Là, une petite source bruissante alimentait un minuscule bassin rocheux où l'on pouvait s'asseoir par les journées caniculaires. Sarah considérait ce splendide canyon comme son lieu de méditation et, dès que l'esprit l'appelait, elle s'y rendait montée sur Lad, avec Vagabonde derrière elle. Ses parents faisaient confiance à la chienne pour veiller sur elle. Dans ce canyon, Sarah entretenait parfois des pensées religieuses sur les Indiens. Serait-il plus facile d'être une jeune Indienne ? Sans doute pas. Pourquoi la Bible ne précisait-elle pas le nom de la vierge amenée devant le roi David pour lui réchauffer les os ? Baiser était-il le péché originel commis par Adam et Eve ? Marie-Madeleine était-elle belle ? Jésus avait-il eu des pensées d'ordre sexuel ? Sarah était tombée amoureuse de Montgomery Clift, qu'elle avait vu dans un film, *Les Désaxés*, chez Giselle, avant de

La Fille du fermier

découvrir avec tristesse qu'il était mort. Parfois, Sarah ôtait tous ses vêtements, sauf sa culotte, pour s'allonger sur une grosse pierre plate. Un après-midi Vagabonde gronda ainsi qu'elle le faisait quand Old Tim arrivait, sans toutefois grogner bruyamment comme lorsqu'elle sentait la présence d'un ours ou d'une vache. Tim n'apparut pas et Sarah fit semblant de dormir. S'il avait envie de se rincer l'œil, ça ne la dérangeait pas, car elle l'aimait bien. Elle roula même sur le ventre au cas où il aurait voulu avoir un aperçu de ses fesses. Un jour qu'elle était passée au chalet de Tim et qu'il n'était pas là, il y avait sur la véranda du vieux cow-boy un magazine de cul, et Sarah se demanda à quel âge les hommes se débarrassaient enfin de ces bêtises. Au bout d'un quart d'heure, Tim lança :

« Un peu de décence ! »

Tim n'avait plus que deux vaches pour satisfaire sa consommation personnelle de viande et il désirait emprunter sa propre chienne afin de se mettre à la recherche d'une de ces deux vaches, qui avait disparu. Et voilà que Tim rougissait.

« Je suis ici depuis un moment, à te mater. J'ai dû faire une petite promenade pour retrouver mon calme. Désolé.

— Aucun crime n'a été commis », dit Sarah.

Tous deux éclatèrent de rire.

« Il y a soixante ans, ma mère m'a dit de traiter toutes les femmes comme si elles étaient ma sœur. Même à l'époque, je me suis demandé comment dans ces conditions la race humaine pouvait bien perdurer.

— Je ne suis pas certaine d'aimer être un animal », répondit-elle en observant Vagabonde qui surveillait un serpent à sonnette sur un surplomb rocheux à une vingtaine de mètres de là.

« Tu ferais bien de t'y habituer. »

La Fille du fermier

Quatre jours avant l'anniversaire des quinze ans de sa fille, Peps partit au débotté, selon l'expression couramment utilisée dans l'Ouest, évoquant quelqu'un se levant brusquement d'un canapé pour se ruer vers la lumière du jour. Frank était en Caroline du Sud, où son fils – que Sarah appelait Frère – avait eu un accident de voiture en compagnie de deux autres marines ivres morts. Frank resterait encore deux jours absent et Sarah ne l'appela pas après le départ de Peps. Sarah était sortie se promener à cheval. À son retour, un gros pick-up de luxe était garé dans l'allée, et un homme âgé sortait de leur maison en portant deux valises. Vagabonde fut contrariée par cette situation et Sarah la retint non sans mal. Puis Peps arriva dans sa tenue la plus élégante, son vanity-case rose à la main. Elle embrassa Sarah sans la moindre chaleur.
« Je t'ai laissé une lettre sur le comptoir de la cuisine. Un jour, tu comprendras. Peut-être viendras-tu nous rendre visite. »
Et elle disparut.
Pour la première fois, Sarah laissa Vagabonde entrer dans la maison. Mais, incapable de supporter cette liberté nouvelle, la chienne se pelotonna simplement sur le seuil. Bon, pensa Sarah, je vais enfin pouvoir aller à l'école comme tout le monde, mais sa grossièreté la gêna aussitôt. Que devrais-je ressentir au moment où ma mère s'en va ? Elle tenait la lettre en buvant de la limonade, elle attendait des émotions bouleversantes, qui ne vinrent pas. « *Ma chère fille, j'ai rencontré Clyde l'an dernier chez Giselle. C'était l'un de ses nombreux petits amis, c'est maintenant le mien et j'y tiens. Clyde est un rancher important près d'Helena. Je suis lasse de travailler tous les jours que Dieu fait. Ici, je suis bonne pour trimer de la sorte jusqu'à ce que mort s'ensuive. Comme dit la chanson, mon amour pour*

La Fille du fermier

Frank s'est flétri telle l'herbe de la pelouse. Je prie depuis des mois pour un miracle de ce genre. Ne te mets pas en colère. Je t'aime, maman. P.S. Occupe-toi bien de ton père. »

Sarah pensa qu'elle n'aurait eu aucun mal à refuser si on lui avait proposé de partir avec sa mère. Elle n'aurait jamais pu abandonner Vagabonde, Old Tim et Lad. Elle appela Tim, qui lui dit qu'il était désolé si elle l'était. Il ajouta qu'il lui apporterait de quoi dîner et lui tiendrait compagnie. Tim et Peps ne s'étaient jamais bien entendus. Selon le code de l'Ouest auquel souscrivait le vieillard, il ne fallait ni se plaindre ni pleurnicher, deux choses dont Peps usait et abusait. Lorsque Peps se plaignait auprès de lui, il répondait : « La vie est dure », puis tournait les talons.

Sarah prit une douche, avant d'enfiler un short et un débardeur décents, tout ce que sa mère autorisait. Il était juste de donner à Tim quelque chose à regarder puisqu'il allait préparer le dîner. Elle sortit sur la véranda ensoleillée et décida de relire *La Mort de l'archevêque* de Willa Cather. Elle avait deux projets incompatibles pour l'avenir : elle désirait vivre dans l'austère beauté du Sud-Ouest, mais elle avait aussi envie de connaître le métro de New York comme dans *Manhattan Transfer* de Dos Passos ou dans sa trilogie *USA*. Elle était sûre de pouvoir faire les deux, même s'il était beaucoup plus facile d'avoir une chienne et un cheval au Nouveau-Mexique ou en Arizona. Son père lui rappelait sans cesse qu'il lui faudrait trouver un métier et que, même si ses lectures étaient bonnes pour elle, les sciences lui permettraient de gagner davantage d'argent. De fait, elle avait réfléchi à ce problème. Tous les romans qu'elle lisait mettaient son esprit en ébullition, d'autant que c'était là son seul moyen de connaître la vie en dehors du trou perdu où elle habitait. Les sciences étaient aussi

La Fille du fermier

pures que le désert qu'elle n'avait jamais vu. Pour se faire une idée de ses capacités, elle n'arrivait pas à se rappeler un seul de ses exploits dans un domaine ou un autre, sauf une prestation assez mineure. Pendant l'été de sa première année au club d'éducation manuelle, elle aida un jour Mme Lahren à rapporter les restes d'un pique-nique tandis que les autres enfants jouaient au « croquet cow-boy » (on se ligue pour balancer la boule d'un joueur dans les hautes herbes). Avisant au salon un vieux piano droit déglingué, elle demanda à Mme Lahren la permission d'y jouer. Sarah se laissa emporter par ce premier contact avec un piano depuis presque trois ans et elle interpréta avec passion Grieg, Liszt et Chopin, reprenant seulement contact avec le monde réel lorsque les autres enfants postés aux fenêtres applaudirent. Elle rougit d'embarras, mais par la suite il lui fallut jouer un peu lors de chaque réunion, entre autres des morceaux de ragtime que sa grand-mère lui avait appris et qui poussaient tous ces gamins de la campagne à danser avec une énergie délirante. Sa seconde victoire, infime à ses yeux, elle la connut à douze ans quand elle passa un contrôle scolaire exigé par l'État du Montana. Elle eut des notes seulement moyennes en littérature et en histoire, mais en sciences on la classa parmi les élèves de la classe de cinquième. Ce fut la seule fois, avant comme après, où son père manifesta un enthousiasme débordant à son égard : il l'entraîna dans une danse endiablée et maladroite à travers toute la cuisine.

Tim arriva un peu en retard avec un bouquet de fleurs sauvages et une marmite de ragoût d'élan, le plat préféré de Sarah. Elle était là le jour où il avait abattu cet élan près du canyon secret de Sarah, en rampant derrière lui entre les pins vrillés jusqu'à l'orée de la clairière. De l'autre côté de cette clairière, il y avait une douzaine de femelles et un élan aux bois de taille modérée. Les chasseurs étrangers à la région étaient toujours en quête d'un mâle, mais les habitants du cru préféraient les femelles, car leur viande avait davantage de goût. Quand Tim avait appuyé sur la détente en disant : « Désolé, ma belle », l'élan s'était effondré. C'était une journée glacée de novembre et, lorsque Tim avait éventré l'animal, elle avait humé la tiédeur odorante qui montait de la cavité du ventre, le parfum cuivré, trop mûr, des intestins.

Maintenant, elle avait mis le ragoût à réchauffer et, installée au comptoir, elle mélangeait la salade. Tim venait de trouver une station de radio diffusant de la musique country et Patsy Cline chantait *The Last Word in Lonesome Is Me*. Sarah détestait cette chanson pour des raisons évidentes et Tim l'aimait parce qu'il était vieux et qu'il acceptait son état. Elle se retourna brusquement pour voir s'il la regardait, et c'était le cas. Un léger rouge monta aux joues de Tim et il fit alors semblant de s'intéresser à quelque chose derrière la fenêtre. Ce nouveau jeu de la danse sexuelle amusait Sarah, même si elle avait peu d'occasions d'y jouer. Peps détestait se rendre à la poste, de peur d'y trouver une énième lettre sinistre de ses parents qui doutaient que dans le Montanta leur fille pût conserver sa foi en Dieu. C'était donc Sarah qui allait chercher le courrier, quand il y en avait, et le postier âgé de plus de soixante ans flirtait toujours avec elle, en lui disant des choses comme, « Si seulement j'étais plus jeune, je t'emmènerais à Denver et tous les deux on passerait un sacré bon moment. » Elle se demandait s'il parlait vraiment sérieusement. Comment pouvait-il en pincer pour une gamine de quatorze ans ? Que ressentait Tim quand il la matait entre les arbres et la voyait assise en petite culotte dans le canyon miniature ? Et si Montgomery Clift était toujours vivant ?

La Fille du fermier

S'il lui demandait de retirer tous ses vêtements, petite culotte comprise, comment réagirait-elle ? Sans doute qu'elle lui obéirait. L'amour rendait tout possible.

« Pourquoi ne t'es-tu jamais marié ? » dit-elle à Tim.

Il grimaça, sa cuillère à soupe remplie de ragoût trembla. Il regarda le plafond comme si la réponse y était inscrite. En attendant, elle s'interrogea : les vieillards pouvaient-ils toujours « le faire », comme disait Priscilla ? Un jour, dans la grange des Lahren, Terry, son ami au pied-bot lui avait demandé de voir ses seins. « Non, crétin », lui avait-elle répondu. Il avait alors eu les larmes aux yeux et elle avait aussitôt pensé qu'il risquait de ne plus lui prêter le moindre livre. Elle avait donc relevé son T-shirt et son soutien-gorge pour lui laisser admirer sa poitrine pendant une seule seconde.

« Bah, c'est une histoire idiote. Quand j'avais dix-neuf ans, mon père me faisait trimer comme un âne et je suis parti à Wilsall, au nord de Livingston, pour bosser comme cow-boy sur un grand ranch. La malchance a voulu que je tombe amoureux de la fille du rancher, avec qui je partais souvent en balade pour l'embrasser et la peloter. Au bout de quelques mois, je lui ai demandé de m'épouser et elle m'a alors répondu qu'elle ne pouvait pas se marier avec un homme qui n'allait pas hériter d'un grand ranch comme celui de son père, un ranch d'environ trente mille arpents, dont un quart de bonne terre à foin. Comme notre propriété était modeste, j'ai compris que je n'étais pas dans la course. Elle était furieuse parce qu'elle avait deux frères aînés et n'hériterait sans doute que de clopinettes. J'ai eu le cœur brisé et dès le lendemain je suis rentré chez moi. J'ai alors décidé de ne jamais me marier, puisque les femmes prenaient leur décision de cette manière. Ensuite, j'ai eu des petites amies, mais jamais d'épouse. Un jour, à

La Fille du fermier

l'époque où j'avais une quarantaine d'années, je prenais des veaux au lasso au rodéo de Livingston le 4 Juillet, et j'ai gagné une centaine de dollars. Je suis allé au Wrangler pour les boire avec mon vieux pote Bob Burns, et la voilà debout au bar avec son mari qui bossait comme électricien dans les chemins de fer. Elle m'a alors appris qu'elle avait trois gosses et que le ranch de papa avait bu la tasse parce que ses frères avaient acheté trop de systèmes d'irrigation à pivot central pour faire du foin. Et voilà mon histoire idiote. Je regrette aujourd'hui de ne pas avoir d'enfants, mais le fait est que je n'en ai pas.

— C'est horrible », dit Sarah, incapable de continuer à manger durant dix bonnes minutes, en pensant que les confidences de Old Tim ressemblaient à un roman qu'elle était heureuse de n'avoir jamais lu.

Le lendemain soir, elle lui prépara des crêpes, des saucisses et des œufs – exactement comme il adorait les manger. Le temps était chaud et pluvieux, après le dîner ils prirent le café au salon et Tim versa un peu de whisky dans sa tasse. Ils écoutaient la pluie sur le toit en tôle, un bruit qu'elle aimait beaucoup. Il était assis dans un fauteuil et elle sur le canapé, en jupe courte. Elle lui montrait une bonne partie de ses cuisses en se demandant bien pourquoi. Son père avait téléphoné et déclaré qu'il serait de retour dès le lendemain.

« Merci de m'avoir allumé », dit Tim en partant. Il lui enfonça un index joueur dans les côtes et rit.

Si elle rougit de honte quand il partit au volant de son pick-up, elle fut contente qu'il ait dit à Vagabonde de rester avec elle, car la nuit est plus obscure quand on est seul. Elle prit le pistolet de son père dans son étui et s'entraîna à dégainer le plus vite possible devant le miroir du couloir. Tim lui avait donné quelques conseils, mais elle n'était pas aussi rapide que lui, pourtant âgé de soixante-treize ans. Elle se coucha et tenta de se concentrer sur un fantasme où elle était nue au lit avec Montgomery Clift, toutefois son manque d'expérience l'empêchait de rendre ce fantasme vraiment convaincant. Ce qui marchait bien, en revanche, c'était tous les deux en train de se caresser dans une cabine téléphonique, la nuit, sous la pluie.

Le lendemain matin elle arrosait les plantes dans la serre, une tâche qui prenait deux bonnes heures, et elle s'apprêtait à passer le motoculteur dans le jardin quand son père arriva, annoncé par le hurlement de Vagabonde. La chienne avait pour seuls amis Tim et Sarah et, lorsque quelqu'un d'autre essayait de la caresser, elle s'éloignait en baissant la tête. Frank resta figé à la porte de la serre. Elle essaya d'embrasser son père, mais il était raide comme un piquet de clôture.

« Ton frère est fichu, aucun doute là-dessus.

— Il est mort ? » La voix de Sarah tremblait.

« C'est tout comme. Ses deux copains et lui roulaient à cent cinquante sur la route de la base, avec les flics aux fesses. Un de ses copains est mort. La voiture a fait une dizaine de tonneaux. Ton frère souffre de fractures aux bras, aux jambes et au bassin, mais le plus inquiétant c'est qu'il a de graves lésions internes à la tête. Il va devenir comme le jeune Denison en ville, qui passe toute la journée à baver dans son fauteuil roulant sur sa véranda.

— Je suis désolée. Que va-t-il devenir ? » Elle fondit en larmes.

« Un hôpital militaire à vie. Comment réagis-tu au départ de ta mère ?

— Je ne sais pas quoi en penser. Je n'arrive pas à réaliser qu'elle est partie.

La Fille du fermier

— Même chose pour moi. Elle m'a appelé, mais je n'arrive pas vraiment à m'y faire. Bien sûr, je sais que je suis vraiment lent à réagir émotionnellement. Je n'aurais jamais cru que ces deux drames pouvaient se produire en même temps.

— Elle n'était pas très heureuse, suggéra Sarah. La vie ici à la campagne ne lui plaisait pas beaucoup.

— Ces deux ou trois dernières années, elle a vraiment fait chier. Quand elle ne travaillait pas, c'était une pile électrique ; et quand elle bossait, elle se plaignait sans arrêt. » Il avait les larmes aux yeux.

« On va s'en sortir. » Le corps de Frank se détendit quand elle se serra contre lui.

« Faudra bien. » Il sortit et fit démarrer le motoculteur. Au déjeuner, il se comporta comme s'il ne s'était rien passé.

Deux jours plus tard, en milieu de matinée, alors qu'il installait une ferrure de remorquage à l'arrière du pick-up, elle lui demanda ce qu'il comptait faire.

« C'est ton anniversaire, répondit-il, et Mamie a téléphoné pendant que tu donnais son avoine à Lad. Elle m'a rappelé de t'offrir un moyen de transport pour ton anniversaire. Tu en auras besoin pour aller au collège cet automne. »

En se préparant elle avait la tête qui tournait, en partie à l'idée de posséder sa propre voiture, mais aussi parce que c'était la fin de cinq années de cours par correspondance. Peut-être en réaction à sa mère, elle ne se plaignait pas volontiers, mais elle espérait de tout cœur découvrir du nouveau dans sa vie, en dehors des réunions mensuelles de son club d'éducation manuelle.

IV

« Avant de rendre visite aux vendeurs de voitures, nous allons chez le médecin pour qu'il te donne la pilule, annonça Frank à mi-chemin de Bozeman par cette belle matinée de mai.

— Papa, j'ai pas besoin de prendre la pilule. J'ai même pas encore de petit ami.

— Tout le monde peut se laisser dépasser par les événements, objecta Frank comme si le sujet était clos.

— Maman disait que je ne prendrais jamais la pilule, parce qu'elle pousse à faire des bêtises, répondit négligemment Sarah.

— Excuse-moi, mais certaines fois ta mère ne faisait pas la différence entre son cul et une fosse à purin, comme on disait à Findlay.

— C'est sans doute vrai. Son pasteur soutenait qu'il fallait emprisonner tous les Californiens gays dans un camp. »

La visite à la gynécologue fut désagréable, même si le médecin, une très aimable quinquagénaire, dit à Sarah : « Vous avez un corps splendide, ma jeune dame. Dans l'arrière-pays où vous habitez, vous devrez toujours avoir un pistolet à portée de la main pour vous défendre contre les cow-boys. »

La Fille du fermier

Sarah trouva les étriers cent fois pires que le fauteuil du dentiste. Elle se remit de ses émotions après avoir écumé durant deux heures les parkings de voitures d'occasion en compagnie de Frank, dont les questions adressées aux vendeurs étaient si précises qu'elle en avait mal aux molaires à force de serrer les dents. Trois fois ils durent revenir sur leurs pas avant de réduire leurs possibilités de choix. Finalement, il leur fallut se décider entre une Toyota rouge et une Subaru bleue, deux modèles à quatre roues motrices, une option que son père jugeait indispensable pour affronter la saison de la boue et les rigueurs de l'hiver. Frank signa enfin un chèque et accrocha la Toyota à la barre de la remorque.

« J'avais prévu de jeter un coup d'œil à l'université avant d'aller manger un steak quelque part, mais Old Tim tient à te griller un filet d'élan et à te préparer un gâteau. Je sais que ce vieux chnoque a le béguin pour toi. Apparemment, les hommes ne guérissent jamais des femmes. À Purdue mon professeur de philosophie disait que le truc le plus dur pour les gens, c'est la vie non vécue.

— Papa, pour l'amour de Dieu, c'est simplement mon meilleur ami ! » Sarah rougissait de ses petits jeux que les garçons qualifiaient de chauffe-bite. Elle croyait que, si ce n'était pas Tim, ce serait un autre, mais il n'y avait pas d'autre homme dans les parages. Les aspects biologiques de la vie mettaient Sarah mal à l'aise. Tout allait si vite. S'offrir un fantasme avec feu Montgomery Clift, une aventure aussi peu risquée que votre oreiller préféré, était une chose, mais en aucune manière elle ne souhaitait voir la réalité faire intrusion dans sa vie. Ses études par correspondance avaient développé chez elle l'âme d'une solitaire, et sa vie s'était écoulée sans cette dizaine de tocades adolescentes qui font la jonction entre l'enfance et la puberté, cette terrifiante injustice qui veut qu'on tombe amoureuse d'un être qui ne remarque même pas votre existence. L'intérêt que Sarah portait à l'amour était de nature plus spirituelle, mais sans commune mesure avec les sermons de Peps sur le corps comme temple sacré de Dieu. Il était à la fois choquant et comique que, malgré ses convictions, Peps se soit barrée et fait baiser par un vieux rancher rencontré chez Giselle. Sarah aimait seulement étudier la biologie non humaine. Pour l'instant, elle préférait que l'idée de l'amour physique demeure nimbée d'un brouillard vaporeux. La semaine passée, au club d'éducation manuelle, par un après-midi torride, un Mexicain parti de Kingsville, dans le Texas, était arrivé en pick-up chez les Lahren avec un cheval de coupe destiné à la reproduction. M. Lahren devait prendre ce cheval en pension pour un riche cousin de Bozeman. Cet homme et ce cheval étaient les plus beaux spécimens de leur espèce que Sarah ait jamais vus. Le Mexicain, très timide, adressa un signe de tête à tout le monde, puis, dans un corral, il fit travailler l'étalon pour le détendre après l'épreuve du voyage. Ce cheval était sauvage, mais tout le monde tomba d'accord pour dire que le Mexicain montait mieux que personne. Les garçons, verts de jalousie, restèrent à l'écart, et quand l'homme mit pied à terre et mena le cheval jusqu'à un box de la grange, les filles s'agglutinèrent autour de lui comme des lucioles à l'abdomen incandescent. Il les salua toutes, puis porta la selle et la bride vers son pick-up, en ralentissant à l'entrée de la grange où Sarah était restée seule à l'écart du groupe. Elle regarda le torse et le bras musclé qui tenait la selle sur l'épaule. Il s'arrêta devant elle et sourit.

« Comment t'appelles-tu ?
— Sarah », murmura-t-elle, incapable de parler plus fort.

La Fille du fermier

Il acquiesça comme s'il venait d'apprendre une information cruciale, puis repartit vers son pick-up. Une vague de chaleur submergea le ventre de Sarah, et elle crut qu'elle allait se pisser dessus. Les autres filles firent aussitôt cercle autour d'elle en lui demandant ce qu'il avait dit, mais elle franchit la porte et regarda le pick-up du Mexicain s'éloigner sur la route dans un nuage de poussière. Ses émotions la prenaient souvent au dépourvu, aussi décida-t-elle qu'elle ne pouvait pas y réfléchir dans l'immédiat. Il lui faudrait se rendre dans le canyon pour tâcher d'y voir plus clair.

La fête d'anniversaire fut tranquille, car tout le monde était fatigué et Priscilla ne pouvait pas venir à cause de l'arrivée impromptue d'un « certain très cher ». Depuis toujours Frank surnommait Priscilla « la Cavaleuse », ce qui déplaisait à Sarah, même si elle devait bien reconnaître en son for intérieur que ce surnom convenait parfaitement à son amie. Elle eut un mauvais pressentiment lorsqu'elle vit Tim grimacer deux fois en examinant son nouveau véhicule d'occasion. La seconde fois, il blêmit en ressortant de sous le pick-up où il venait de jeter un coup d'œil au silencieux du pot d'échappement.

« Elle en a environ pour un an », annonça Tim, et Sarah se demanda pourquoi le silencieux était soudain féminin. « Ce pays est sans pitié pour les silencieux », ajouta-t-il.

Le filet d'élan était parfaitement grillé, mais Tim bougonna car son gâteau allemand au chocolat penchait un peu d'un côté. Il but une gorgée de whisky au goulot de sa flasque et Sarah le vit tourner le dos pour avaler un cachet. Frank avait acheté une bouteille de bourgogne Gallo à deux dollars et il en servit un peu à sa fille. Ils portèrent un toast et les deux hommes chantèrent une version atroce de *Joyeux anniversaire*.

La Fille du fermier

Deux fois ce soir-là, Sarah se leva pour regarder son pick-up dans la pénombre de la cour. Elle comprenait très bien que ce véhicule signifiait la liberté. Contrairement à Peps, Frank n'avait jamais tenté de contrôler leur fille. Pour lui, il y avait toujours l'exemple de sa jeune sœur Rebecca, qui avait fait les quatre cents coups dans sa jeunesse, mais qui était maintenant une astronome renommée à l'université d'Arizona de Tucson. Rebecca leur avait seulement rendu deux visites parce qu'elle détestait Peps et l'idée même des cours par correspondance que suivait sa nièce.

Le lendemain matin, Sarah aborda son père.

« Qu'est-ce qui ne va pas chez Tim ? » Dans la soirée elle s'était rappelé avoir remarqué pour la première fois quelques semaines plus tôt que Tim souffrait. C'était lorsqu'il l'avait emmenée au siège du comté dans son vieux Studebaker pour qu'elle obtienne un permis d'apprentie conductrice. Dans le café où ils s'étaient arrêtés pour manger un hamburger, il avait soudain trébuché, blêmi et attrapé de justesse le bord d'une table pour ne pas tomber.

« Il n'est pas en forme. » Frank écoutait sans grand intérêt la météo et les cours du bétail.

« Je m'en suis aperçue. Je voudrais savoir pourquoi.

— Il n'a rien voulu te dire le soir de ton anniversaire. Bon, tu sais qu'il est parti deux jours la semaine dernière. Il s'est rendu à l'hôpital militaire de Great Falls. Il y a cinq types de cancer de la prostate. Trois ne sont pas trop graves, les deux autres sont vraiment méchants. Il souffre de l'un des deux vraiment méchants. Ces vieux cow-boys ont l'habitude de supporter la douleur sans broncher et il a attendu trop longtemps pour qu'on puisse envisager un traitement. La maladie s'est répandue dans le corps, tu vois, Tim a des métastases. »

La Fille du fermier

Sarah se mit à sangloter et Frank se leva pour lui poser les mains sur les épaules. Il ne trouvait rien à dire d'autre d'une maladie à l'issue évidemment fatale.

Lorsque Sarah sortit pour entamer ses tâches matinales dans la serre et au jardin, elle remarqua à peine son pick-up rouge. Elle avait une grosse boule dans la gorge. Elle continua de marcher vers le chalet de Tim et, à mi-chemin, rencontra Vagabonde qui semblait inquiète. Sur la véranda, face à l'est et au soleil levant, Tim somnolait dans son fauteuil à bascule. De l'eau et un flacon de comprimés étaient posés près de lui sur une petite table. Sarah se demanda quelle religion permettait d'affronter une épreuve pareille. Peps l'avait assommée de ses propres croyances évangéliques, mais elle avait suivi l'exemple de son père et il n'était pas resté grand-chose de ce bourrage de crâne. Son père lui avait appris davantage que des rudiments d'astronomie et, dès la nuit tombée, il installait son télescope Questar dans la cour. Sarah n'arrivait pas à imaginer comment des êtres à forme humaine tels que Dieu ou Jésus avaient pu inventer des milliards de galaxies. Elle pensait au Dieu à barbe grise assis sur son trône derrière une grille et au Jésus perpétuellement en croix, aux mains et aux pieds sanguinolents. Le Saint-Esprit, invisible, constituait une hypothèse plus vraisemblable. Il fallait bien que quelqu'un ait inventé les chevaux, les chiens et les oiseaux. Elle croyait percevoir une sorte d'esprit en certaines créatures ou dans certains lieux, mais elle n'était sûre de rien pour les humains qui, selon ses manuels d'histoire, avaient un sombre passé d'assassins. Assise près de Tim endormi, elle sentit son propre esprit tourbillonner dans toute cette immensité, avant de se réduire à l'inévitable apitoiement sur soi. *Pourquoi dois-je perdre le seul*

La Fille du fermier

homme que j'aime en cette vie, en dehors de mon père ? Sa solitude était aussi vaste que le paysage.

Tim se réveilla et elle lui prit la main.

« J'imagine qu'on t'a informée ?

— Oui.

— J'ai l'impression d'être assis sur un pieu ou sur une pierre brûlante. Je croyais que ça passerait.

— Je suis vraiment désolée. »

Sarah se mit au volant du Studebaker, puis ils partirent pour leur canyon minuscule, Vagabonde installée entre eux et toujours à l'affût de la moindre menace. Comme il faisait chaud ce matin-là, elle se rappela de faire attention aux serpents à sonnette. Elle aida Tim à grimper sur son rocher à peu près plat.

« Je déteste ces fichus comprimés. Ils me rendent aussi amorphe que si je descendais une bouteille de whisky, mais il paraît que le cancer remonte dans ma moelle épinière. »

Lorsqu'elle serra entre ses bras la tête et les épaules de Tim posées sur ses cuisses, le mamelon d'un sein nu sous le T-shirt effleura le nez du vieux cow-boy.

« Quand je suis avec toi, mon cœur est une ruche bourdonnante. J'imagine que j'étais une abeille dans une vie antérieure.

— Il y a forcément une chance.

— Ce n'est pas ce qu'on m'a dit. Ils appellent ça le stade soixante-dix. »

Ils allèrent se promener dans le canyon pendant presque tout le mois suivant jusqu'à ce qu'il ne puisse plus marcher. Elle lui rendit alors visite, chez lui, dans son chalet. Plusieurs fois il l'appela Charlotte, le prénom de son premier amour près de Livingston ; tous deux éclataient alors de rire. Une femme qui travaillait à l'établissement de soins palliatifs venait du siège du comté pendant la journée. Tim et elle s'étaient connus enfants, et ils ne s'aimaient guère. Sarah arbitrait leurs disputes.

« Au CP, elle me tapait toujours dessus, se rappela Tim.
— Toi et les autres garçons, vous pissiez sur mon chien. Y avait que toi que j'arrivais à attraper », répliqua Laverne.

Âgée d'environ soixante-dix ans et très pieuse, elle était spécialiste des soins palliatifs du cancer, car elle s'était occupée de son mari et de sa sœur jusqu'à la fin, le premier atteint d'une tumeur au cerveau, la seconde d'un cancer du pancréas. Elle avait beaucoup d'humour. Ainsi, après avoir prié à genoux au chevet de Tim, elle disait : « Voici la réponse de Dieu à la douleur », et elle lui administrait une injection de morphine. Le soir, Sarah faisait une autre piqûre à Tim en enfreignant la loi, mais Laverne déclarait alors : « J'en ai rien à foutre de la loi. » Elle transportait un revolver six-coups dans son sac à main et, tout en conduisant sa voiture, elle tirait par la fenêtre sur tout ce qui bougeait, marmotte, coyote ou corneille. Elle croyait ne jamais avoir tué le moindre animal.

Sarah dormait sur un lit de camp installé à côté du lit de Tim. Elle lui lisait parfois d'anciens romans de Zane Grey qui ne l'intéressaient pas, et parfois elle passait de vieux disques de musique country comme Marty Robbins, Merle Haggard et George Jones, qu'elle n'aimait pas davantage, leur préférant Pink Floyd, Grateful Dead ou la musique classique.

Ce qui lui permettait de tenir le coup, c'étaient ses quatre heures de travail matinal avec son père dans le jardin. En comptant les différentes sortes de laitues, ils cultivaient vingt-trois légumes, dont certains tout à fait étrangers au Montana, mais qui se vendaient très bien aux universitaires de Missoula. Quand ils plantèrent des laitues arugula ou du radicchio pour satisfaire la demande, Sarah et son père s'interrogèrent sur la saveur de ces salades, mais laissèrent bientôt leurs goûts de côté. L'aubergine japonaise resta également un mystère. Dans le jardinage, c'était la répétition des mêmes gestes qui apaisait. Elle finissait son travail, déjeunait légèrement, faisait un quart d'heure de sieste dans le hamac, puis allait chez Tim.

Le compte à rebours jusqu'à la date fatidique prévue indiquait quarante-neuf jours, mais Tim mourut deux semaines avant de décéder pour de bon. Même privé de conscience, le corps a du mal à lâcher prise. Un soir où Sarah approchait sans arrêt son visage de celui du vieux cow-boy pour voir s'il respirait, enfin, juste avant minuit, il cessa de respirer. Elle crut réellement voir l'esprit du défunt s'élever et sortir en flottant par la porte ouverte, passer au-dessus de la tête de Vagabonde, qui se retourna pour le regarder. Sarah frissonna, puis examina l'intérieur grossièrement bricolé de ce chalet, qui lui parut pourtant magnifique. Il y avait un poêle à bois ainsi qu'un chauffage à propane qu'on allumait quand le temps était vraiment glacial. Il y avait deux carabines et un fusil de chasse dans un placard, et le seul objet vraiment beau était un coffre en bois qui servait aussi de table basse. Alors qu'il était encore conscient, Tim avait annoncé à Sarah que ce chalet lui appartenait désormais, cela et puis trois mille dollars rangés dans une boîte à tabac au fond de la malle. Les quatre-vingt mille payés par Frank pour acquérir la propriété iraient à un fonds communal destiné aux pauvres et aux indigents. Le dernier jour où il avait été conscient, il avait tendu le bras gauche, le seul encore valide, et lui avait touché un sein.

« Je voudrais pas me montrer impoli, avait-il chuchoté, mais c'est les plus beaux seins que j'aie jamais vus.

— Merci. » Sarah s'était levée, avait fait la révérence, et tous deux avaient souri. Ensuite, Tim avait sombré dans l'incohérence.

La Fille du fermier

Deux jours après la petite cérémonie funèbre qui eut lieu à l'entrée du canyon, Sarah répandit les cendres de Tim sur les rochers pour que la pluie les disperse dans le sol, ainsi qu'il l'avait demandé. Tim s'étant lui-même défini comme agnostique (« Franchement, en dehors des chevaux, des vaches et des chiens, je connais pas grand-chose »), il n'y eut pas de pasteur, seulement une demi-douzaine de vieux cow-boys, quelques gens de la ville, Laverne ainsi que Frank et Sarah. Après cette cérémonie, pour le déjeuner sur la galerie de Tim, Sarah avait préparé une salade jambon pommes de terre. Les vieux cow-boys burent du whisky à l'eau pendant le repas, à l'exception d'un seul qui avait fait vœu d'abstinence. Deux d'entre eux ôtèrent leur chapeau ; leur front était blafard en comparaison de leur visage bronzé et marqué. En les écoutant, elle apprit qu'à une certaine époque Tim avait été le bagarreur le plus redouté de tout le comté, ce qui ne collait vraiment pas avec l'aimable vieillard qu'elle avait connu.

Les deux jours suivants, elle s'efforça de préparer au mieux son étal de légumes du club d'éducation manuelle pour le rodéo et la foire du comté imminents. Sa longue veillée funèbre l'avait épuisée physiquement et mentalement, et elle se sentait étrangère au monde sauf lorsqu'elle prenait le volant de son pick-up. Son père ne lui était d'aucune aide, car il passait un temps fou au téléphone avec sa première femme pour savoir si, oui ou non, il fallait débrancher Frère qui était maintenant inconscient, atteint de lésions cérébrales et d'une grave pneumonie. Voilà trois ans que l'ancienne épouse de Frank fréquentait les Alcooliques Anonymes, et depuis l'accident de son fils elle buvait de nouveau. Frank n'arrêtait pas de répéter à Sarah que son demi-frère était « un légume », si bien que Sarah se sentait toute bizarre quand elle travaillait à son étal de légumes pour son club.

Par chance, elle était à l'aise dans son pick-up ; dès qu'elle dépassait le ranch des Lahren, la frontière habituelle de son univers, elle avait aussi l'impression un peu étrange de franchir le périmètre restreint de son Éden. Son père avait rejoint une coopérative regroupant une demi-douzaine d'autres cultivateurs, de sorte qu'il devait effectuer beaucoup moins de voyages à Great Falls, Helena et Missoula, les membres de cette coopérative se relayant sur les marchés. Elle roula quasiment pendant deux jours, s'arrêtant de temps à autre pour dormir sur un chemin de terre qui aboutissait dans les montagnes. Un soir, un cow-boy à cheval s'arrêta pour voir si elle allait bien, et Vagabonde devint comme folle. Ce cow-boy avait de l'allure, mais les sens de Sarah étaient aussi endormis qu'un ours en hibernation. Elle rendit même visite au lycée régional tout proche du siège du comté. C'était un immense complexe moderne, qu'elle trouva pourtant plutôt miteux ; elle eut beaucoup de mal à imaginer que dans un mois environ elle allait le fréquenter. Vagabonde, qui adorait ces virées en pick-up car les chiens aussi sont sujets à l'ennui, jeta un œil sur les bâtiments du lycée avec un air d'incompréhension. Vagabonde ignorait tout du monde parce que Tim la laissait toujours monter la garde au chalet quand il s'absentait. Sur le chemin du retour, Sarah s'arrêta sur le champ de foire pour regarder les ouvriers assembler la grande roue et le manège. Des hommes s'entraînaient à attraper des veaux au lasso, d'autres arrivaient avec des remorques. Elle comptait vraiment sur la foire et le rodéo pour lui changer les idées.

Deuxième Partie

V

Le second et dernier soir de la foire et du rodéo, la pire chose possible arriva à Sarah en dehors d'une maladie mortelle suivie d'un décès – drame qu'elle venait d'ailleurs de vivre.

Elle ressemblait à une somnambule depuis le début de la foire et elle se mit en rogne contre Lad durant le concours du « cheval le mieux soigné », car Lad, qui détestait un autre cheval, s'était mal comporté. Bien que tenu par la bride, il avança vers l'autre animal, les oreilles rabattues en arrière et en claquant des mâchoires. On ne sait pas assez que les chevaux, comme les gens, sont parfois sujets à des haines instantanées. Les juges demandèrent à Sarah de faire sortir Lad de l'arène, mais pour ce faire elle eut besoin de l'aide d'un cow-boy, ce qui la gêna beaucoup. Le plaisir de remporter le plus beau ruban bleu pour son étal de légumes fut un peu gâché par les médiocres prestations des autres participants.

Après l'humiliation due à Lad, elle entendit avec plaisir le cow-boy qui venait de l'aider lui expliquer que Lad avait sans doute été châtré sur le tard et que, d'après lui, il était encore d'humeur combative. Elle pleurnichait toujours en

La Fille du fermier

mangeant un hot dog tiède quand deux filles l'abordèrent. Deux ans plus tôt, elle avait rencontré la grande fille osseuse avec son père chez Tim. La petite était furieuse et très remontée après avoir fini seulement troisième à l'épreuve de *barrel racing* où un cheval et son cavalier doivent effectuer le plus rapidement possible un slalom autour de trois barils disposés en triangle. Les deux filles savaient qu'à l'automne prochain Sarah fréquenterait leur lycée régional et elles demandèrent à la nouvelle venue si elle désirait rejoindre leur club de chasse. Pour l'instant elles étaient deux ; avec Sarah, ça ferait trois. Elles pourraient chasser l'élan près de chez Sarah, et l'antilope à cinq heures de voiture vers l'est, près de Forsyth où la grande, Marcia, avait un oncle propriétaire d'un immense ranch où abondaient les antilopes. Marcia en avait elle-même abattu trois depuis l'âge de douze ans, ainsi qu'une femelle élan près de Lincoln. Sarah avoua que, bien qu'ayant chassé une bonne dizaine de fois avec Tim, elle n'avait jamais appuyé sur la détente. Avant de passer à cette étape, Tim tenait à ce qu'elle soit capable de loger cinq balles dans une cible d'une douzaine de centimètres située à cent mètres, soit avec sa .270 ou son .30-06. Les filles tombèrent d'accord et ajoutèrent qu'elle aurait tout le temps de s'entraîner avant l'ouverture de la chasse.

Cette rencontre permit à Sarah de sortir brièvement mais efficacement de cet état de somnambulisme qui affecte quiconque vient de perdre un être cher. Elle n'avait personne vers qui se tourner : son amie Priscilla était une charmante écervelée et son père réussissait trop rarement à manifester ses émotions. Son propre fils agonisait ; dès le lendemain Frank prendrait un avion pour la Caroline du Sud, mais il ne parvenait pas à dire quoi que ce soit sur Tim ou sur Frère.

La Fille du fermier

Elle accompagna l'irascible Lad à l'écurie, où elle lui donna du foin et de l'eau, mais pas d'avoine. Elle se dit que, si Lad s'était mal comporté, c'était en partie dû au fait qu'il n'avait pas l'habitude de se retrouver au milieu d'une foule, ce qui lui remit en mémoire la pauvreté de sa propre vie sociale. Alors qu'elle se dirigeait vers la grange des génisses où campaient ses camarades de club, elle se mit soudain en rogne contre toute cette idée de cours par correspondance, convaincue d'avoir été une marionnette manipulée par les idéaux délirants de ses parents qui croyaient que, même s'il fallait vivre au sein d'une culture donnée, on pouvait en minimiser les effets néfastes en restant le plus à l'écart possible. Elle découvrit soudain qu'elle était très heureuse que Peps fût partie avec ce riche rancher, car elle-même pouvait enfin rejoindre la race humaine.

Dans le box où Priscilla et elle campaient, Sarah s'allongea sur son sac de couchage étendu à même la luzerne fraîche à l'odeur douçâtre et têtue. Priscilla avait été renvoyée chez elle par leur chef Mme Lahren, pour mettre d'autres vêtements à la place de son short extra-court. « Ma petite dame, c'est un ras-la-touffe que vous portez là ! » dit-elle en faisant rire tout le monde. Sarah pensa qu'autour d'elle les jeunes se touchaient et s'embrassaient, alors qu'elle-même avait seulement caressé Vagabonde. Glissant la main dans le sac de Priscilla, elle tomba aussitôt sur les préservatifs attendus, puis elle trouva ce qu'elle désirait, une petite collection de bouteilles échantillons de Kahlua. Sarah n'aimait pas le whisky ni la bière, mais elle avait un faible pour le parfum café-chocolat du Kahlua. Priscilla accompagnait sa mère au magasin d'alcools du siège du comté quand celle-ci renouvelait le stock de la

La Fille du fermier

taverne du village. Pendant que Giselle choisissait ses bouteilles, Priscilla allait dans la chambre froide avec l'employé débile, âgé d'une trentaine d'années, et elle le laissait lui sucer les seins pendant une minute en échange d'une douzaine de mignonnettes de Kahlua. En entendant cette anecdote, Sarah avait dit, « Tu es vraiment biologique, toi », et Priscilla de répondre : « Putain, ça veut dire quoi ? »

Allongée sur le dos pour écouter Grateful Dead sur son lecteur de cassettes, Sarah s'étonnait qu'une minuscule bouteille de gnôle puisse vous faire autant de bien. Elle dormit deux heures jusqu'au dîner.

Dans une salle dressée au milieu du terrain de foire, ils eurent droit à leur barbecue annuel. À l'extérieur, il y avait un nombre respectable de demi-bœufs qui rôtissaient sur des grils chauffés au bois. Il y eut au moins cinq cents convives qui burent de la bière et se régalèrent de viande. Le whisky était interdit dans le périmètre de la foire, mais la plupart des hommes avaient leur flasque personnelle. Dès la fin du repas, on repoussa toutes les tables sur le côté, puis un orchestre country qui venait de parcourir cinq cents kilomètres depuis Billings commença de s'installer. Mme Lahren avait beaucoup insisté pour qu'avant ce groupe Sarah accepte d'assurer la première partie de la soirée sur un piano droit. Sarah s'était planquée aux toilettes pour descendre en une seule gorgée une autre mignonnette de Kahlua en sentant la chaleur de l'alcool envahir son corps. Presque tous les jeunes réunis là auraient préféré un groupe de rock, mais c'étaient des ranchers qui supervisaient la foire : les ragtime et les boogie-woogie de Sarah constituaient un compromis acceptable. Elle savait jouer sans partition et elle échangea des regards avec le violoniste de l'orchestre country qui branchait les

La Fille du fermier

amplis. Priscilla lui avait parlé de cet orchestre. Le violoniste, un gros type patibulaire âgé de moins de trente ans, transportait des chevaux pour gagner sa vie, avec son associé, le bassiste, parce que leurs prestations musicales ne leur rapportaient pas assez. Ce jour-là, ils avaient décroché une médiocre cinquième place au concours de capture de veau au lasso, et ils étaient trop distraits pour être vraiment bons. Elle savait aussi que ce violoniste s'appelait Karl et qu'il était originaire de Meeteetse, dans le Wyoming.

Elle joua une demi-heure et ravit son public ; puis, pour finir, elle entama un petit morceau de Mendelssohn, et Karl avança sur la scène pour l'accompagner magnifiquement, à la grande surprise de Sarah. Il s'inclina ensuite vers elle en la gratifiant d'un regard de braise qui n'était peut-être pas feint. Les nerfs à vif, épuisée, elle avait une seule envie : quitter la scène et s'envoyer son troisième Kahlua miraculeux.

« Quel âge as-tu, ma jolie ? dit Karl en lui serrant le bras beaucoup trop fort.

— J'ai quinze ans, monsieur. » Aux hommes plus âgés qu'elle, Sarah donnait toujours du monsieur.

« Quinze ans, t'en prends pour vingt », répondit Karl en riant avant de tourner les talons.

Sarah avait déjà entendu cette blague et elle en connaissait le sens : si un homme faisait l'idiot avec une fille de quinze ans, il risquait de passer quelques années à la prison de Deer Lodge, même s'il avait moins de chance de se faire arrêter à la campagne qu'en ville. Elle se sentit curieusement flattée de constater qu'on pouvait la désirer ; de fait, même si elle faisait cet effet à presque tous les hommes qu'elle croisait, Sarah ne s'en apercevait jamais. En tout cas, c'était différent de ce qui lui était arrivé la veille,

La Fille du fermier

quand un sale type crasseux et laid qui montait le manège lui avait déclaré qu'il avait bien envie de lui fourrer sa langue quelque part, une expression qu'elle avait déjà entendue, mais dont elle ne saisissait pas le sens.

Après avoir bu son Kahlua dans l'obscurité, elle regarda le rectangle jaune de lumière que la grande porte ouverte de la salle de danse formait, et elle se sentie submergée de solitude après la mort de Tim, car l'orchestre jouait *San Antone Rose* de Bob Wills, l'un des morceaux préférés du vieux cow-boy. Elle ravala un sanglot et rejoignit très vite son campement dans la grange des génisses, sans comprendre pourquoi l'alcool la déprimait au lieu de la détendre. Terry, son copain amateur de littérature, lui avait donné le roman *Lumière d'août*, qu'elle commençait à peine, mais elle ressentait la même chose que la jeune Lena debout au bord du chemin de terre. Elle s'arrêta devant la grange pour essayer de vomir, mais en vain. Puis elle rejoignit son sac de couchage et dormit du sommeil des morts. Au milieu de la nuit, elle entendit un instant Priscilla de l'autre côté du box avec un garçon, mais elle se rendormit aussitôt en se rappelant un jour d'été à Findlay où Frère lui avait appris à faire du roller.

Elle se leva à l'aube et sella Lad. Après les récentes incartades de son cheval, elle avait l'intention de le dresser. En quittant le terrain de foire, elle fit halte pour regarder Karl le violoniste endormi à plat ventre sous un peuplier, à côté d'une caravane. Elle se demanda comment on pouvait se saouler, sans doute en mélangeant plusieurs alcools, au point de s'écrouler par terre comme le plus ordinaire des cochons, en étant incapable de s'installer un peu confortablement. Tim lui avait dit que ces ivrognes étaient sans doute des gens malheureux – une explication assez simple.

La Fille du fermier

Elle fut ravie de mener son cheval à travers une campagne inconnue, elle permit même à Lad de poursuivre un gros lièvre sur un plateau couvert de sauge, une traque que Vagabonde avait apprise au cheval. Il faisait incroyablement frais en ce début de matinée d'une journée qui deviendrait bientôt caniculaire, et Sarah s'émerveilla de sentir son humeur s'accorder au climat. Elle s'engagea sur une piste qui montait le long d'un versant de montagne boisé et elle écouta les chants d'une multitude d'oiseaux. Tout était parfait, sauf un léger fond migraineux ; elle mit donc pied à terre et mena Lad par la bride pour voir si la marche ne viendrait pas à bout des vapeurs de l'alcool. Elle repensa aux vieilles rumeurs jadis entendues avant de quitter Findlay : la police aurait surpris la première femme de son père, la poivrote, nue à minuit dans un jardin public en compagnie de plusieurs adolescents.

Deux heures plus tard elle revint d'excellente humeur sur le champ de foire, en remarquant que Karl gisait toujours à plat ventre sous le peuplier, et que son associé le bassiste buvait une bière matinale sur les marches de la caravane. C'était le dernier jour de la foire et l'on démontait les étals de légumes pour éviter que ceux-ci ne pourrissent. Sarah donna les siens à une femme qui vivait non loin de chez eux avec son mari ouvrier saisonnier et leurs quatre enfants, dans un hangar décrépit.

Elle tomba sur ses nouvelles connaissances, Marcia et Noreen, les deux membres du club de chasse féminin. Elles partirent toutes les trois en voiture pour se baigner dans un cours d'eau situé à quelques kilomètres de là. Marcia avait une énorme sono qu'on branchait sur l'allume-cigare de la voiture, deux packs de bière dans de la glace et quelques sandwichs à la saucisse, le pique-nique classique du Montana. Il faisait très chaud et Sarah, renonçant à

La Fille du fermier

ses résolutions prises le matin même, but autant de bière que les deux autres filles. Elles chantèrent avec Mick Jagger sur *Honky Tonk Woman* tout en se baignant nues. Elles finirent la bière, puis retournèrent sur le champ de foire où jouait un groupe bluegrass local. Sarah dansa avec une demi-douzaine de cow-boys, dont elle repoussait les mains qui se posaient trop souvent sur ses fesses. Elle but aussi quelques gorgées de whisky parfaitement superflues. Karl apparut, pas tout à fait remis de ce qu'il avait bien pu faire la veille au soir, le regard froid et vitreux. C'était un danseur incroyablement doué, mais ils furent bientôt fatigués et ils rejoignirent le campement de Sarah pour se reposer en compagnie de Priscilla et du bassiste, qu'elle ne semblait guère apprécier. Tout le monde était resté dehors dans le crépuscule grandissant pour attendre le feu d'artifice. Lorsque Karl se fit plus pressant, elle réussit à le repousser malgré la taille du violoniste. Dans le coin obscur du box, le bassiste sortait des flasques de son sac et préparait des boissons. Quand Sarah déclara qu'elle voulait seulement de l'eau, il en fit couler d'un robinet. Ils portèrent un toast aux premiers feux d'artifice qu'ils virent derrière la fenêtre crasseuse. Moins d'une minute plus tard, Sarah descendit en flottant au fond d'un trou noir que dans son délire inconscient elle prit pour l'une des mines ouvertes abandonnées de la région. L'un des surnoms de la kétamine est bel et bien « trou noir ». Karl avait trouvé ce médicament grâce à un vétérinaire pour l'aider à calmer les chevaux rétifs avant de les transporter. Il suffisait d'en administrer une faible quantité à une fille récalcitrante pour pouvoir la baiser. Néanmoins, il ne réussit pas à bander à cause des drogues et de l'alcool qu'il avait ingérés, mais il se dit qu'en tout état de cause un cul était un cul. Et que lui bouffer la touffe, c'était mieux que rien. Il mâchonna donc

La Fille du fermier

tant qu'il put. Le bassiste et lui expédièrent le boulot en vitesse, si l'on peut dire, puis ils plièrent bagages et rentrèrent à Billings.

Quelques heures plus tard, Sarah se réveilla avec une migraine et une nausée carabinées, la chemise relevée jusqu'au cou, son jean et sa culotte entortillés autour des chevilles. Priscilla pleurait dans l'angle du box, le buste couvert de vomi. Sarah se rhabilla et prit le gros couteau de poche que Priscilla gardait près d'elle pour se protéger. Il commençait de pleuvoir quand elle marcha vers la caravane de Karl, le couteau à la main. Elle ne doutait pas une seconde qu'elle allait le tuer, mais le pick-up et la caravane avaient disparu. Elle avait le vagin irrité, à vif, et les seins douloureux.

VI

Le matin de bonne heure Sarah courait, alors qu'elle n'avait jamais beaucoup couru. Ensuite, elle se sentait apaisée. Vagabonde et Lad couraient avec elle, mais la chienne se montrait tyrannique et contraignait tout le temps Lad à galoper derrière.

Elle dépensa une partie de l'argent de Tim pour acheter un piano droit à sept cents dollars. Son père fut fâché qu'elle ait fait cet achat sans solliciter sa permission, et quand elle lui demanda pourquoi, il répondit : « Je ne sais pas. »

Lorsqu'il se lassa de l'entendre jouer pendant des heures d'affilée, elle convainquit un groupe de garçons de son club de transporter le piano sur la galerie de Tim où l'instrument resterait jusqu'à la fin de l'été et les premières pluies automnales. La lampe de la galerie lui permettait de jouer la nuit, mais elle l'allumait seulement quand elle travaillait un morceau qu'elle ne connaissait pas bien ou qu'elle en apprenait un nouveau. Sinon, elle préférait jouer dans l'obscurité et la musique l'enveloppait alors plaisamment dans les doux bras de la nuit.

Le piano et la course à pied étaient les seules activités qui apaisaient l'intense souffrance de son cœur et de son

La Fille du fermier

esprit. Les premiers jours, elle n'avait pas réussi à comprendre pourquoi elle avait si mal au pubis, puis elle s'était dit que Karl lui avait sans doute mâchonné la vulve. Face à un miroir, elle avait constaté que son hymen était intact et que beaucoup de poils avaient été arrachés. Dans la dernière vision dont elle se souvenait avant que la kétamine ne fasse son effet, Karl lui avait repoussé les genoux contre les seins et il tripotait son gros pénis mou, le visage tout rouge comme si on l'étranglait. Elle avait décidé de l'abattre froidement, mais seulement lorsqu'elle pourrait s'en tirer sans problème. Elle n'avait nullement l'intention de se faire encore du mal. Marcia, son amie du club de chasse, possédait une .22-250 qu'elle utilisait pour descendre les chiens de prairie à une distance de quatre cents mètres. Quand la balle explosait la tête du chien de prairie, Marcia appelait ça « une brume rouge ». Elle imagina avec plaisir le même impact sur la tête de Karl. S'il était capable de faire une chose pareille à une fille, il méritait clairement la mort.

Lorsque le lycée ouvrit ses portes, Priscilla et elle étaient beaucoup moins proches, ce qu'on peut sans doute comprendre, car la douleur partagée était insoutenable. Priscilla se mit à picoler dès le matin et Giselle, sa mère, dut la faire entrer dans une clinique d'Helena qui accueillait les adolescents alcooliques. L'amitié naissante de Sarah pour Marcia l'aida à supporter cette séparation. Afin de se préparer à l'ouverture imminente de la saison de chasse, Sarah, Marcia et Noreen, la minuscule amie de Marcia, se rendaient deux fois par semaine au champ de tir. Tirer sur une cible réduite aux contours d'un cerf et située à des distances variant entre cent et trois cents mètres, avait quelque chose d'absurdement reposant.

La Fille du fermier

L'autre ami de Sarah était ce jeune homme amateur de livres et affligé d'un pied-bot, Terry. Pour des raisons évidentes elle ne s'intéressait plus aux écrivains à la virilité affirmée et elle se mit à lire Jane Austen, Emily Brontë, Katherine Anne Porter ainsi que des auteurs plus modernes comme Margaret Atwood et Alice Munro. Elle avait décidé depuis longtemps que, pour supporter son secret, il lui faudrait faire appel à toutes ses capacités. Par pure perversité, elle s'inscrivit au Club biblique. Elle connaissait bien le jargon évangélique grâce à sa mère Peps, mais la seule raison de cette inscription était de lancer tous les garçons du lycée sur une fausse piste. Ils la crurent bientôt « toquée de religion » et se convainquirent qu'aucun d'eux ne s'approcherait jamais de son corps. Sa distance les irritant, ils la snobèrent.

L'amitié comportait certains problèmes ; ainsi, Terry était amoureux de Sarah, et Marcia, qui mesurait quinze centimètres de plus que Terry, était folle de lui. Cet amour semblait étrange à Sarah, mais Marcia lui confia que son père et ses trois frères étaient « des connards d'abrutis » et que Terry était un vrai gentleman. Marcia ajouta qu'elle savait très bien que tous les jeunes cow-boys qui lui faisaient du gringue s'intéressaient seulement à son père, le propriétaire du plus gros et du meilleur ranch de tout le comté. Le Montana n'était certes pas le pays de l'égalité des chances, et si un jeune homme ou une jeune femme décrochait son entrée officielle dans un gros ranch, il ou elle effectuait alors un bond gigantesque et inespéré vers le haut de l'échelle sociale.

Ce qui tracassait surtout Sarah, c'était que sa personnalité commençait à s'affirmer. Elle croyait avoir perdu sa fantaisie, et son imagination était très limitée, sauf lorsqu'elle se laissait emporter par la musique, mais même

La Fille du fermier

alors elle n'était pas aussi exubérante qu'avant le viol. Un dimanche après-midi, par une merveilleuse journée de l'été indien, elle rejoignit son canyon secret en courant, Lad et Vagabonde sur ses talons. Elle s'assit sur un gros rocher et pleura. Sarah pleurait pour la première fois depuis l'événement, quatre-vingt-dix jours plus tôt, et, tout en pleurant, elle sentit son corps se convulser à cause de la laideur des gens. Elle se demanda comment elle allait pouvoir digérer l'épreuve qu'elle venait de traverser. Elle n'avait pas d'autre choix que de s'en accommoder. Ses pleurs plongèrent Vagabonde dans le désarroi et la chienne se mit à danser autour de sa maîtresse comme pour la supplier de se reprendre. Pour la première fois, elle parla durement à Vagabonde, qui s'éloigna la queue entre les pattes et se coucha sous un genévrier. Sarah cria : « Putain de Dieu ! », puis elle s'élança à toute vitesse sur un sentier pentu qui grimpait le long de la montagne jusqu'à ce qu'elle soit certaine que sa blessure allait éclater et qu'elle en aurait fini avec elle.

Elle se mit inévitablement à considérer les hommes comme une espèce différente. Non qu'elle réussît à trouver en elle-même la moindre admiration pour les femmes. Sa mère, par exemple. Elle recevait des cartes postales de Peps, qui étaient à chaque fois d'une bêtise consommée. « On dirait que Clyde et moi allons acheter un appart à Maui », ou bien « Le gouverneur est venu dîner à la maison et j'ai été fière comme jamais d'être assise à côté de ce valeureux républicain. » Peps était la parodie absolue d'une imbécile, mais ses cartes postales valaient sans doute mieux que rien, car le père de Sarah sombrait dans la solitude et l'amertume.

Sarah se mit à jauger les hommes et peu d'entre eux passaient avec succès ses tests impitoyables d'évaluation culturelle. Il y avait bien sûr son copain Terry, hyper-cultivé, et son irrésistible professeur de biologie, un jeune diplômé de l'université d'État du Montana, à Bozeman. L'enthousiasme de ce jeune homme pour la botanique, la chimie et la biologie était contagieux, même avec ses élèves les plus nuls, qui étaient nombreux. Sarah savait qu'il avait un faible pour elle, mais c'était un simple constat, qui ne signifiait nullement qu'il s'agissait d'un violeur. Et puis il y avait son père taciturne qui était un père taciturne acceptable.

Un samedi, elle alla déjeuner chez Terry. Le père et le frère du garçon étaient partis à la vente de bétail d'automne, mais Terry tenait à ce qu'elle rencontre sa mère. La cabane de la pompe et la cuisine étaient tout ce qu'il y avait de plus ordinaire, mais, à part ça, la maison était majestueuse, comme si on l'avait transportée tout droit de la Nouvelle-Angleterre. La mère de Terry s'appelait Tessa, elle venait de Duxbury, dans le Massachusetts, elle avait fait ses études à Smith College, et elle avait rencontré son futur mari, un cow-boy, dans un hôtel-ranch où elle était descendue avec ses parents. Sarah avait eu vent de la rumeur selon laquelle c'était l'argent de Tessa qui, trente ans plus tôt, avait payé le ranch actuel, un cadeau de mariage du père de Tessa.

Ce fut surtout la bibliothèque qui stupéfia Sarah. Il y avait des milliers de livres, du sol au plafond, et une échelle mobile pour accéder aux rayons supérieurs. Ses yeux s'embuèrent et toutes ces jaquettes aux couleurs douces ressemblèrent alors à un paysage peint. Tessa n'avait jamais assisté à la moindre réunion d'aucun établissement scolaire local ni d'aucun club d'éducation manuelle, et quand Sarah entendit sa voix, cet accent de l'est du pays lui parut étranger comme si cette femme avait grandi dans

La Fille du fermier

un autre pays. Sarah l'avait vue de loin sauter à cheval au-dessus de la barrière en bois d'un corral, juchée sur une extraordinaire selle anglaise. Pendant que Sarah restait pétrifiée dans la bibliothèque et que dans un coin Terry faisait semblant de chercher quelque chose d'un air gêné, Tessa continua de parler. La voix de Tessa était légèrement pâteuse, comme celle de Giselle, la mère de Priscilla, quand elle prenait des tranquillisants pour se remettre de la perte d'un petit ami. « Pardonne ma vulgarité, mais le Montana est un endroit débile et ma réaction consiste à lire, mais il est vrai que je réagissais déjà ainsi dans le Massachusetts. » Elle tenait les mains devant elle en un geste d'impuissance, et Sarah se dit que toutes les femmes de sa connaissance parlaient peut-être de la même manière parce qu'elles avaient les mêmes choses à dire. « Chaque année, je passe un mois à San Francisco avec ma sœur et un mois à Boston pour rester en contact avec le monde réel. Mais ici, rien à faire sinon regarder le cul des vaches. Je sais que Terry ne t'a jamais donné de poésie à lire, parce que dans cette région le moindre sentiment profond passe pour ridicule. »

Quand Sarah s'en alla, son crâne abritait une agréable tempête. Dans cette partie reculée du Montana, on oubliait aisément l'existence de toutes sortes de gens dont on entendait seulement parler en lisant ou en écoutant la radio publique nationale. Elle n'avait pas pu regarder la télévision depuis les films de son enfance, *Sesame Street, Lassie* et Walt Disney. Lorsqu'elle partit après un déjeuner comiquement terne, elle emporta *Harmonium* de Wallace Stevens et *Le Pont* de Hart Crane. Tessa lui déclara qu'elle pouvait utiliser la bibliothèque à sa guise ; ainsi, elle ne serait pas influencée par les goûts de Terry. Par exemple, le garçon détestait Jane Austen. Le lendemain, un dimanche, elle partirait à cheval avec Tessa qui voulait lui montrer un torrent de printemps situé derrière leur ranch. Quand Terry raccompagna Sarah jusqu'au pick-up de son amie, il s'excusa pour les excentricités de sa mère en ajoutant qu'elle buvait beaucoup trop de vin et prenait trop de médicaments. Ces excuses irritèrent Sarah, qui rétorqua qu'à son avis la mère de Terry était formidable. Il fit grise mine et elle lui serra sobrement la main.

Sarah savait qu'elle devait surtout lutter contre un abattement qui s'emparait de plus en plus souvent de son esprit et où elle voyait le signe annonciateur d'une dépression. Le point positif de sa rencontre avec Tessa, c'était qu'elle lui donnerait peut-être l'occasion de ressembler à sa tante Rebecca, l'astronome de l'Arizona qu'elle voyait rarement. À quinze ans, Sarah savait que, si elle voulait trouver sa place dans ce monde, il lui faudrait la définir par rapport à certains personnages de roman et à Tessa, dont la place était assurée par la richesse de sa famille. Sur les treize filles de sa classe, trois seulement espéraient aller à l'université et quatre désiraient devenir hôtesses de l'air, car elles voulaient voyager. Les six autres comptaient se marier et rester à l'endroit où elles se trouvaient déjà.

VII

« Tu es si calme. À quoi penses-tu ? demanda Tessa.
— À tuer quelqu'un, répondit sèchement Sarah sans réfléchir.
— Nous avons toutes rêvé de tuer quelqu'un, dit Tessa en riant. Mais on ne sert pas de vin dans les prisons américaines. Quelle horreur. »

Elles s'installèrent sur un rocher plat à côté de la source et regardèrent de petites truites de rivière nager paresseusement dans le bassin. Elle avait laissé Vagabonde à la maison et elle se sentait vaguement honteuse de partir en balade sans la chienne. Tessa pérorait pour convaincre Sarah d'aller dans une université de l'est du pays, comme Smith, d'autant qu'elle était certaine que la jeune fille pourrait obtenir une bourse d'études. Pendant ce temps-là, Sarah pensait qu'elle ne pourrait fréquenter aucune université sans sa chienne et son cheval. Elle se disait aussi qu'elle descendrait Karl pendant la saison de la chasse, quand les coups de feu seraient monnaie courante.

Quelques jours avant l'équipée de la chasse à l'antilope, les choses s'accélérèrent. Terry mourait d'envie d'y participer et les filles n'arrivaient pas à se décider. Sarah et son

La Fille du fermier

père Frank furent convoqués à une réunion avec le proviseur du lycée et la conseillère d'orientation, qui croyaient tous deux que Sarah était trop brillante pour continuer de suivre les cours de leur établissement. Ils n'avaient tout simplement jamais eu une élève comme elle et ils proposèrent de lui faire passer son examen final au printemps suivant. Elle aurait seize ans durant l'été, et c'était sans doute assez âgé pour entrer à l'université.

Ils étaient dans le bureau du proviseur, lequel fit glisser sur la table un contrôle de fin de trimestre. Ce proviseur était un homme agréable, mais aussi un célibataire endurci à la voix de fausset, et beaucoup de lycéens disaient en blaguant qu'il était peut-être « de la jaquette ». Sarah avait rédigé cette dissertation à la demande de son professeur, cependant son texte, intitulé « Pourquoi j'ai l'intention de devenir métallurgiste plutôt que romancière », sortait du lot. Frank le parcourut rapidement, en remarquant avec plaisir l'enthousiasme de sa fille pour la nature des métaux, une découverte que Sarah devait au manuel de métallurgie utilisé par son père en première année à Purdue, et puis il y avait une citation de Sarah, tirée de *Men of Mathematics* de Bell. Il passa très vite sur les développements relatifs à l'art du romancier, car il ne lisait jamais de romans, et les essais le plongeaient parfois dans une rage noire. *Une rumeur de guerre*, de Philip Caputo, constituait l'une des raisons majeures de son déménagement de Findlay pour le Montana, la pensée de son copain d'enfance mort pour rien au Vietnam lui faisant presque perdre l'esprit. Sarah écrivait qu'elle adorait lire des romans parce que les émotions des personnages « supplantaient » l'intérêt qu'elle portait aux siennes. Elle se sentait souvent incapable d'assumer le poids de sa propre existence, et il était alors merveilleux de se réfugier dans les

La Fille du fermier

livres. Contrairement à son ami Terry, elle ne pourrait pas devenir écrivain, car chaque jour est la fin de la vie telle que nous la connaissons, et Sarah avait besoin de la stabilité des sciences pour la supporter.

Quand la conseillère d'orientation déclara que Sarah aurait sans doute besoin d'aide psychologique pour surmonter cette mélancolie, le proviseur s'écria : « Absurde ! » Il faisait frais dans cette pièce, les vitres vibraient sous les assauts du vent de novembre, mais Sarah se sentait vidée et la sueur perlait à son front. Elle avait enfin réussi à entrer dans un lycée public, et l'on voulait déjà se débarrasser d'elle. En règle générale, les adultes manipulaient sans pitié les générations plus jeunes. L'autre jour seulement, cette rébarbative conseillère d'orientation âgée d'environ trente-cinq ans, qui était mince au-dessus de la taille et grosse en dessous, lui avait dit qu'il était « difficile d'être jolie et intelligente », parce qu'alors on avait « tout ». Sarah n'avait pas pris la peine de lui demander des explications, car elle détestait l'attitude hautaine de cette femme.

Sur le chemin du retour, Frank déclara sans s'adresser vraiment à Sarah que, même s'il aimait bien le Montana parce qu'on avait l'impression d'y vivre dans les années cinquante, il était peut-être difficile pour une jeune personne de s'y préparer au monde réel, à moins que cette personne ne compte rester dans le Montana. Puis il ajouta qu'une femme allait venir lui rendre visite, avant d'ajouter qu'il espérait que ça ne dérangerait pas Sarah. Bien sûr que ça la dérangeait, mais à quoi bon l'avouer ? Une autre note discordante dans sa cacophonie mentale ne l'aiderait certainement pas à s'en sortir, mais à cet instant précis dans le pick-up paternel elle répétait la recette de la tourte au gibier qu'elle comptait préparer pour le dîner.

La Fille du fermier

D'ailleurs, Marcia viendrait partager leur repas pour faire des projets de dernière minute en vue de leur équipée de chasse à l'antilope. Une fois de plus elle se sentait complètement vide et, en regardant son père, elle se demanda si lui aussi abritait dans son esprit ces lieux vides et froids, ainsi que tous ces points d'interrogation métalliques, ou bien si son mental était plein et harmonieux.

À leur arrivée, la femme était déjà là. Vêtue d'un tailleur strict, elle se tenait au seuil de la serre. Frank avait déclaré qu'elle s'appelait Lolly, que c'était une cousine au troisième degré, de parents italiens, et qu'elle travaillait dans l'agro-alimentaire. Elle avait pris l'avion jusqu'à Missoula, puis loué une voiture, et Sarah remarqua qu'elle était évidemment furieuse de marcher dans la boue de la cour sur la pointe des pieds, et qu'elle avait des jambes assez courtes. Lorsque Lolly et son père s'étreignirent avec passion, Sarah se sentit étrangement contente pour lui. Peps et Frank s'étaient souvent disputés, mais à cause des bruits qu'ils faisaient la nuit elle savait que leurs querelles ne compromettaient pas leur vie sexuelle.

Quand on les présenta l'une à l'autre, Lolly gratifia Sarah de ce long regard appréciateur que les petites personnes adressent souvent aux gens plus grands qu'elles, mais elle souriait. Frank servit à boire à Lolly et à lui-même, puis ils disparurent dans la chambre à coucher.

En mettant les pommes de terre au four et en préparant la tourte au gibier, Sarah réfléchit à la perplexité où la plongeaient les poèmes de Wallace Stevens ; or le sentiment de trouver une solution la faisait toujours penser à une chose à laquelle elle n'avait jamais pensé auparavant. Elle se rappela alors un rêve troublant de la nuit précédente et se dit tout à trac qu'elle devait faire grandir sa vie pour que son traumatisme devienne de plus en plus petit. Dans

La Fille du fermier

son rêve, elle apprenait l'équitation au beau cow-boy mexicain qui avait fait descendre l'étalon au bas d'une remorque sur le ranch des Lahren. Elle le saisit à bras-le-corps quand il mit pied à terre et il glissa durement contre la poitrine et le ventre de Sarah. C'était agréable en rêve, mais quand elle se réveilla à demi, Sarah eut envie de vomir. Elle alluma la lumière et lut un poème de Hart Crane qui semblait bon, tout en demeurant incompréhensible. Terry lui avait appris que Hart Crane s'était suicidé, un choix auquel elle-même pensait, toutefois Tim avait aussi dit à Sarah que, si jamais elle avait un enfant, et même si c'était une fille, elle devrait l'appeler Tim.

Pour une raison ridicule, le dîner ne se passa pas très bien. Lolly déclara que les tomates farcies étaient « merveilleuses » parce que Sarah utilisait du thym frais et beaucoup d'ail, puis elle ajouta que le bœuf de la tourte à la viande avait « un drôle de goût ». Sarah lui répondit que c'était en fait de la viande hachée de gibier à laquelle elle avait ajouté un tiers de viande de porc. Lolly fila aussitôt aux toilettes pour cracher ce qu'elle avait dans la bouche. Lorsque Marcia éclata d'un rire sonore, Sarah lui lança un regard noir. Lolly revint à table avec les larmes aux yeux, puis s'excusa en disant que *Bambi* était son livre et son film pour enfants préférés. Marcia continua à pouffer de rire et à manger comme quatre. C'était une grande fille solide qui travaillait avec toute l'énergie d'un homme. Hormis le rituel du déjeuner dominical, leurs repas étaient copieux et rapides. Marcia raconta qu'en se réveillant à l'aube, elle avait vu un coyote chasser dans le pré une brebis qui traînait la patte.

« Par la fenêtre de ma chambre, j'ai fait faire un saut périlleux à ce fils de pute avec ma .280 », ajouta Marcia.

La Fille du fermier

Frank expliqua ces paroles pour Lolly, laquelle s'écria : « Oh, mon Dieu ! »

Pour laisser les coudées franches au père de Sarah, les filles rejoignirent en pick-up le chalet de Tim, puis firent un feu dans le poêle à bois. Sarah avait vidangé la tuyauterie pour l'hiver, mais elle se rendait toujours au chalet afin de se consoler de ses malheurs. Elle parlait alors à Tim comme s'il s'affairait devant la cuisinière pour préparer les escalopes de poulet frit qu'elle aimait.

Dans les dernières lueurs du crépuscule de ce début novembre, Sarah lança du maïs brisé pour ses pies, un membre querelleur mais tout aussi joueur de la famille des corvidés. En classe de CE1, dans l'Ohio, les oiseaux la fascinaient déjà, et Peps l'emmenait souvent se promener en forêt pour qu'elle tente de les identifier. Peps ne connaissait le nom d'aucun oiseau en dehors du rouge-gorge, mais elle déclarait volontiers qu'ils formaient « le chœur de Dieu ».

Elles passèrent en revue tout ce qu'elles devaient emporter, et Marcia annonça que l'irritable Noreen, l'autre membre de leur club de chasse, ne pourrait pas venir à cause de sa mère qui commençait une chimio, si bien qu'elle avait invité Terry. Marcia espérait que Sarah n'y verrait pas d'inconvénient, et Sarah ne dit rien car elle se trouvait devant le fait accompli. Elle espérait seulement que Terry ne se lamenterait pas trop sur le sort du monde, une habitude susceptible de rendre n'importe qui cinglé. Alors Marcia ajouta une chose qui atterra Sarah : elle avait l'intention de séduire Terry. Elle rougit, chose qui ne lui arrivait jamais. Sarah dit que, sachant Marcia très amoureuse de Terry et lui très porté sur « la chose », elle pourrait sans doute arriver à ses fins en lui faisant des avances franchement sexuelles.

La Fille du fermier

« Pourquoi pas ? » dit Marcia d'un air gêné.

Après le départ de son amie, Sarah décida de passer la nuit au chalet. Vagabonde fut ravie. Assises devant le poêle à bois brûlant, elles écoutèrent les froides bourrasques de novembre. Elle pensa à Tim, mais ne réussit pas à s'imaginer en train d'élever une fille ou un fils prénommé Tim. Pour l'instant, la première étape consistant à faire l'amour avec quelqu'un lui semblait à jamais exclue. Si elle devait avoir un saint patron, ce serait Tim. Plusieurs fois, elle s'était rappelé que Tim aurait voulu qu'elle tue Karl – et non qu'elle se tue.

Vagabonde gronda, mais Sarah soupçonna que c'était à cause de l'ourson avec lequel elle avait vu de loin la chienne jouer. Cet ourson d'un an et demi avait été mis à l'écart par sa mère au profit de la nouvelle progéniture de l'ourse. Sarah avait déjà entendu parler de jeux entre des chiens et des coyotes, mais jamais entre un chien et un ours. Vagabonde était si impitoyablement méchante et exclusive, qu'elle se demanda pourquoi la chienne faisait une exception avec cet ourson.

Elle, qui avait lu tant de nouvelles et de romans, s'irritait d'écrire essentiellement sa propre histoire au jour le jour. En dérivant vers le sommeil, elle se rappela être allée avec Terry à la fête d'anniversaire de Priscilla, parce que Giselle avait téléphoné pour dire que Priscilla était déprimée, buvait trop et avait besoin de compagnie. Giselle possédait une télé satellite dernier modèle, cadeau d'un riche ami pour son immense caravane. Tout au fond de la vallée, chez Sarah, la réception était très mauvaise, ce qui n'empêchait pas Frank de passer des heures le dimanche devant l'écran pour regarder les matchs de football, surtout si les Cleveland Browns jouaient. C'était le week-end de la fête du Travail et Terry regardait les matchs de tennis de l'U.S.

La Fille du fermier

Open tout en parlant du romancier Thomas Wolfe. Tous deux avaient bien aimé *L'ange exilé*, mais beaucoup moins les autres romans de Wolfe, qui, ainsi que le souligna Terry, montraient surtout l'écrivain parlant de lui-même. Sarah se mit à dire quelque chose, puis s'interrompit quand les gratte-ciel de New York apparurent sur l'écran, une vision qu'elle jugeait absolument incroyable. Elle déclara alors qu'en dehors de l'écriture il ne se passait pas grand-chose dans la vie de Wolfe, si bien qu'il lui fallait écrire sur ce sujet. Pourquoi un événement aussi terrible avait-il dû se produire dans sa propre vie sinon parfaitement banale ? Était-ce le destin ou le hasard ? Elle n'arrivait pas à croire au destin. Ce genre de concept était réservé aux gens importants et célèbres que la caméra montrait à l'U.S. Open. Dans les mauvais romans il se passait des tas de choses, mais beaucoup moins dans les bons. Elle demanda à Terry si ça ne le dérangeait pas de regarder le tennis alors qu'il ne pouvait pas y jouer, faisant ainsi allusion au pied-bot de son ami.

« Non, dit-il, la vie m'a mis sur la touche pour que je puisse l'observer. »

VIII

Ils partirent avant l'aube et atteignirent Livingston au bout de quatre heures. Il leur en restait quatre autres devant eux pour rejoindre leur destination finale, lorsque la police ferma l'I-90, car la tempête de neige était de plus en plus violente et le vent si fort entre Livingston et Big Timber qu'un semi-remorque s'était renversé sur la voie. Assez nerveux, ils prirent une chambre avec deux lits doubles à l'hôtel Murray. Terry surtout était à cran lorsqu'il ouvrit sa valise et montra aux deux filles les six bouteilles de vin fin français qu'il avait chapardées dans la cave de sa mère. Vu qu'il n'était pas encore midi, ils tombèrent d'accord : c'était un peu tôt pour boire du vin. Marcia appela son oncle qui habitait au-delà de Forsyth afin de l'avertir de leur retard, puis ils abandonnèrent le sac de sandwichs à la saucisse qu'ils comptaient manger au déjeuner, et traversèrent la rue vers le Martin's Cafe. Après le repas, Marcia fit un clin d'œil à Sarah, qui partit vers la librairie Sax & Fryer's regarder les nouvelles parutions, et Marcia en profita pour ramener Terry à l'hôtel. Sarah se dit que, pour ne pas courir le moindre risque, elle donnerait une heure à Marcia afin de mener à bien son opération de charme.

La Fille du fermier

Elle jugea le moment opportun pour effectuer quelques recherches sur Meeteetse et réfléchir à la manière la plus efficace d'éliminer Karl. Splatch ! fait le melon d'eau en explosant, pensa-t-elle, à moins qu'elle ne vise plus bas, car elle se rappelait très bien l'énorme trou de sortie percé par une balle de .30-06 dans un élan que Tim avait abattu à huit cents mètres de son chalet. L'animal était si gros qu'il avait fallu faire deux voyages pour le ramener de nuit au chalet sur un cheval de bât, après quoi Tim avait fait frire une partie du délicieux foie avec des oignons. Ses lectures avaient appris à Sarah que de nos jours la chasse répugnait à beaucoup de gens, mais dans la région qu'elle habitait, la chasse faisait partie de la vie de tous les jours.

Elle parla longuement avec le propriétaire de la librairie, un bel homme très aimable. Il savait beaucoup de choses sur la campagne située au sud de Cody et il dit que le trait le plus évident de Meeteetse, c'était l'énorme ranch Pitchfork. Son cousin y « faisait le cow-boy ». Sarah rougit, car cet homme lui rappelait Tim et il n'avait rien de repoussant. En tant que futur assassin, elle eut l'imprudence de s'enquérir de la propriété des Burkhardt, car c'était le nom propre de Karl. « Ces gens sont des vauriens », dit-il et, lorsqu'elle lui répondit qu'elle ne savait pas très bien ce que cela voulait dire, il s'expliqua : « Des vrais durs à cuire. » Le père était un vieux salopard, l'un de ses garçons était en prison à Deer Lodge pour plusieurs agressions, un autre était un musicien itinérant qui avait lui aussi fait de la prison pour vente de cocaïne et de méthédrine, et le dernier, parti vivre à Boise avec sa mère des années plus tôt, était le seul fréquentable. Quand le libraire lui demanda pourquoi elle désirait tous ces renseignements, Sarah répondit qu'une de ses amies avait eu

La Fille du fermier

affaire au musicien, une expérience désagréable. « Je veux bien vous croire », dit l'homme avant de montrer du doigt la bibliothèque publique située un peu plus loin dans la rue, où elle pourrait trouver quantité d'informations fiables sur cette partie du Wyoming. Elle acheta le dernier roman d'un écrivain de la région nommé Tom McGuane, que Terry adorait mais qu'elle avait trouvé un peu trop caustique à son goût.

Il neigeait, semblait-il, un peu moins, mais le vent du nord-ouest soufflait toujours aussi violemment, si bien qu'elle leva la main pour se protéger les yeux en marchant vers la bibliothèque. Karl n'avait qu'à bien se tenir, pensa-t-elle. L'abattre serait un service rendu à la société. Il restait à s'assurer de ne pas se faire prendre.

La bibliothèque était formidable, et grâce à une bibliothécaire serviable elle eut bientôt devant elle sur la table une pile de livres sur le Wyoming, mais son esprit se mit alors à battre la campagne. De temps à autre, elle entrevoyait pendant une milliseconde la possibilité de la folie. Et en même temps surgissait de son inconscient le souvenir physique, bref comme l'éclair, de ses poils pubiens qu'on arrachait. Si Dieu existe, pourquoi ne pouvons-nous pas contrôler notre esprit ? se demanda-t-elle. Elle avait évoqué cette question avec Terry, qui avait lu un peu de littérature orientale et qui lui avait répondu par cette citation : « Comment l'esprit peut-il contrôler l'esprit ? » Cette question l'avait déroutée. Dans ses moments de faiblesse, elle se surprenait à souhaiter avoir une vraie mère à qui parler. Ou quelqu'un en qui elle aurait confiance, comme Tim.

Elle passa deux bonnes heures assise à la table de la bibliothèque en regrettant l'absence d'une institution similaire dans sa région. Elle étudia même des cartes topographiques du ranch Burkhardt, qui incluaient les chemins

La Fille du fermier

carrossables par où arriver et partir discrètement. Il lui faudrait d'abord téléphoner pour s'assurer qu'il était là, et non pas sur la route entre deux concerts. Sans doute pour décompresser, son esprit s'abandonna à une rêverie comique incluant le petit garçon qui avait habité à côté de chez eux à Findlay quand elle avait sept ans. Il était laid, affligé de dents saillantes, et les gens lui criaient dessus quand il se promenait dans le quartier en cueillant des fleurs qu'il lui tendait ensuite à travers le grillage séparant leurs deux jardins. Elle pressait parfois la joue contre cette clôture et il l'embrassait. Peut-être, pensa-t-elle, était-ce là le summum de l'amour.

Quand elle rentra à l'hôtel, il ne neigeait plus et le vent était tombé. Devant la poste, elle entendit qu'on venait de rouvrir l'autoroute, si bien qu'ils allaient pouvoir arriver au ranch de l'oncle de Marcia avant minuit. Elle s'arrêta devant la porte de leur chambre, tendit l'oreille, regarda le couloir obscur vers le sud, où une fenêtre encadrait la lumière déclinante mais encore vive reflétée par les monts Absaroka couverts de neige. La beauté de ce spectacle lui donna la chair de poule et elle longea le couloir en voyant le soleil hivernal décliner de manière palpable. Elle ne s'imaginait pas vivre sans montagnes et elle se dit que, quoi qu'il pût lui arriver, elle avait de la chance de vivre parmi toute cette beauté.

En frappant elle entendit des chuchotements, et quand elle entra, Terry dormait, mais Marcia souriait près de lui. Elle rit et pointa les pouces vers le plafond. Décelant une légère odeur animale dans la chambre, Sarah ouvrit la fenêtre pour laisser entrer l'air froid, avant de faire du café dans la machine posée sur la commode. Elle s'assit et prit dans son sac un livre sur le génome humain en se disant qu'on découvrirait peut-être un jour le mal qui se cachait

La Fille du fermier

au fond des gènes de certains individus. Elle remarqua que Terry et Marcia avaient fini une bouteille de vin dont elle lut le nom sur l'étiquette, Echézeaux, et elle pensa qu'elle prendrait le volant en premier.

IX

Lester, l'oncle de Marcia, les réveilla à cinq heures du matin dans le dortoir, en tambourinant sur la porte et en criant :

« Debout là-dedans ! Assez flemmardé ! »

Il était beaucoup plus jovial que le père de Marcia, et encore plus gros. Ils étaient arrivés au ranch à dix heures et demie du soir, car aux environs de Custer, à l'est de Billings, la neige avait disparu. Dès qu'ils entrèrent chez Lester, son épouse, Lena, qui après une attaque cérébrale ne pouvait plus parler, leur servit un ragoût de travers de porc aux haricots, et presque une heure après, Sarah se retrouva devant une escalope de poulet frit à la crème, des œufs brouillés et des pommes de terre. Pas étonnant que ces gens soient aussi gros, pensa-t-elle, mais en fait ils étaient grands et sans un gramme de graisse.

Terry, qui avait descendu une autre bouteille de vin dans le pick-up, refusa de se lever. Sarah les avait relégués, Marcia et lui, dans une chambrette d'angle isolée du dortoir, pour atténuer les bruits de leurs ébats amoureux. Elle dormit sur une petite banquette-lit à côté du poêle, qu'elle alimenta plusieurs fois au cours de la nuit, elle rêva qu'elle

La Fille du fermier

chassait le cerf à queue noire avec Tim, et qu'elle avait froid aux fesses car elle avait oublié de mettre son jean et portait seulement une culotte orange de chasseur. Elle s'interrogea sur le sens de ce rêve et ne trouva rien.

En pick-up, Lester les emmena, Marcia et elle, sur un chemin inégal où ils parcoururent deux ou trois kilomètres derrière le ranch, près d'une série de petites buttes qui donnaient sur la rivière Yellowstone. Il les déposa l'une après l'autre à un kilomètre de distance et annonça qu'il reviendrait faire un tour vers midi. Assise près d'un massif de genévriers, Sarah regarda le paysage apparaître lentement vers l'est, la lune se coucher, Vénus disparaître. Un soleil rougeâtre se leva. Des traînées de cirrus annonçaient une journée venteuse. Elle posa la .30-06 en travers de ses cuisses, se félicita d'avoir emporté une petite couverture isolante pour s'asseoir dessus et se protéger de la terre glacée. Loin au nord, elle apercevait les champs de luzerne de Lester, et vers l'est il y avait des milliers d'arpents de blé en terrain plat, qui lui firent penser à Willa Cather. À cause de cette écrivain elle avait envie de se rendre un jour dans le Nebraska, mais elle voulait découvrir de nombreux endroits, car en dehors de l'ouest du Montana elle n'avait été nulle part. Assise là, en scrutant le paysage avec ses jumelles à la recherche d'une antilope, elle sentait sous le sternum une boule de solitude. Qui connaissait-elle ? Elle se rappelait quelques amies d'enfance, six ans plus tôt. Sa grand-mère, qui avait été sa professeur de piano, n'avait plus toute sa tête et résidait désormais dans une maison de retraite. Priscilla avait disparu. Terry était enterré vivant dans son propre esprit. Marcia avait connu de bonne heure l'appel du mâle, comme tant de filles de la campagne dans le Montana, où la transition entre la fille et la femme se

La Fille du fermier

fait très vite. Les vrais amis de Sarah étaient l'esprit de Tim et les livres.

Vers neuf heures et demie, elle entendit un coup de fusil au nord-est et elle se dit que Marcia avait fait mouche. À travers ses jumelles, Sarah vit un groupe d'une quinzaine d'antilopes détaler vers le sud sans hélas s'approcher d'elle. Quand le vent se leva, elle battit en retraite dans le massif de genévriers et baissa les yeux vers un crâne de lièvre et une partie de son squelette. Après le temps nécessaire pour vider l'animal, Marcia apparut en se dirigeant vers Sarah, tantôt portant l'antilope sur une centaine de mètres, tantôt la traînant sur une distance équivalente. Voilà la vraie Marcia, pensa Sarah. Combien de filles de quinze ans peuvent porter une antilope de cinquante kilos ? Elle savait qu'à la demande de sa famille Marcia venait d'abattre une jeune femelle, dont on apprécierait la viande tendre et délicieuse, ainsi que le foie et le cœur. L'élan et le petit gibier étaient faciles à trouver dans leur région, mais pas l'antilope.

Marcia hissa son antilope sur le versant de la colline jusqu'aux genévriers de Sarah, puis son manque de jugeote la fit éclater de rire, car Lester devait passer à midi avec son pick-up. Quand Marcia pénétra dans le massif de genévriers, Sarah sentit la chaleur du corps épuisé de son amie. En faisant jaillir l'eau de sa gourde, Marcia lava le sang séché qu'elle avait sur les mains en disant que cette « fillette » avait seulement nécessité un tir à cinquante mètres. Elles bavardèrent un moment, et Marcia parla comiquement de Terry et de la perte simultanée de leurs deux virginités à l'hôtel, puis Marcia tapota l'épaule de Sarah en tendant le bras. Là-bas, à environ deux cents mètres vers l'ouest et en amont du vent, une jeune antilope mâle avançait au bas d'une butte le long d'un fourré de

La Fille du fermier

nerpruns. Marcia laissa Sarah utiliser son épaule pour se caler et Sarah décida de viser le cou. L'antilope se cabra comme un cheval, puis elle retomba sur le flanc. « T'as dégommé ce gros salopard ! » s'écria Marcia.

Je viens de tuer un mammifère, pensa aussitôt Sarah, et je peux en tuer un autre. L'opération consistant à vider l'animal fut désagréable, les vapeurs âcres et tièdes des viscères montant jusqu'à son visage dans l'air froid.

X

Bien sûr, Lolly hurla le matin où elle découvrit l'antilope accrochée dans la cabane de la pompe située derrière la maison. Quand Sarah arriva chez elle en pleine nuit, Frank se leva et la félicita. Avant d'aller se coucher, Sarah déplaça les trois valises vides que Lolly avait rangées dans un coin de sa chambre. Cette salope ose se servir de ma chambre comme d'un débarras ! pensa Sarah. Cédant aux prières de Frank, Sarah transporta la carcasse de l'animal jusqu'à chez Tim et régla la température du chauffage sur quatre degrés, une bonne température pour conserver le bœuf et le gibier sauvage. Elle attendrait une semaine avant de le découper et d'envelopper les morceaux destinés au congélateur. Vagabonde se montra ravie quand sa maîtresse fit griller les tranches de cœur et les partagea.

Ils avaient mis un jour de plus à rentrer chez eux, car Terry désirait voir le confluent de la Yellowstone et du Missouri entre Sidney et Williston, un endroit magnifique et riche d'événements historiques. Mais Sarah fut distraite par la perspective de devoir faire une répétition générale sur le territoire de Karl. Elle ne pouvait pas y pénétrer au jugé et improviser l'assassinat. Elle avait aussi l'impression

La Fille du fermier

lancinante qu'elle n'aurait pas dû faire l'amalgame entre le fait d'abattre cette antilope et son projet de tuer Karl. Bonne élève en histoire, elle savait que les humains trouvent toujours d'excellentes raisons pour s'entretuer ; mais l'équilibre mental est une chose fragile, et durant le trajet du retour sur la Route 2 à travers le nord du Montana, ils firent halte dans un boui-boui de Wolf Point et elle repéra une trace de l'odeur de Karl dans le yoghourt, les pastilles mentholées, les bouses de vache, et elle se sentit de nouveau prête à tuer. Un quart d'heure plus tard seulement, sur le parking, elle vit un groupe d'Indiens Anishinabe descendre d'une vieille voiture et elle pensa que, de tous les Américains et au même titre que les Noirs, c'étaient eux qui avaient le droit de tuer des gens. Elle resta debout dans le vent glacé en espérant que son cerveau cesserait bientôt de ressembler à un ascenseur tressautant.

Elle tenta de résoudre les difficultés du début de l'hiver en recourant à l'épuisement physique. Un matin, une semaine avant Noël, Lolly lui dit :

« Quand on traîne avec les chevaux et les chiens, on se met à sentir le cheval et le chien. »

C'était au petit déjeuner et Sarah répondit :

« Je préfère l'odeur des chevaux et des chiens à celle des humains. »

Offusquée, Lolly s'en alla dans la chambre et Frank fit à Sarah un sermon sur la civilité qu'elle trouva injustifié. Elle enfourcha Lad et partit faire une balade harassante dans la neige ; Vagabonde les rattrapa bientôt et dévora un lièvre entier, en laissant une grande traînée de sang sur la neige. Quand Sarah revint à la maison, elle prépara une valise sommaire, sans oublier les paquets de viande d'antilope congelée, puis rejoignit le chalet de Tim, où elle joua du piano pendant des heures. Elle pleura un peu, puis comprit que ses larmes ne la feraient pas avancer d'un iota. Elle pensa au mal qu'on pouvait faire à quelqu'un, un mal parfois incalculable, et puis il y avait aussi le mal qu'on se faisait parfois à soi-même, en s'endurcissant. Tout en jouant, elle se dit que la femme la moins dure du monde, Emily Dickinson, était l'une de ses poétesses préférées. Il lui semblait malgré tout qu'elle n'avait pas d'autre choix que de devenir prématurément âgée et austère. Elle allait vivre dans ce chalet comme une religieuse cloîtrée, puis elle finirait par quitter la région pour tenter de trouver une autre vie.

Quand le lycée rouvrit ses portes, elle rejoignit l'équipe de volley-ball afin de passer davantage de temps avec Marcia et, à cause de sa grande taille, elle apprit vite à rabattre le ballon avec vitesse et brutalité, avant de goûter au calme de l'épuisement. Elle s'inscrivit dans l'équipe de course à pied et se spécialisa dans le huit cents mètres. À partir de février, les membres de cette équipe s'entraînèrent sur la carrière d'un riche rancher, qui était plus vaste que le gymnase de l'école. Une heure par jour, les filles décrivaient des cercles sur un mélange de sciure et de terre. Comme il faisait froid dans la carrière, elles couraient le plus vite possible pour se réchauffer. Cet entraînement plaisait à Sarah, mais pas autant que de courir en pleine nature. L'intérêt de la chose, c'était que durant les dix premières minutes de course on ressassait ses problèmes et qu'ensuite ils s'envolaient tous comme par magie. Elle renonça à entretenir l'écran de fumée du club biblique, d'autant que les garçons plus âgés qui la draguaient ouvertement n'y croyaient plus. Un jour qu'elle parlait avec Marcia dans l'entrée de l'école, l'imbécile de fils du pasteur baptiste local lui passa un billet où elle lut : « Dix-huit centimètres, ça te dirait ? » Sarah transmit le mot à

La Fille du fermier

Marcia, laquelle flanqua un grand coup de poing au garçon, qui se retrouva à terre.

Sarah se leva à cinq heures du matin, étudia et lut. Puis elle nourrit Vagabonde et Lad, et emmena la chienne faire une petite promenade. Contrairement à ce qui se passait chez elle au pied de la colline, Vagabonde entrait dans le chalet et dormait au bout du lit, gardant ainsi les pieds de Sarah au chaud. Pour se protéger contre l'inconnu, elle cachait le pistolet de Tim sous son oreiller. Frank l'avait aidée à construire un abri pour Lad à côté de la galerie de Tim. Le foin coûtait cher, mais Terry volait à son père de quoi remplir un pick-up, avant de le transporter avec Marcia. La vie sociale de Sarah se réduisait à Terry et Marcia et quelques week-ends passés chez Tessa, la mère de Terry, pour lui emprunter des livres. Grâce à Tessa, Sarah lut George Eliot, Henry James et Stendhal. Elle aima Stendhal, mais trouva les autres écrivains trop claustrophobes.

Un dimanche après-midi où elle jouait du Schubert, Frank passa pour faire la paix et proposer un compromis. Lorsqu'il déclara que Lolly considérait avoir chassé Sarah hors de la maison, Sarah dit : « C'est la vérité. » Frank demanda si, pour lui faire plaisir, Sarah accepterait de dîner avec eux au moins deux fois par semaine, et Sarah accepta, surtout parce qu'elle en avait assez de préparer tous ses repas. Frank aborda alors un point qui la stupéfia. Il avait évoqué leurs problèmes familiaux avec sa sœur Rebecca qui vivait à Tucson, et Rebecca avait envoyé un billet d'avion pour que Sarah vienne lui rendre visite et voie si elle avait envie de s'inscrire à l'université d'Arizona. Sarah commença par refuser, car elle avait l'intention de profiter de ses vacances de printemps pour effectuer une reconnaissance sur le terrain de Karl à Meeteetse. Mais

La Fille du fermier

elle changea d'avis et répondit à Frank qu'elle irait voir sa tante, car elle désirait monter dans un avion, et puis elle pourrait toujours sécher les cours après la fonte des neiges, quand il serait plus facile d'explorer la région où habitait Karl.

Troisième partie

XI

1986

Frank et Lolly l'accompagnèrent en voiture jusqu'à Bozeman, un trajet qui prit trois heures car Lolly désirait acheter des choses qu'on ne trouvait pas à Butte. Dans le hall de l'aéroport, un vertige angoissant s'empara de l'esprit de Sarah – elle se trouva soudain incapable de respirer normalement. En un contraste saisissant avec la région où elle vivait, les voitures qui s'arrêtaient devant l'entrée du bâtiment étaient neuves, propres et brillantes, les hommes qui en descendaient portaient un costume et une cravate, et puis ils semblaient riches même si elle savait très bien que c'était sans doute faux. Ces hommes avaient le visage lisse, alors que les gros ranchers de sa région possédaient sans doute des milliers d'arpents de terre ainsi que plusieurs milliers de vaches, mais ils avaient les traits marqués par les intempéries et par les caprices du ciel.

Un fois installée près d'un hublot, Sarah se mit à fredonner une chanson que lui avait apprise Antonio, le vieux père de Frank, décédé alors qu'elle avait cinq ans. Elle se rappela le visage ridé du vieillard tout proche du sien tandis qu'assis côte à côte sur le tabouret du piano ils entonnaient de concert : « Et nous voilà partis dans l'immensité bleue, en volant très haut dans le ciel… » Elle avait adoré ce vieil homme qui, contrairement à son père Frank, semblait toujours rire.

Pour qui n'a jamais pris l'avion, le décollage est toujours terrifiant, mais les formes passablement mystérieuses du paysage sous elle absorbèrent très vite Sarah, qui se rappela alors le vers d'un poème : « La terre trouve sa forme dans le passage de l'eau. » L'homme au costume impeccable assis près d'elle lisait le *Wall Street Journal*, et l'odeur de son after-shave était si forte qu'un ver de terre n'y aurait pas survécu. Elle se demanda distraitement comment on pouvait bien coucher avec un homme qui sentait aussi fort. Bizarrement, les montagnes qu'elle survolait, appelées Spanish Peaks, lui rappelèrent le jour où Terry, d'humeur taquine, lui avait dit qu'elle était beaucoup trop austère et prématurément vieillie. On aurait pu faire le même constat, elle le savait, avant son agression et sa décision de tuer Karl. Pour se moquer de Sarah, Terry déclarait qu'elle avait « le couvercle vissé trop serré » et que, comme son père, c'était une espèce d'idéologue. Ensuite, après ces piques, elle avait pleuré en rentrant chez elle au volant de son pick-up, en se disant piteusement que Terry picolait trop, ce qui expliquait toutes ces accusations déplacées. Elle était descendue avec lui dans leur cave à vin pendant que la mère de Terry était à Boston, et elle lui avait demandé pourquoi diable quelqu'un pouvait avoir besoin de garder autant de bouteilles chez soi. Il y en avait sans doute plusieurs milliers. Mais Terry lui avait alors répondu que Tessa en vidait d'habitude trois par jour.

Ce voyage en avion suscita d'autres pensées inattendues, comme souvent chez les passagers qui s'abandonnent alors

La Fille du fermier

à un flot continu d'anecdotes décousues. Au retour de leur chasse à l'antilope sur la Route 2, ils avaient bifurqué vers le sud à Shelby sur l'Interstate 15, avant de s'arrêter à Great Falls pour manger. Terry, qui avait bu pas mal de vin, avait insisté pour qu'ils essaient d'entrer dans un club de strip-tease qu'il avait repéré. De temps à autre, Terry manifestait l'arrogance et la conviction que tout lui était dû qui caractérisaient un gosse de riche. Il avait envoyé Sarah et Marcia en éclaireuses. Elles avaient franchi les portes du club, mais le videur avait refusé de laisser entrer Terry. Durant les brefs instants où elle s'était trouvée dans la salle, Sarah avait vu une jolie strip-teaseuse frotter son pubis contre le visage d'un client tandis que l'ami du client riait aux éclats. Cette vision l'avait tant scandalisée qu'elle avait failli prendre ses jambes à son cou. Dehors, Marcia avait raconté en riant à Terry ce qu'elles venaient de voir, et il avait enragé d'avoir raté ce spectacle. Au printemps dernier, histoire de lui faire une blague, Terry avait donné à Sarah un roman un peu salace d'Erskine Caldwell qui contenait la description d'une scène similaire, et un jour, à Missoula, alors que Sarah et son père déjeunaient avec d'autres cultivateurs de légumes, un vieil Italien assis à leur table avait déclaré qu'il mourait d'envie d'embrasser le joli cul de la serveuse. Frank lui avait adressé de vifs reproches et l'homme, qui n'avait pas remarqué la présence de Sarah, s'était excusé platement. Sarah, qui lisait *Tristram Shandy* de Laurence Sterne pendant ce déjeuner, avait fait semblant de n'avoir pas entendu la remarque de l'Italien afin de lui éviter toute gêne. Dans l'avion, elle comprit clairement que Karl n'était pas le seul homme aux instincts animaux et que de toute évidence il y avait aussi des femmes dans le coup. Elle se demanda tout à trac si le fait de tuer

La Fille du fermier

Karl remettrait les compteurs à zéro, mais après une pause elle conclut que oui.

Il y eut une brève escale à Salt Lake City, où Sarah embarqua à bord d'un plus gros avion et elle pensa que, malgré tous les préjugés qu'on entendait dans l'Ouest contre les Mormons, ces gens habitaient incontestablement un endroit magnifique. Elle espéra qu'un jour elle pourrait monter Lad aux environs d'Escalante, dans le sud de l'Utah. Après deux heures seulement de voyage, tout lui sembla flambant neuf et elle oublia d'où elle venait. Le Montana était peut-être immense, mais il vous enfermait. Maintenant, le monde ouvrait enfin ses fenêtres pour elle. Elle connaissait par cœur une phrase d'Emily Dickinson qui tombait à pic : « La vie est si étonnante qu'elle laisse peu de temps pour autre chose. » Cinq ans et demi plus tôt, quand avec sa famille elle était partie vers l'Ouest et qu'elle était entrée dans le Dakota du Sud, Sarah avait regardé au-dessus de l'épaule de son père et aperçu au loin les immenses formes sombres des Black Hills, et elle avait alors décidé de ne pas en croire ses yeux. Les premières montagnes que voit une fille de l'Ohio habituée au plat pays sont mentalement inacceptables.

À l'aéroport de Tucson, tandis que sa tante Rebecca approchait d'elle, Sarah retourna dans un paysage rêvé au ralenti. Rebecca lui serra la main, l'attira contre elle, puis baissa les yeux vers les mains de Sarah couvertes de cals et où la peau était à vif à l'endroit où la corde avait frotté quand elle avait aidé Marcia à extraire un veau hors du ventre de sa mère.

« Je constate que tu as travaillé avec tes mains, dit Rebecca en riant.

— Oui, je bosse dans le jardin, je coupe du bois, et l'autre jour nous avons aidé un veau à naître. » Sarah se

La Fille du fermier

sentit gênée, car les mains de Rebecca étaient lisses et douces en comparaison des siennes qui étaient les mains d'une travailleuse. Il leur avait fallu tirer fort pour ne pas perdre à la fois la vache et le veau ; quand le veau était brutalement sorti à l'air libre, Marcia et elle étaient tombées à la renverse. Ce souvenir lui fit penser à ce bavard de Terry qui disait volontiers que presque tous les habitants de leur région, hormis les propriétaires de gros ranchs, étaient en réalité des paysans au sens ancien et européen du terme. On ne les traitait certes pas de paysans parce que nous vivions en démocratie, mais ce terme qualifiait la plupart des habitants du Montana.

Rebecca possédait un 4x4 portant le même nom que la chienne de Sarah et elle expliqua qu'elle en avait besoin pour gravir de nuit la route pentue de l'observatoire de Kitts Peak quand il y avait du verglas. Elles roulèrent pendant presque une heure vers le sud-est de Tucson jusqu'au carrefour du village de Sonoita. Quand Rebecca s'y arrêta pour acheter des cigarettes, Sarah entendit deux hommes basanés en vêtements de rancher parler espagnol tout près du pick-up et elle décida qu'elle était bel et bien à l'étranger. Elle ignorait que, selon un dicton local, tout le territoire situé au sud de l'Interstate 10 était déjà le Mexique.

Rebecca occupait une vaste et agréable maison en adobe qui s'étendait sur dix arpents. Dans un chenil, il y avait deux gros labradors qu'elle appelait Mutt et Jeff et qui, dès qu'elle les libéra, se transformèrent en imbéciles baveux. Sarah mit un certain temps à comprendre le plan de cette maison conçue pour accueillir l'extérieur plutôt que pour s'en protéger. Il y avait un patio sans toit où poussait un peuplier de bonne taille. Sarah en explora les pièces, puis défit sa valise pendant que Rebecca préparait le dîner. Les labradors reniflèrent son bagage et eurent l'air

La Fille du fermier

de demander : « Où est la chienne ? » En regardant hors de sa chambre et de l'autre côté du patio, elle remarqua dans une pièce ensoleillée un petit piano à queue, dont la présence la ravit. Sur le mur, à côté de la porte, était punaisée une petite carte où Rebecca avait écrit « tu es ici » en entourant la ville de Sonoita, les chaînes de montagnes environnantes, les Rincons loin au nord, les Whetstones et les Mustangs à l'est, les Patagonias et les Santa Ritas à l'ouest. À soixante kilomètres au sud s'étendait le Mexique. Quel endroit pour monter à cheval ! pensa-t-elle.

Au dîner, Rebecca fit une proposition qui mit d'abord Sarah en colère à cause des problèmes de communication de son père. Frank et Rebecca avaient discuté ensemble et abouti à cette conclusion que, si Sarah acceptait de s'inscrire à l'université d'Arizona, Rebecca financerait ses études, car Sarah pourrait aussi garder la maison. De fait, Rebecca allait passer beaucoup de temps au Chili avec un groupe d'astronomes pour construire un nouvel observatoire. Un verre de vin suffit à apaiser Sarah, qui entendit avec stupéfaction Rebecca lui dire combien elle détestait Lolly. « Lolly a toujours été perverse. Frank et elle batifolaient déjà ensemble quand ils avaient treize ans, et maintenant elle lui a mis le grappin dessus. Mon frère est nul avec les femmes. Je ne comprends pas comment tu peux la supporter. » Sarah lui rétorqua qu'elle s'était installée dans les collines, qu'elle vivait seule avec Vagabonde et qu'elle avait aménagé le corral de Lad pour qu'il puisse regarder par la fenêtre. Quand elle demanda si elle pourrait les faire venir, Rebecca lui répondit que oui et que la moitié des habitants de Sonoita avaient des chevaux dans leur cour.

Tout fut bientôt réglé et le Montana s'estompa très vite. Mais cette impression idyllique vola en éclats au milieu de la nuit. Sarah essayait de dormir face à l'est, cependant

La Fille du fermier

la lune était énorme dans le ciel et elle ne semblait pas particulièrement aimable. Elle se leva pour tirer les rideaux, mais leur minceur masqua à peine la lumière et grossit même la taille de la lune. Jusque-là, sa vie avait été relativement pauvre en événements marquants, et maintenant voilà qu'il y en avait trop. Dans la pénombre elle pressentit que tout ce que nous connaissons est la vie de l'esprit et que cette vie tournoyait et bourdonnait maintenant telle une vieille toupie à piston. Ces prétendues grandes décisions comme celle de partir vivre en Arizona lui échappaient pour l'essentiel, car elles avaient été prises à sa place par Frank et Rebecca. Elle pouvait bien sûr refuser, mais quel autre choix avait-elle ? Elle pouvait attendre des nouvelles d'une bourse pour Missoula ou Bozeman. Le proviseur avait dit qu'elle avait toutes les chances d'en décrocher une, mais Sarah avait l'impression de se dissoudre dans un recoin perdu du Montana. Et peut-être que si elle restait dans le Sud l'image de Karl se dissiperait. Par ailleurs, la confusion de son esprit avait ses vertus. Dès qu'elle roulait en pick-up avec Marcia, elle devait écouter Patsy Cline et Merle Haggard sur le lecteur de cassettes huit pistes. La nuit, elle entendait la voix limpide de Patsy Cline chanter *I Fall to Pieces* et *The Last Word in Lonesome Is Me* ainsi qu'un couplet de Merle Haggard où la chanteuse venait d'avoir vingt et un ans en prison, condamnée à vie sans la moindre possibilité de libération sur parole. Terry disait toujours que notre corps est notre prison. Et si elle passait le restant de ses jours dans une prison bien réelle pour le meurtre de Karl ?

L'un des labradors de Rebecca, elle n'aurait su dire lequel, entra dans la chambre, sauta sur le lit et se pelotonna près de la hanche de Sarah. Poser la main sur le poitrail de l'animal et sentir ses battements de cœur la calma, comme avec Vagabonde. Elle se mit à dormir en se réveillant par à-coups, mais après minuit, quand la lune eut quitté sa fenêtre, elle se réveilla en sanglotant et en hurlant, après quoi le chien se mit à aboyer. Elle venait de rêver que Karl mangeait son pied gauche nu et que les os blancs de sa jambe étaient visibles. Il montait vers le genou en énormes bouchées goulues. Rebecca arriva en courant et alluma le plafonnier. Sarah pleurait et se débattait sur le lit, les yeux grands ouverts mais aveugles. Rebecca la hissa hors du lit, la mit debout et la fit marcher de long en large dans la chambre jusqu'à ce que la jeune fille ait repris conscience ; toutefois, doutant que ces allées et venues aient un effet assez rapide, elle emmena Sarah de pièce en pièce à travers la maison en allumant la lumière à mesure, faisant demi-tour pour éviter le patio obscur mais éclairé par la lune quand Sarah se raidit.

Ce fut le piano qui la calma, et peut-être la couleur ensoleillée des murs, ou encore les nombreuses plantes du désert en pots. Rebecca assit Sarah sur le tabouret et lui demanda de jouer un peu de Schumann.

« Schumann est trop effrayant. Je le joue seulement quand il fait jour », dit Sarah en entamant un morceau de Schubert. Elle joua au moins une heure. Rebecca et les chiens finirent par s'endormir sur le canapé. Sarah étendit un châle sur Rebecca en regrettant que son hôtesse ne fût pas sa mère, mais il était bien sûr trop tard pour changer de mère.

En milieu de matinée, elles partirent en 4x4 afin de rejoindre le musée du désert. Une heure durant, Sarah fut assez éblouie par la flore et la faune pour oublier tout le reste, hormis ce qu'elle voyait et ce qu'elle pensait : il valait peut-être mieux étudier la biologie animale ou la botanique que la science sûre, froide et sèche de la métallurgie.

La Fille du fermier

Rebecca devant assurer un séminaire de mathématiques appliquées à l'astronomie, Sarah se promena sur le campus de l'Université d'Arizona, fascinée par le grand nombre d'étudiants asiatiques, noirs et latinos qu'elle aperçut, après avoir elle-même grandi dans le Montana ethniquement monochrome. Les bâtiments étaient d'une taille et d'une majesté intimidantes, et elle se demanda pourquoi ces étudiants avaient besoin de locaux aussi luxueux pour apprendre. Elle rejoignit d'un pas endormi une petite gargote chinoise sur Campbell, où elle mangea un bol de soupe au canard qui aurait été cent fois meilleure préparée avec les malards sauvages que Tim abattait autrefois. Après le cauchemar et l'heure de piano, elle avait seulement somnolé en laissant sa lampe de chevet allumée pour ne pas courir le risque de voir son cauchemar revenir. Elle avait lu quelques pages d'*Îles à la dérive* de Hemingway sans s'intéresser beaucoup à l'histoire, mais en adorant les descriptions du Gulf Stream. Elle ne comprenait pas pourquoi Terry aimait autant Hemingway, alors qu'elle-même lui préférait Faulkner, Steinbeck ou des dizaines d'autres écrivains. Certains livres froissaient sa fougue adolescente. Elle se demandait aussi pourquoi l'héroïne de *Madame Bovary* ne se tirait pas une balle dans la tête ou ne prenait pas un bateau à destination de l'Amérique.

En retournant vers le bureau de Rebecca, elle vit un gros garçon dégingandé qui lui rappela Karl. Elle se dit alors que, si jamais elle se faisait arrêter après le meurtre de Karl, elle ne pourrait jamais identifier toutes ces bizarres plantes du désert qu'elle avait vues près du musée. Cette conviction contrastait lugubrement avec l'urgence renouvelée qu'elle avait ressentie de le tuer après ce cauchemar saisissant.

La Fille du fermier

De retour chez Rebecca en fin d'après-midi, elle dormit plusieurs heures pour se réveiller au crépuscule, entendre plusieurs voix éloignées et le son du piano sur lequel on jouait, plutôt bien, du Stravinsky. Elle s'était réveillée en proie à des pensées confuses de normalité, cette normalité peut-être imaginaire qu'on croit discerner chez autrui. Il y avait une histoire de famille touchant au mariage de Rebecca, qui n'avait duré qu'une semaine. Son jeune mari au sang chaud l'avait frappée au retour de leur lune de miel de cinq jours à New York. Il avait désiré aller à Miami. Elle s'était aussitôt rendue au commissariat de police le plus proche avec son œil au beurre noir et avait porté plainte. Les parents des deux familles avaient tenté de la dissuader de divorcer ou d'annuler le mariage, Sarah ne se souvenait plus très bien. Quand ils avaient dit à Rebecca que son époux méritait une autre chance, elle avait répondu : « Personne ne mérite de me frapper, même une seule fois. » Tous les habitants de son quartier respectable l'avaient prise pour une excentrique, car après la séparation avec son butor de mari elle avait décidé de faire un doctorat au MIT, un but plutôt incongru pour une fille de gros cultivateur.

Sarah repensa à cette histoire sous la douche en baissant les yeux vers ses mains abîmées qui contrastaient avec son corps lisse et souple. À quoi bon être séduisante ? Lorsque l'eau de la douche cessa de couler, elle entendit un morceau de Villa-Lobos magnifiquement joué. Elle s'habilla en toute hâte et rencontra trois amis de Rebecca à la cuisine, deux astronomes et une artiste, mais elle mourait d'envie de connaître le ou la pianiste, qui se révéla être un professeur de botanique venu grâce à un système d'échanges universitaires, un Mexicain d'environ trente-cinq ans, originaire de Guadalajara, prénommé Alfredo.

La Fille du fermier

Doté d'un accent doux et mélodieux, Sarah le prit pour un gay, ce qui était de toute évidence le cadet de ses soucis. Il entreprit de lui apprendre une pièce à quatre mains (la *Fantaisie en fa mineur* de Schubert) et ils jouèrent durant presque trois heures, en faisant une brève pause pour dîner. En dehors de Montgomery Clift dans *Les Désaxés*, ce fut le premier homme qui la captiva entièrement. Cette nuit-là, elle entendit sans surprise du Schubert dans ses rêves. Alfredo faisait cours le lendemain matin, mais il viendrait dans l'après-midi pour se promener et jouer au piano avec elle. Il apporterait quelques manuels de botanique, ajoutant que, si Sarah les étudiait d'arrache-pied, il l'accepterait volontiers à l'automne suivant dans son cours destiné aux étudiants spécialisés dans ce champ de recherches. Lorsqu'il dit qu'il passerait seulement une autre année à Tucson, elle fut amèrement déçue.

Le lendemain matin au petit déjeuner Rebecca la taquina un peu, ce qui ne lui plut pas. Sarah se sentait tantôt rêveuse, tantôt surexcitée. Seule la timidité l'empêcha d'interroger Rebecca à propos d'Alfredo.

« Tu as un petit ami ?

— Pas vraiment, juste un ami. » Elle se retrouva à parler à Rebecca de son amitié avec le vieux Tim, puis avec Terry et Marcia. Tous les autres garçons de l'école étaient des crétins et elle n'avait jamais éprouvé le moindre sentiment romantique envers Terry.

« Alfredo est un peu âgé pour toi, la taquina encore Rebecca. Je crois qu'il frise la quarantaine. Il a déjà été marié et je sais qu'il a une fille, mais je ne suis pas certaine de ses penchants sexuels. »

Le rouge monta aux joues de Sarah et elle fit semblant de s'intéresser à l'oiseau qui venait de se poser sur un pyracanthe et qui chantait magnifiquement.

La Fille du fermier

« C'est un roitelet des canyons. Et mon chant préféré », dit Rebecca.

Comme Rebecca devait partir pour l'université, Sarah emmena les chiens marcher dans les collines et la forêt clairsemée qui se trouvait au bout de la route. Un problème évoqué par son austère professeur d'histoire la tracassait : certaines minorités, ainsi les Noirs et les Indiens, n'éprouvaient pas une grande empathie politique les unes pour les autres. Elle se perdit bientôt dans un long arroyo et redouta d'être en retard quand Alfredo arriverait. Un violent vent froid du nord se leva et les chiens partirent à la poursuite d'un gros lièvre. Elle sentit une boule de désespoir se former au fond de sa gorge, mais les chiens revinrent alors et elle dit : « Rentrons à la maison », ainsi qu'elle le faisait avec Vagabonde quand elle était perdue. Les chiens s'engagèrent dans ce qu'elle crut être une mauvaise direction – c'étaient pourtant eux qui avaient raison, comme chaque fois Vagabonde dans le Montana.

Alfredo lui offrit un grand bouquet de fleurs coupées et elle eut un peu le tournis en cherchant un vase. Il installa les fleurs sur le piano, puis tous deux se mirent à travailler des compositions à quatre mains de Mozart puis de Fauré. Lorsqu'ils firent une pause pour manger des sandwichs et boire du café, il en profita pour interroger Sarah sur sa vie. Elle obtempéra et il dit alors : « Le moment est venu pour toi de quitter le nid. » Il ajouta que la même évidence s'était autrefois imposée à lui. Sa famille et ses proches étaient des paysans prospères qui habitaient à quatre-vingts kilomètres environ de Guadalajara, mais tout ce qu'il avait jamais eu envie de faire c'était de jouer du piano, si bien qu'à seize ans ses parents l'avaient envoyé à la Juilliard School de New York. Dans cette célèbre école, on finit par découvrir qu'il avait les mains trop petites

La Fille du fermier

pour devenir un pianiste virtuose. Son seul autre centre d'intérêt étant les plantes, il alla à Cornell et « se gela le cul » pendant huit ans avant de décrocher enfin son doctorat en botanique. Il avait été marié deux ans avec une femme riche et gâtée, la fille de propriétaires terriens, mais ils avaient divorcé. Il avait une fille de treize ans, pensionnaire dans un établissement privé de Los Angeles.

Tous deux étaient mélancoliques après ces récits, quand il éclata soudain de rire et joua une version moqueuse de la mélodie dramatique des *Bateliers de la Volga*, après quoi il cita en espagnol un vers de Lorca, qu'il traduisit par « Je désire dormir du sommeil des pommes loin du tumulte des cimetières ».

« Allons nous promener. Ce soir, je dois faire un discours aux jardiniers d'une vieille dame folle de cactus, et je préférerais rester ici. »

Ils marchèrent une demi-heure avec les chiens, il nomma toutes les espèces de flore sauvage qu'ils rencontrèrent, puis il dit au revoir à Sarah près de sa voiture. Quand il sourit, Alfredo lui rappela le cow-boy mexicain qui avait livré le cheval au ranch des Lahren.

« Rebecca m'a dit que tu réfléchissais encore. Te verrai-je cet automne ?

— Si tu veux.

— Tu es trop jeune pour dire une chose pareille. » Il agita l'index devant elle.

« Non, je ne le suis pas. Je suis plus âgée que toi à maints égards », répondit-elle en riant.

Elle le regarda s'éloigner en sentant son cœur se serrer, la preuve évidente à ses yeux qu'elle faisait une grosse bêtise et qu'elle devait retrouver son sang-froid. Dans la maison, elle examina les trois manuels de botanique qu'il lui avait laissés. À l'intérieur de l'un d'eux, l'ex-libris était

La Fille du fermier

une petite reproduction de la *Vénus sortant des eaux* de Botticelli, sous laquelle il avait écrit ces mots : « Chère Sarah, je suis si heureux de te connaître », des mots qui, s'ils n'affirmaient rien, la bouleversèrent néanmoins.

XII

La descente vers Bozeman lui souleva le cœur, à cause de vents violents qui faisaient frémir et tressauter l'avion. Au-delà du hublot minuscule, la vue était obscurcie par la neige. Sarah appréciait à sa juste mesure qu'on fût le premier avril, et que le climat du Montana coopérât avec le calendrier. Elle espérait partir dans quelques jours en reconnaissance à Meeteetse, mais pour cela il faudrait que le temps s'améliore un peu à cause du long trajet en voiture. Elle était énervée car le sommeil l'avait fuie. Elle n'avait pas revu Karl en rêve, mais sa présence était aussi malfaisante que le vent le plus glacé. Il se cachait dans la forêt derrière le chalet de Tim, il allait tuer et dévorer tant Vagabonde que Lad. Elle n'arrivait pas à remettre la main sur les cartouches de son .30-06 alors qu'elle savait avoir acheté trois boîtes de vingt cartouches en préparation de son voyage à Meeteetse. À la quincaillerie, elle avait eu une vision de la plaie, grosse comme un ballon de basket rouge, ouverte par la balle en sortant tout près de la colonne vertébrale de Karl. Tandis que l'avion roulait sur la piste, elle fut troublée qu'Alfredo ne lui ait même pas touché la main.

La Fille du fermier

Marcia, qui s'était portée volontaire pour aller chercher son amie, l'attendait à l'aéroport. Sarah fut aussitôt noyée sous un flot de paroles et elle eut bien du mal à assimiler toutes les informations déversées. Priscilla avait fait une overdose de tranquillisants volés à Giselle, sa mère, et elle récupérait dans une unité de soins intensifs à Helena. Marcia n'avait jamais eu la langue dans sa poche et ses phrases devenaient particulièrement colorées lorsqu'elle abordait son obsession préférée, le sexe. Elle déclara que « Karen, cette deuxième année au cul rebondi et à la taille de guêpe » qui faisait partie de l'équipe du relais quatre fois cent mètres avait confié à la femme du pasteur que son oncle, le banquier de la ville, la « tripotait » depuis qu'elle avait dix ans, et que l'épouse du pasteur avait rapporté la chose au shérif, lequel avait vainement essayé d'étouffer l'affaire. Personne ne savait ce qui allait se passer, mais tous les gens du comté connaissaient l'histoire.

De nombreux semi-remorques étaient garés dans la neige au bord de la route tout en bas du col de Butte, et Marcia mit une bonne demi-heure à franchir ce col en position quatre roues motrices. À l'échangeur des Interstates 90 et 15 elles discutèrent avec un flic, et décidèrent de profiter des dernières lueurs du jour pour se diriger vers le sud sur une cinquantaine de kilomètres et passer la nuit à Melrose, où le temps était soi-disant plus clément. Elles s'installèrent dans un chalet du Sportsman's Lodge, puis Marcia sortit une pinte de schnaps qu'elle avait volée dans l'atelier de son père. Son père croyait dur comme fer que le voleur était l'un des deux frères de Marcia. Elle but une longue gorgée, puis Sarah une petite. Marcia éclata de rire et lui dit que Terry avait installé un miroir dans sa chambre pour pouvoir les regarder en train de faire l'amour, mais qu'elle avait tout bousillé en rigolant. Marcia, qui était

La Fille du fermier

beaucoup plus grande et lourde que Terry, confia à Sarah que dans ce miroir on aurait dit qu'un gros prêtre catholique violait un petit enfant de chœur. Sarah trouva cette image vraiment affreuse, mais Marcia continua de rire et ajouta : « Il va peut-être falloir que je trouve un type de ma taille. »

Elles parcoururent à pied une centaine de mètres dans la tempête de neige pour rejoindre un bar restaurant devant lequel il y avait une balustrade où attacher la bride de son cheval. Le propriétaire des lieux était un petit-cousin de Marcia et il y avait une foule de cow-boys, de ranchers et de citadins qui bénissaient l'humidité apportée par la neige, laquelle aiderait l'herbe à pousser au printemps après un hiver relativement sec. Une bonne tempête de neige en avril signifiait des bêtes plus grasses, et donc davantage de bénéfices dans ce secteur de l'économie dont dépendaient les habitants de la région.

Comme Sarah semblait perdue dans son monde intérieur, Marcia lui commanda une escalope de poulet frite nappée d'une sauce à la crème et une purée maison. Sarah réussit seulement à manger un tiers de son assiette, mais Marcia finit son énorme portion en un clin d'œil. Nicole, l'adorable serveuse, déclara à Sarah qu'elles étaient peut-être parentes. En effet, elles avaient la même peau olivâtre et la même chevelure châtain clair. Sarah était distraite, car elle se rappelait avoir jadis chanté une chanson avec son grand-père, « Grâce aux ailes d'un ange, les murs de cette prison je franchirai », ce qui lui fit penser que, si jamais elle se faisait arrêter après le meurtre de Karl, elle ne reverrait peut-être jamais Alfredo. Quand son grand-père lui avait appris cette chanson au piano, elle n'avait que cinq ans et elle ne connaissait pas le sens du mot « prison ». Lorsqu'il était mort – d'une crise cardiaque –

La Fille du fermier

parmi ses plants de légumes, elle l'avait regardé dans son cercueil au funérarium et lui avait chantonné doucement ces mots : « Réveille-toi, espèce d'endormi. »

À l'aube le ciel était dégagé, mais les routes couvertes de neige fondue. Elles arrivèrent chez elles vers midi et Lolly apprit à Sarah qu'un certain Alfredo avait téléphoné et laissé un numéro. Sarah était hors d'haleine quand elle atteignit le chalet et put composer le fameux numéro (il lui avait d'abord fallu s'occuper de Vagabonde et de Lad, tous deux surexcités, le cheval poussant de sonores hennissements de bienvenue). Terry avait passé quelques jours au chalet et elle discerna la légère puanteur de ses quatre nuits de débauche avec Marcia, mais sans avoir le temps de s'en indigner. Alfredo décrocha dès la seconde sonnerie.

« J'ai vu la météo et j'étais inquiet pour toi à cause de cette tempête.

— On a fait bonne route, mais nous avons dû nous arrêter pour la nuit. »

Suivit un long silence.

« Dis quelque chose. Je ne sais pas quoi dire, reprit-il.

— Tu me manques. » Cette déclaration exigea du courage.

« Tu me manques aussi, mais c'est une folie et c'est peut-être mal. » La voix d'Alfredo manquait de force.

« J'ai interrogé Rebecca ; elle m'a dit que cet été, j'aurai seize ans, je ne serai plus considérée comme une mineure en Arizona. » Ce soir-là, après que Sarah lui avait posé la question, Rebecca avait ouvert de grands yeux, mais aussitôt effectué des recherches sur l'ordinateur.

« Je crois que nous devrions y aller doucement.

— Comme tu veux. Nous pouvons toujours jouer du piano ensemble.

La Fille du fermier

— Nous verrons bien à l'automne. En attendant, nous pouvons nous écrire. Je vais commencer une lettre dès que j'aurai raccroché.

— Moi aussi », dit-elle.

Elle sella Lad, puis, derrière Vagabonde, elle guida le cheval vers le canyon, ses pensées battant la campagne. Si seulement Tim était vivant, il descendrait certainement Karl pour elle. Sans doute que Marcia aussi y serait prête. Ce genre d'attitude faisait peut-être partie du paysage. Le Montana était trop vaste et ces terres privées de toute frontière visible donnaient le vertige. Les garçons quittaient l'école à midi pour se bagarrer derrière le silo à grain, et les hommes se bagarraient la nuit sur le parking de la taverne, même si Giselle disait pour blaguer que la consommation croissante de marijuana dans le Montana diminuait le nombre des rixes. Certains appelaient même un joint un « pacificateur », l'ancien nom du revolver Colt.

À son retour au chalet, elle appela le proviseur du lycée et lui annonça qu'elle allait manquer les cours pendant quelques jours, car elle devait aller à Denver rendre visite à une tante malade. « Très bien », répondit-il, avant d'ajouter qu'elle devrait sans doute enseigner au lieu d'étudier. Ce commentaire eut pour seul effet de rappeler à Sarah combien sa vie avait jusque-là été anormale. Elle était lasse d'entendre les professeurs lui répéter qu'elle était « douée » ou « exceptionnelle », quand tout ce qu'elle avait jamais désiré c'était d'être comme les autres et de fréquenter des jeunes de son âge plus souvent que lors des réunions du club d'éducation manuelle.

Elle nettoya son fusil .30-06 qui était déjà d'une propreté impeccable, puis elle fourra des vêtements chauds et trois boîtes de cartouches dans son sac de voyage. Elle étudia l'atlas routier et les cartes topographiques des environs du

La Fille du fermier

ranch de Karl, en s'inquiétant soudain pour Vagabonde et Lad si jamais elle se faisait arrêter. Son père ne s'en occuperait probablement pas. Lolly non plus. Elle réfléchit à l'affection, ou à ce que la culture populaire appelait l'amour, dont elle ne faisait l'expérience que depuis peu. Montgomery Clift ne comptait pas. Cette émotion était souvent embryonnaire, comme la musique qui nous stupéfie avant de retrouver sa forme mélodique. En nettoyant les verres de ses jumelles, elle comprit que le rythme de son affection pour Alfredo provenait entièrement de la musique qu'ils jouaient ensemble, car ils ne se connaissaient presque pas. Peps l'évangéliste agressait sans cesse verbalement les saints catholiques, qualifiés par elle de « blasphématoires », mais maintenant à la nuit tombée Sarah aurait bien aimé adresser une prière à saint Tim, dont elle essaya de repérer l'esprit planant entre les poutres du toit du chalet.

Elle partit à cinq heures du matin après avoir vomi son sandwich au fromage et son café du petit déjeuner. Elle eut du mal à faire monter Lad dans la remorque à chevaux, car il n'avait aucune envie de bouger à une heure aussi matinale, mais elle avait besoin de lui : d'après sa carte topographique, cinq kilomètres séparaient la route du comté parmi les collines et le petit chemin de terre qui aboutissait au ranch de Karl, lequel avait jadis appartenu au célèbre « tueur indien » Thadeus Markin selon un livre de la bibliothèque de Livingston.

Il lui semblait avoir le ventre rempli de glaçons acides tandis qu'elle roulait lentement sur l'asphalte de la route en essayant d'éviter les plaques de glace noire presque invisibles qui brillaient soudain dans la lueur des phares. Elle comptait mettre huit heures pour rejoindre Meeteetse, après être partie très tôt pour avoir encore quelques heures de jour à

La Fille du fermier

son arrivée. Il aurait été beaucoup plus rapide de traverser le parc de Yellowstone, mais en avril les routes n'étaient pas encore ouvertes à cause de la neige ; elle était donc contrainte de suivre le même itinéraire que pour la chasse à l'antilope, rejoignant seulement la 310 à Laurel avant de descendre vers le sud et Powell, dans le Wyoming. Elle faisait semblant de partir en repérage, mais elle savait très bien que, si l'occasion se présentait, elle appuierait sur la détente.

En milieu de matinée son angoisse s'était dissipée et elle se sentait dans son bon droit. En plus d'accomplir sa vengeance personnelle, elle était en mission pour sauver d'autres filles. Qui, en dehors de Karl et de son ami, savait combien de victimes ils avaient faites ? Priscilla et elle n'avaient jamais parlé de ce qui leur était arrivé, mais un soir après la rentrée scolaire Priscilla avait trop bu et tenté de blaguer en disant qu'elle avait eu mal au cul pendant toute une semaine. Sarah en déduisit qu'elle avait été sodomisée, ce qui semblait bien pire que de se faire arracher les poils pubiens.

Quand elle s'arrêta pour faire le plein et manger un hamburger à un McDonald miteux de Livingston, elle passa en revue les cassettes disponibles dans le pick-up, car Vivaldi, Scarlatti et Mahler ne lui disaient rien. Elle trouva celle des *24 Greatest Hits* de Hank Williams, que Marcia avait laissée là des mois plus tôt. La voix dure et lugubre de Williams était davantage en accord avec sa mission.

Lorsqu'elle atteignit Cody et bifurqua vers Meeteetse, elle dormait presque au volant, le café fort de sa thermos restait sans effet. Malgré sa somnolence, elle pensa avec amusement que le meurtre exigeait une forme physique parfaite et de bonnes habitudes de sommeil. Elle savait que, la nuit passée, il était trois heures du matin quand elle avait regardé le réveil pour la dernière fois, et qu'elle s'était levée avant cinq heures. Quand on a l'intention d'assassiner quelqu'un, deux heures de sommeil nocturne sont nettement insuffisantes. La fatigue ne lui accordait qu'un contrôle minimum sur son esprit, dont le fonctionnement mystérieux la déroutait au point qu'elle eut l'intention de lire des essais sur le cerveau. Le simple fait de penser à Alfredo lui flanquait la trouille pour sa mission, et trois fois au cours du voyage elle faillit faire demi-tour. D'autant qu'elle devait bien admettre que le fait de tuer Karl n'impliquait nullement la disparition des cauchemars où il figurait. Elle essaya de se changer les idées en pensant aux cartouches. Dans le chalet de Tim, il y avait un carton rempli de vieilles cartouches de chevrotine Silvertip .220. Marcia s'en servait pour chasser l'élan, mais pour le chevreuil ou l'antilope elle préférait la chevrotine .165 de fabrication industrielle. Toute la famille de Marcia pratiquait la chasse à l'élan, même sa très féminine mère dont le juron le plus ordurier était « zut ». Chaque année, ils abattaient quatre élans et plusieurs chevreuils et, bien qu'ils aient un faible pour la viande de bœuf, ils mangeaient du gibier la moitié du temps, comme le vieux Tim. Marcia économisait pour acheter un lourd fusil Sako, après avoir entendu dire qu'un homme vivant au nord de Butte avait descendu un chevreuil à sept cents mètres avec ce fusil, mais ce type avait été tireur d'élite au Vietnam. Avec une telle arme, on pouvait faire exploser un crâne et la victime tombait raide morte avant d'entendre le moindre bruit.

À quatre heures de l'après-midi, elle somnolait au volant du pick-up garé dans la grande rue de Meeteetse et un quart d'heure après son réveil, – version distordue de la chance –, elle vit le gros véhicule de Karl garé devant la taverne. Elle démarra et franchit le carrefour suivant pour

La Fille du fermier

utiliser une cabine publique, au cas où il l'aurait reconnue derrière la vitrine de la taverne. Lorsqu'elle appela chez lui, ce fut le père de Karl qui répondit et elle lui fit savoir qu'elle lui livrerait un cheval au portail à huit heures le lendemain matin. Il lui dit d'amener le cheval jusqu'au corral, près de l'abri à foin, et elle lui répondit que non, car elle transportait un gros chargement depuis Sheridan et elle devait livrer sept autres chevaux à Casper. Il tomba d'accord, puis ajouta : « Qui êtes-vous ? »

— Je suis l'une des jeunes poules de Karl à Billings », répondit-elle.

L'homme ricana.

Dans une épicerie elle acheta du pain, de la saucisse et une boîte de haricots, qu'elle mangerait froids car elle ne voulait pas courir le moindre risque en faisant un feu de camp. Elle roula ensuite vers le nord-est sur une route de comté qui longeait la Greybull River, puis elle parcourut quelques centaines de mètres sur un chemin de bûcherons pour dissimuler son pick-up et la remorque à chevaux. Vagabonde fut furieuse d'être enfermée dans la cabine quand Sarah sella Lad pour partir en reconnaissance, après avoir glissé son fusil chargé dans l'étui de selle, juste au cas où. La montée fut facile jusqu'au sommet de la colline, mais la descente sur le versant pentu prit davantage de temps. Sarah se fraya un chemin entre de gros blocs de roc et des pins à torches, puis elle vit le portail du ranch de Karl Burkhardt, une allée qui menait à une petite maison située près de deux kilomètres plus loin. Elle repéra un rocher qui constituerait un appui parfait pour son fusil et garantirait la précision du tir. Elle décida de le charger avec de la chevrotine Silvertips .220, que les revues d'armes à feu qualifiaient de « munition détruit-tout ».

La Fille du fermier

Elle rejoignit le pick-up juste avant la tombée de la nuit, et Vagabonde se comporta comme si Sarah était restée absente pendant des jours. Elle donna un peu de foin à Lad, puis partagea sa boîte de haricots et son sandwich à la saucisse – tous les deux à peine mangeables – avec Vagabonde, qui manifesta très peu d'enthousiasme. La chienne avait détesté Peps, mais Lolly lui convenait car, pour faire plaisir à l'animal, elle lui donnait de petits morceaux de parmesan Reggio.

Ce fut bien sûr la nuit la plus longue de toute sa vie, plus longue que la nuit de ses poils arrachés et de la torpeur due à la kétamine et à l'alcool, qui lui avaient donné l'impression que son cerveau vomissait. Elle avait compté dormir à même le sol, mais il faisait très froid et puis elle avait oublié le matelas gonflable pour y étendre son sac de couchage, si bien qu'elle se pelotonna dans le sac sur la banquette avant en se servant de Vagabonde comme d'un oreiller. Elle se plongea dans l'un des manuels de botanique d'Alfredo en lisant grâce à une lampe-stylo et en regrettant de ne pas avoir choisi une lecture plus appropriée, par exemple l'un des romans policiers d'Elmore Leonard que la mère de Terry lui avait prêtés. Elle dormit mal, se réveilla en sursaut à minuit à cause de son esprit qui jouait une tonitruante musique symphonique qu'elle n'avait jamais entendue. C'était la deuxième fois qu'une telle chose lui arrivait et elle en conclut qu'elle deviendrait peut-être compositrice. Cette fois, dans le pick-up, la musique était très forte, discordante, évocatrice de Stravinsky. Assez étrange pour l'effrayer, si bien qu'elle leva les yeux à travers le pare-brise vers la lueur laiteuse de la Voie lactée. Elle se demanda même si cette musique allait l'empêcher de tuer Karl. Elle interrogerait son sinistre professeur d'histoire pour savoir si ces affreux généraux nazis

La Fille du fermier

aimaient la musique classique, ou si Mozart empêchait les assassinats.

À l'aube, elle se réveilla d'un rêve délicieux où elle se promenait avec Alfredo. Il lui expliquait la vie mystérieuse des massifs de pyracanthes envahis d'une telle profusion de baies qu'ils en devenaient presque autant de blocs compacts. Après une bonne gelée, ces baies fermentaient et les oiseaux qui les mangeaient s'enivraient. Au moment précis où il prononçait ces paroles, un roitelet de canyon se mit à chanter tout près, et la beauté de ce chant la fit frissonner.

Elle mangea la moitié d'un sandwich, but du café froid, puis sella Lad pendant que Vagabonde passait les environs au peigne fin à la recherche d'une éventuelle menace. La chienne n'avait pas la moindre envie de rester sur la touche et elle refusa de remonter dans le pick-up. Elle se laissa tomber dans l'herbe blanchie de gelée matinale, et Sarah dut soulever ses quarante-cinq kilos jusqu'au pick-up en sentant son dos froid frémir. « Ma pauvre chérie », murmura-t-elle.

Elle atteignit sa destination peu après sept heures et attacha Lad dans la forêt, à plusieurs centaines de mètres du ranch. Elle s'assit près du rocher choisi et laissa le soleil du début de matinée lui réchauffer les mains, le visage et le corps. Vers huit heures moins le quart, Karl arriva dans l'allée au volant de son pick-up en tractant une vieille remorque sans toit, aux flancs à claire-voie, qu'on utilisait d'ordinaire pour transporter un taureau ou des cochons. Il arrêta le pick-up et la remorque en biais, près du portail. À travers la lunette Leupold, elle l'observa descendre du pick-up et s'appuyer contre le capot avec une tasse de café bien chaud. Il boitait beaucoup quand il alla ouvrir le portail et Sarah espéra qu'il avait mal. Elle tira trois coups de feu qui explosèrent le pare-brise du véhicule ainsi que les deux pneus visibles, au cas où il aurait tenté de s'échapper.

La Fille du fermier

Karl se mit à hurler en essayant d'atteindre la portière du pick-up. Elle logea une balle près de la poignée et il dut ramper à toute vitesse pour se mettre à l'abri derrière la remorque. Une autre balle fit voler en éclats une planche basse au flanc de la remorque.

Elle rechargea posément son arme en se demandant pourquoi elle effrayait Karl au lieu de le descendre. Dans la lunette, les fils de la mire se croisaient maintenant sur le front et les yeux du violeur qui apparaissaient entre les lattes de la remorque. C'était le coup de feu final, mais elle n'arrivait pas à appuyer sur la détente, car elle revoyait l'antilope bondir vers le ciel. À la place, elle logea deux balles à trente centimètres de sa cible, de part et d'autre de la tête. Quand il tenta de prendre ses jambes à son cou, elle tira une fois devant lui, puis une fois de chaque côté. Maintenant, Karl hurlait, sanglotait et rampait au fond d'un fossé d'irrigation peu profond. Cette fois, quand elle rechargea, elle comprit qu'elle n'allait pas le tuer et risquer de finir sa propre vie en prison. Histoire de faire bonne mesure, elle tira cinq balles autour de lui dans le fossé, en remarquant ensuite qu'il faisait le mort. Elle rechargea une dernière fois, puis remonta sur la colline. Avant d'entrer parmi les arbres, elle tira deux autres balles dans le pick-up pour s'assurer que Karl reste encore un moment dans le fossé.

Sarah fut bien vite de retour à son propre véhicule, elle fit monter le cheval dans la remorque, puis s'engagea sur la route à travers la campagne, mais un quart d'heure plus tard elle était en larmes et en pleine confusion, car elle n'arrivait pas à retrouver la route de Cody. Elle négocia un virage trop serré, la remorque heurta alors l'arrière du pick-up et elle ne réussit plus à avancer. Elle posa le front contre le volant en reniflant et en pestant, et Vagabonde se mit soudain à aboyer, à rugir même. Un adjoint du

La Fille du fermier

shérif local venait de s'arrêter, de sortir de sa voiture de patrouille et de se pencher pour examiner l'endroit où la remorque avait heurté le pare-chocs arrière du pick-up. Cet adjoint était un homme âgé aux favoris gris et au gros ventre. Sarah fit descendre sa vitre à moitié en se débattant avec Vagabonde qui grondait.

« Une fille ! s'écria l'adjoint.

— Oui, c'est ça. J'ai pris le virage trop serré. J'ai conduit trop longtemps de nuit et, quand je me suis sentie m'endormir, je me suis garée sur le bas-côté de la route. Puis je me suis mise à l'abri quand j'ai entendu plein de coups de feu, parce que la chasse n'est pas encore ouverte, si je ne me trompe ?

— Non. Il y a ce type qui habite à l'est d'ici. Nous croyons qu'il a démoli son pick-up pour toucher l'assurance. Vu qu'il est en retard de trois paiements pour la prime, on allait de toute façon lui retirer son véhicule. C'est un escroc connu. Comme il n'a pas que des amis, c'est peut-être quelqu'un qui lui tirait dessus, mais j'en ai rien à foutre. »

Il aida Sarah à détacher la remorque et à la faire pivoter pour qu'elle puisse la rattacher correctement, puis il lui expliqua comment rejoindre Cody. Ils échangèrent une poignée de mains.

« Vous êtes une belle fille. Soyez prudente », dit-il.

En repartant, et même si elle savait qu'elle serait bientôt chez elle, Sarah sentit la peur suinter par tous les pores de sa peau. À Cody, elle dévora presque un énorme petit déjeuner et elle remplit sa thermos de café. Pour fêter ça, elle acheta à Vagabonde des biscuits et de la saucisse, le repas préféré de sa chienne.

XIII

Elle arriva chez elle avant la tombée de la nuit, ralluma le poêle à bois et dormit une douzaine d'heures avant d'arriver à l'école un peu en retard. Quand le proviseur lui demanda des nouvelles de sa tante malade à Denver, Sarah ne sut quoi répondre et inventa au pied levé, « Elle est morte », après quoi elle s'éloigna dans le couloir. Elle avait fait un bref cauchemar où figurait Karl, mais à son réveil elle fut dispensée des effets secondaires désagréables. Lolly avait laissé dans son réfrigérateur une part d'excellentes lasagnes, qu'elle partagea avec Vagabonde au petit déjeuner, après quoi elle chanta à la chienne une partie de la chanson de Hank Williams à propos de Kaw-Liga, le légendaire Indien en bois. Quand elle chantait ainsi pour Vagabonde, la chienne se tortillait de plaisir.

Elle entama une lettre à Alfredo pendant le cours de géométrie, qui lui parut enfantin en comparaison de ce que son père lui avait appris des années plus tôt, et elle la continua en cours de chimie (quand elle avait dix ans, son père avait punaisé dans sa chambre un poster où figurait le tableau périodique des éléments). À la cantine du lycée, on servit pour déjeuner un infect riz espagnol et elle s'assit

La Fille du fermier

comme d'habitude avec Terry et Marcia. Quand ils lui demandèrent où elle était passée pendant deux jours, elle répondit seulement : « J'ai fait du camping dans le canyon. »

Après les cours, ce fut la première journée d'entraînement d'athlétisme en extérieur, malgré le ciel nuageux et une température de deux degrés. Elle fut ravie d'enfiler son jogging et, après quelques tours de piste, Marcia et elle enjambèrent une clôture puis une autre et longèrent une longue pâture au pas de course. Deux taurillons se mirent à courir sans raison apparente à leurs côtés tandis que leurs mères épuisées suivaient loin derrière.

De retour à la maison, elle fit des pieds et des mains pour ne pas dîner avec Frank et Lolly, prétextant qu'elle ne se sentait pas bien. Elle prit une lettre de Peps qui venait d'arriver, puis Lolly lui donna un récipient contenant du ragoût de veau si jamais elle avait faim, ce qui était déjà le cas. La lettre de Peps contenait les inepties habituelles, mais Sarah fut portée à l'indulgence en se rappelant que, selon Frank, Peps avait eu d'excellents résultats scolaires mais que les convictions défendues par sa famille lui avaient fermé toutes les fenêtres donnant sur le monde.

Elle passa une longue soirée à continuer sa lettre à Alfredo et à parcourir les trois manuels de botanique qu'il lui avait offerts. Elle préférait *La Biologie de l'horticulture*, mais l'*Introduction à la biologie des plantes* était tout aussi fascinante. Ces textes lui semblaient parfaitement exotiques, en comparaison de sa propre vie au nord du quarante-cinquième parallèle où les espèces aviaires et végétales étaient vraiment limitées en comparaison de celles qui existaient dans le Sud.

Cette lettre lui donnait du fil à retordre. À la fin de la soirée elle avait écrit cinq pages, qu'elle trouva trop longues et que vers minuit elle réduisit à trois. Elle s'amusa de l'ironie de cette déclaration : « Il ne se passe pas grand-chose ici, en dehors de la longue attente d'un vrai printemps. » Pas grand-chose, si l'on exclut le fait de tirer une boîte de cartouches sur un violeur.

Quand elle écrivait ce qu'elle pensait vraiment, ses phrases l'intriguaient. Ainsi, « J'aimerais tant être avec toi sur le tabouret du piano en sentant les notes de Schubert dans mon corps ». Ou bien, « Mon séjour chez Rebecca m'a fait entrer dans un monde entièrement nouveau, et je me demande combien de centaines de mondes existent, dont j'ai seulement eu connaissance par la lecture. » Ou encore, « Quoi qu'il arrive, j'ai davantage confiance en l'existence après t'avoir rencontré. »

Elle éteignit la lampe, posa la main sur le poitrail de Vagabonde pour que les battements de cœur de la chienne la calment, puis elle se dit avec inquiétude qu'elle vivait peut-être dans un monde d'illusions, comme sa mère. Dans sa lettre, Peps rapportait qu'elle avait téléphoné à Giselle, laquelle lui avait appris que Frank avait « refait sa vie ». Elle en était peinée, car elle pensait qu'un jour elle retrouverait peut-être sa famille aimante. Sarah en resta un moment stupéfaite, tout comme en lisant cette autre phrase de Peps : « Les hommes âgés ne sont guère affectueux. »

Sa main tremblait pour de bon quand, le lendemain, elle glissa sa lettre dans la fente de la boîte. Elle attendit neuf jours la réponse, semblables à neuf jours passés dans le fauteuil du dentiste, et elle avait si peu d'expérience d'une correspondance écrite qu'elle ne savait pas à quoi s'attendre. Pendant tout ce temps, Marcia et elle faisaient chaque fin d'après-midi une course d'endurance de huit kilomètres, et le soir elle jouait si longtemps du piano que Vagabonde la suppliait de la laisser sortir.

La Fille du fermier

Lorsque la lettre d'Alfredo arriva enfin, Sarah se mit au volant du pick-up et partit la lire dans le canyon. Il s'excusait encore et encore. Sa fille s'était fait virer de son collège privé à Los Angeles pour consommation de marijuana, alors que la mère de la jeune fille était en Italie. Il avait mis près d'une semaine à trouver une autre boîte susceptible de l'accepter. Il demanda pardon à Sarah de lui faire partager des nouvelles aussi « lugubres ». Ensuite, manifestant plus de romantisme, il disait combien elle lui manquait et qu'il lui paraissait impossible de tomber amoureux au bout de deux jours, mais que c'était pourtant le cas. Croyait-elle vraiment que le piano en était responsable ? Cette pensée avait sans doute traversé l'esprit de Sarah, mais seul le temps répondrait à cette question. Son père était un paysan « à grande échelle », ni riche ni pauvre. Sa famille s'était saignée aux quatre veines et sans se plaindre pour l'envoyer à la Juilliard School, puis à Cornell, où il avait décroché son doctorat avec les félicitations du jury, après avoir reçu des bourses généreuses. Il terminait en disant qu'il regrettait qu'à cet instant précis ils ne soient pas dans les bras l'un de l'autre, et Sarah faillit s'évanouir en lisant ces mots. Bêtement, elle respira l'odeur de la lettre, puis elle baissa les yeux vers ses pieds : les premières pousses d'herbe verte étaient visibles sur ce versant sud du canyon.

XIV

   Après la lenteur des lettres, ils commencèrent à se téléphoner un jour sur deux et Alfredo lui envoya de nombreux morceaux de musique nouveaux à travailler. Lorsque Frank lui montra la note de téléphone, elle perdit pour une fois toute son assurance et avoua qu'elle était tombée amoureuse d'un professeur. Il éclata de rire, un fait tout aussi exceptionnel, serra sa fille dans ses bras et lui confia qu'il se demandait depuis longtemps quand elle trouverait enfin quelqu'un à aimer. Un soir à dîner, elle se fâcha quand Lolly lui dit qu'elle avait quinze ans et qu'il allait en avoir trente-cinq. Sarah rétorqua qu'elle en avait presque seize, puis elle sortit et resta debout sous une averse de mai jusqu'à ce qu'elle soit calmée.

   La chance arriva durant les derniers jours ralentis et assommants qui précédèrent les grandes vacances. Rebecca écrivit pour dire qu'elle devait aller au Chili en juillet à cause de ses travaux sur l'observatoire. Sarah pouvait-elle venir plus tôt que prévu ? Sarah commença à préparer ses bagages le lendemain de l'examen final. Alfredo proposa de faire un saut en avion jusqu'au Montana et de descendre en voiture avec elle vers l'Arizona. Il pensait qu'il devait faire la connaissance du père de la jeune fille.

La Fille du fermier

Trois jours avant l'anniversaire de Sarah, Alfredo arriva. Lolly décida de préparer un dîner italien sophistiqué. Marcia et Terry furent invités. L'aéroport de Bozeman bénéficiait de meilleures correspondances et durant les trois heures du trajet en voiture Sarah fut toute tremblante. Alfredo avait dit qu'avant la fin de l'été ils devraient se rendre en avion à Guadalajara pour rencontrer ses parents. Rebecca avait accepté de les accompagner en tant que chaperonne ou duègne, sinon les parents d'Alfredo auraient été scandalisés. À Bozeman l'avion avait une demi-heure de retard, et quand Alfredo eut descendu le long escalier en provenance de la zone d'embarquement, ils s'embrassèrent pour la première fois.

Dehors, sur le parking ensoleillé, le visiteur regarda à l'est et au sud trois chaînes de montagnes lointaines, aux pics toujours couronnés de neige, les Bridgers, les Gallatins et les Spanish Peaks. Ils se donnèrent la main près du pick-up de Sarah.

« Nous ne savons pas ce que nous faisons, pas vrai ? demanda-t-elle timidement.

— Eh bien, nous avons notre musique, qui semble se répandre en nous, n'est-ce pas ?

— Oui », acquiesça-t-elle avec une terrible impression de certitude.

Chien Brun, le retour

I

    Chien Brun sentit ses pensées dériver vers le village de la forêt où habitait la rouquine. Quand au *diner* elle leur avait servi des parts de tarte et du café, ainsi qu'un lait chocolaté et un cookie pour Baie, il l'avait taquinée en disant : « T'as perdu ta langue ? », parce qu'elle ne réagissait pas à ses tentatives de flirt. Elle avait alors porté la main à sa bouche pour signifier qu'elle était muette. Affreusement gêné, il s'était pris le visage entre les mains, et elle avait fait le tour du comptoir pour lui tapoter le crâne en riant du rire silencieux des muets.
    Maintenant, il attendait Deidre dans un café très luxueux du centre de Toronto où il se sentait mal à l'aise. Il cajolait un verre d'Americano à trois dollars, plus cher qu'un pack de bière à Escanaba où dans certains bouis-bouis une tasse de café coûtait encore vingt-cinq cents. Il préférait de loin le *diner* proche de Cambridge où bossait la rouquine et où une aimable assistante sociale les avait emmenés, Baie et lui, à l'occasion d'une promenade du dimanche en ce début mars, afin qu'ils puissent enfin se balader en dehors de la ville pour la première fois depuis des mois. Ils avaient marché avec plaisir en forêt sur une

piste de scooters des neiges, pendant que Baie courait très loin sur la neige croûtée à la vitesse d'un chevreuil. Les jambes de Baie s'allongeaient ; à Toronto, quand presque tous les jours ils exploraient les merveilleux ravins hivernaux, elle détalait loin devant lui.

C'était maintenant début avril et il souffrait d'un accès insupportable de fièvre printanière. La propriétaire du café, une grosse matrone, le dévisageait comme s'il était un clochard. Il évitait ces regards assassins en se tournant vers la vitrine dans l'espoir de voir Deidre, même si son esprit vagabond le ramenait trente ans plus tôt au Moody Bible Institute de Chicago où dans un couloir sombre se trouvait un tableau intitulé *Ruth parmi le maïs étranger*. D'emblée, ce tableau l'avait irrité, car c'était manifestement du blé qu'on voyait, et non du maïs. Ruth était néanmoins ravissante et dotée d'une poitrine plantureuse. Elle tournait ses yeux pleins de larmes vers de sombres lointains. Un jour qu'il regardait ce tableau, l'un de ses professeurs très pieux, Miss Aldrich, lui avait expliqué que Ruth venait d'être exilée, qu'elle regrettait amèrement son foyer, si bien que le blé ou le maïs était « *étranger* ». *Chien Brun dans la ville étrangère de Toronto* ne sonnait pas très bien, mais c'était exactement ça.

Deidre apparut enfin derrière la vitrine et lui adressa un signe de la main. Chien Brun fut très étonné, car elle parlait à un homme qu'il reconnut comme étant son mari. Deux semaines plus tôt, ils s'étaient retrouvés tous les trois au bal des Sans-abri, une soirée destinée à lever des fonds pour les indigents. L'homme au bouc argenté, qui s'appelait Bob, avait pour particularité d'être très mince au-dessus de la taille et très gros en dessous, avec un énorme cul qui même maintenant obligeait l'arrière de son manteau sport en tweed à adopter un drôle d'angle. La

Chien Brun, le retour

question était la suivante : que fichait-il ici ? Il s'assit à une table située à une vingtaine de pas et fusilla C.B. du regard avec l'inévitable morosité du cocu.

Quant à Deidre, toute sémillante et enjouée, elle s'assit en affichant son joyeux sourire habituel et entreprit d'enlever son écharpe longue de trois mètres. Lorsqu'elle commanda un double déca avec du lait de soja et une pincée de pollen de sassafras, C.B. oublia momentanément le mari furibard en pensant que lui-même allait devoir payer cette fantaisie gustative qui coûtait sans doute autant qu'une bonne bouteille de whisky. La folie du café qui s'emparait de l'Amérique du Nord le laissait perplexe et désemparé. Comme son oncle Delmore, C.B. utilisait souvent le même café moulu pour préparer deux cafetières.

Chien Brun avait assez de jugeote pour comprendre que la présence de Bob signifiait que leur liaison de deux semaines, accompagnée de quatre parties de jambes en l'air seulement, était terminée. Il n'écoutait pas vraiment Deidre, car son esprit se remémorait ces quatre épisodes : une fois dans sa chambre pendant que Baie était chez l'orthophoniste, deux fois dans un petit hôtel, et une dernière fois dans une caverne de neige que Baie et lui avaient creusée à flanc de colline dans le parc de Lower Don. Ils avaient baisé pendant que Baie gambadait au loin. La caverne de neige n'avait pas été très pratique, car C.B. avait dû y entrer le premier et à reculons, après quoi Deidre y avait pénétré à son tour et baissé son pantalon. À l'intérieur, il y avait très peu de place pour bouger et, comme c'était une grosse fille musclée, il se retrouvait sans cesse coincé et hors d'haleine contre l'étroit mur arrière de la caverne en se gelant le cul contre la neige.

« Tu m'écoutes ? » Elle agita la main devant le visage de C.B. « Je disais que par mégarde j'ai sans doute pris un

Chien Brun, le retour

Zoloft de trop. Bob m'a préparé un gin fizz avant de mettre au four son soufflé au saumon. Soudain, j'ai eu le tournis, envie de pleurer, et j'ai craché le morceau. Bob a bien sûr été furieux et il a tenu à ce que je lui fournisse des détails. Il a trouvé bizarre que je baise avec un prolétaire, ce qui dans son jargon universitaire signifie un travailleur. Bref, on a remis les pendules à l'heure et quand on a eu terminé, le soufflé était fin prêt, une drôle de coïncidence, tu ne trouves pas ? Tu devrais prendre une douche.

— Je déblaie la neige depuis sept heures du matin. Pendant les neuf dernières heures mon corps a donc produit un peu de sueur. »

Il était tombé quelques centimètres de neige poudreuse et C.B. avait écumé les rues d'un quartier riche proche du club de curling. Il tirait sur le cordon d'une petite cloche de vache et ceux qui voulaient faire déblayer leur allée lui ouvraient la porte. Ce système avait bien fonctionné durant tout l'hiver et il avait gagné assez d'argent pour subvenir aux besoins de Baie et de lui-même dans leur grande chambre d'une vieille demeure victorienne située dans un quartier en déclin.

« J'ai la nette impression que tu ne m'écoutes pas, râla Deidre.

— Tu es en train de me dire que notre amour n'a aucun avenir », résuma C.B. en voyant un magnifique morceau de cul disparaître dans le vide très ordinaire du mariage.

Il sentait la chaleur de Deidre de l'autre côté de la table. Cette femme était une vraie fournaise et dans la caverne glacée il s'était émerveillé de la chaleur générée par le derrière nu de sa partenaire durant leur vigoureuse cavalcade. Elle éclatait de santé, même si elle prétendait être allergique aux cacahouètes, aux produits laitiers et au latex, si bien que pour les urgences elle transportait des capotes

Chien Brun, le retour

sans latex dans un compartiment secret de son sac à main. Un après-midi où ils regardait le football dans un bar de sportifs, il avait mangé quelques cacahouètes gratuites pendant qu'elle était aux toilettes, et à son retour elle s'était écriée : « Tu veux ma mort ? » S'il lui effleurait seulement le bras avec un doigt qui avait touché une cacahouète, il risquait de la tuer ; c'était du moins ce qu'elle prétendait. Son oncle Delmore regardait toujours les rediffusions de la série *Perry Mason* à l'heure du déjeuner, et ce gag des cacahouètes aurait très bien pu figurer dans un épisode de cette série, même si C.B. considérait Perry comme l'un des pires emmerdeurs de toute la chrétienté.

Bob fut soudain tout près de leur table et C.B. fit reculer sa chaise, de peur que cette tête de nœud ne devienne agressif. « Espèce de malotru », lâcha Bob en saisissant le bras de son épouse, après quoi il fit ce geste miraculeux : il s'empara de l'addition pour l'Americano et le double déca au lait de soja avec une pincée de pollen de sassafras (deux dollars de supplément). C.B. avait beau s'être fait traiter de malotru, ce qui selon lui était sans doute une injure vieillotte, son cœur bondit de joie quand Bob prit l'addition, si bien que Baie et lui pourraient manger dehors au lieu de faire cuire quelque chose dans la poêle à frire électrique de leur chambre. Comment aurait-il pu être un malotru, quand c'était Deidre qui l'avait allumé pendant qu'ils dansaient un fox-trot dans un coin obscur de la salle du bal des Sans-abri, et la même Deidre qui avait été ravie de voir C.B. bander comme un âne ?

En sortant du café, il constata qu'on lui avait volé la pelle à neige qu'il avait laissée appuyée contre la façade du bâtiment, à côté de la porte. Peut-être était-ce un présage de bon augure, le signe qu'il était temps de quitter le Canada ? De toute façon, la lame était en plastique et elle n'émettait pas le bon vieux raclement de l'acier frottant le ciment. Quand dans la caverne de neige Deidre s'était effondrée sur lui, le corps tout fumant, elle avait dit : « C'est tellement primitif », et C.B. s'était mis à citer le poème *Evangeline* de Longfellow : « C'est la forêt primitive. Le murmure des pins et des sapins ciguë... » En tant que prof de lycée, Deidre avait été impressionnée, mais C.B. lui avait alors raconté qu'au CE2 lui-même et cinq autres gamins, trois métis et deux Indiens, avaient été forcés d'apprendre par cœur les premières pages de ce poème pour la fête scolaire de Thanksgiving, mais que sur scène son ami David Quatre-Pieds s'était contenté d'émettre des pets sonores. Le public avait alors été pris d'un fou rire irrépressible, et les maîtres ainsi que le directeur de l'école s'étaient mis à courir en tous sens en giflant à tour de bras le plus grand nombre d'élèves possible. David Quatre-Pieds, un gamin gravement handicapé, avait échappé au lynchage, car aucun des maîtres n'avait voulu frapper un infirme. Et comme C.B. était le meilleur copain de David, il avait alors constitué une cible toute trouvée pour assouvir leur colère.

C.B. attendit devant la porte de la réception l'arrivée de l'orthophoniste de Baie, accompagnée de la fillette qui sauta la dernière volée de marches en s'accroupissant comme une guenon. Cette femme médecin était affreusement maigre et C.B. eut l'idée de la faire grossir jusqu'à ce qu'elle ait des proportions normales. Selon une vieille blague, quand on baisait une maigre, on risquait de se retrouver avec des éclats d'os fichés dans le corps. C.B. ne croyait pas que c'était un danger bien réel, mais de toute évidence il manquait une quinzaine de kilos à cette jeune femme. Il la remercia avec effusion bien que Baie n'ait jamais appris un seul mot dans ce cabinet médical. Baie

Chien Brun, le retour

était sa belle-fille et une victime du syndrome d'alcoolisme prénatal, sa mère ayant trop abusé du schnaps pendant toute sa grossesse.

Au crépuscule, la faim au ventre, ils marchèrent longtemps jusqu'au Yitz's Delicatessen. Plus que jamais auparavant, C.B. se sentait en cavale. Cinq mois plus tôt, leur arrivée dans la ville rassurante de Toronto s'était presque déroulée dans la liesse. Leur contact, le docteur Krider, un dermatologue juif, les avait emmenés déjeuner au Yitz's, où C.B. avait mangé des sandwichs à la langue marinée plus une assiette de poitrine de bœuf en dessert, et Berry une soupe aux boulettes de pain azyme et deux assiettes de harengs qui lui avaient fait pousser de parfaits cris de mouette, comme toujours quand elle mangeait du poisson. Les autres clients qui déjeunaient là avaient été surpris, mais beaucoup avaient applaudi cette impeccable imitation du langage des mouettes. À cause de ses sympathies politiques et historiques, le docteur Krider était un membre auxiliaire du Red Underground, un groupe fluctuant d'activistes opérant des deux côtés de la frontière, et dont les activités s'étendaient soi-disant à des groupes autochtones au Mexique. Au cours des récentes années, toutes ces activités avaient été entravées par la Sécurité du Territoire, pour qui même l'Association américaine des retraités et les Filles de la Révolution américaine étaient suspects. Le docteur Krider leur avait trouvé une chambre agréable et il avait obligé C.B. à apprendre par cœur son numéro de téléphone, au cas où le fuyard se serait retrouvé à court d'argent. C.B. avait assuré au bon docteur qu'il avait toujours réussi à gagner sa vie, ce qui n'était pas tout à fait exact, ses revenus se réduisant souvent aux quarante dollars qu'il gagnait en coupant deux cordes de bois de chauffe, et qui lui duraient une semaine en achetant le

Chien Brun, le retour

strict nécessaire et deux packs de bière qu'il descendait dans la caravane pleine de courants d'air de Delmore. Sa fuite depuis le Michigan vers le Canada était due au placement imminent de Baie, décidé par les autorités de l'État, dans un foyer de Lansing pour jeunes handicapés mentaux. C.B. et Delmore avaient quitté la péninsule Nord en voiture et roulé pendant huit heures pour découvrir que ce foyer et l'école où l'on allait enfermer Baie étaient affreusement laids et entourés par des arpents de ciment, un matériau insupportable, si bien qu'ils avaient élaboré un plan d'évasion. Gretchen, l'assistante sociale saphique et bien-aimée de C.B., les avait conduits jusqu'à Paradise, sur Whitefish Bay, où ils étaient montés à bord d'un bateau de pêche à l'équipage indien, une vedette rapide qui faisait parfois la contrebande des cigarettes vers le Canada, pays où on les achetait huit dollars le paquet. Dans la ville côtière de Wawa, ils avaient alors rencontré une aimable et massive Indienne ojibway d'âge mûr, en voyage pour rendre visite à sa fille, qui durant deux jours les avait pris à bord de son vieux pick-up pour les emmener à Toronto. Pendant tout le voyage, cette femme nommée Corva avait bu des boissons de régime, tandis que C.B. et Baie mangeaient de la saucisse et du pain blanc, car le Red Underground avait interdit à Corva de s'arrêter sinon pour faire le plein d'essence. Comme ils avaient l'habitude de se régaler de petit gibier, de truites et d'orignals tués illégalement, grâce aux recettes du seul livre imprimé que possédait C.B., *La Cuisine de papa*, ils étaient affamés en arrivant à Toronto, et le Yitz's était leur lieu de rendez-vous. Dès qu'ils avaient franchi les limites de la ville de Toronto, Corva s'était tournée vers lui et lui avait demandé : « Es-tu un terroriseur ? » Et C.B. lui avait répondu : « Pas que je sache. » Les rares membres du Red Underground qu'il

Chien Brun, le retour

avait rencontrés à Wawa étaient laconiques et patibulaires ; il avait été difficile de ressentir ce que le docteur Krider appelait « la solidarité ». Lorsque le docteur Krider lui avait dit, « Les intempéries t'ont bousillé la santé », C.B. lui avait rétorqué qu'il avait toujours préféré le grand air à la vie en intérieur. En toutes saisons, il était très agréable de marcher dehors sous un gros orage et de se réfugier dans un fourré abrité du vent. Un jour, Gretchen et lui avaient emmené Baie se promener sur la plage quand un violent et subit orage était arrivé du sud sur le lac Michigan, les obligeant à se réfugier dans un massif de cornouillers. Baie souffrait de ce que Gretchen appelait des « problèmes de comportement », et malgré les remontrances de Gretchen elle avait continué de courir sous l'orage. La foudre était tombée tout près de leur massif et, à cause du froid et de l'humidité, Gretchen s'était coulée un moment entre les bras de C.B. « Comment peux-tu bander alors qu'à tout moment on risque de se faire foudroyer, avait-elle dit, espèce de débile profond ? » Il n'avait su quoi répondre, mais c'était peut-être l'effet conjugué de la légère odeur de lilas de Gretchen, du parfum des fleurs de cornouiller, sans oublier la proximité de toute cette peau mouillée et miroitante, dont le seul souvenir le rendait fou d'excitation.

Au crépuscule, il soufflait maintenant une brise tiède venant du sud. En traversant un petit parc, Baie provoqua la colère d'un rouge-gorge mâle en émettant des appels qui rivalisaient avec ceux de l'oiseau. C.B. leva la main pour les protéger tous deux de la colère du volatile et dit : « S'il te plaît, Baie, ton père réfléchit », ce qui n'avait rien d'agréable. Quand ils approchèrent du restaurant, il se rappela deux détails de mauvais augure. Lors de leurs adieux, Corva avait déclaré : « Ne fais pas de mal aux innocents.

Chien Brun, le retour

Tes amis sont des durs à cuire. » Et le docteur Krider l'avait prévenu : « Puisque vous êtes entrés illégalement au Canada, il va falloir en partir illégalement. Et comme tu es sans papiers, tu ne trouveras que des petits boulots. »

La seconde partie de l'avertissement n'avait pas grand sens, car il n'avait jamais eu que des petits boulots, sauf quand il coupait du bois pour oncle Delmore, une activité interrompue lorsqu'un arbre avait rebondi en percutant le sol et lui avait bousillé la rotule.

Ces profondes réflexions ayant aiguisé l'appétit de C.B., il commanda une langue marinée ainsi qu'un sandwich à la poitrine de bœuf, plus une assiette de harengs et une salade de pommes de terre pour Baie. Elle se retenait de pousser ses habituels cris de mouette, car elle attendait l'entrée d'un vieux juif au crâne couvert de sa calotte noire. Assis l'un en face de l'autre, ils passaient quelques minutes à échanger divers cris d'oiseaux. Ce vieil homme, une espèce de scientifique à la retraite, étonna Baie en émettant quelques chants d'oiseaux originaires d'un pays étranger, ce qui dérouta d'abord la fillette avant de la faire rire aux éclats. C.B. les regardait s'amuser en pensant aux soixante-dix années qui les séparaient sans doute. Il se demanda d'où venait le mot « Yitz's », car il l'associait à l'une des meilleures choses de la vie, à savoir la bonne chère. Ce n'était pas comme l'un de ces *diners* du Michigan, équipé d'un tonneau de sauce de viande industrielle, relié par un tuyau hydraulique à la cuisine minuscule où l'on réchauffait les plats infects livrés par un énorme complexe agro-alimentaire nommé Sexton. C.B. imaginait très bien l'usine où les vaches faisaient la queue derrière une porte en attendant patiemment d'être transformées en tourtes à la viande tandis que leurs parties intimes mijotaient dans les tonneaux de sauce.

Chien Brun, le retour

Ce fut à trois heures du matin que son destin bascula. Il se réveilla en proie à une insupportable douleur au ventre, accompagnée d'un rêve où un cow-boy lui flanquait un grand coup de pied dans les couilles, chose qui lui était arrivée de nombreuses années plus tôt dans le Montana. Comme c'est parfois le cas, les choses s'enchaînèrent alors. Parce qu'il gémissait quand il alluma la lumière, Baie se pencha vers lui et se mit à chantonner l'une de ses mélodies sans paroles. Ses mots n'en étaient pas vraiment, mais les notes étaient toujours plaisantes à entendre.

Incapable de se mettre debout, il réussit pourtant à se glisser au bas des marches pour confier Baie à Gert, la gardienne, une horrible vieille chouette qui adorait néanmoins Baie car la gamine jouait pendant des heures avec ses deux terriers Jack Russell grincheux. Ces chiens détestaient tout le monde, leur maîtresse comprise, mais ils adoraient Baie, qu'ils considéraient peut-être comme la représentante d'une espèce intermédiaire.

Par chance, l'hôpital le plus proche se trouvait à cinq rues de là, et C.B. trottina dans la nuit, plié en deux à la manière d'un traqueur navajo. Il trébucha deux fois sur le trottoir, les yeux fermés par la douleur, trempant alors ses vêtements dans la neige fondue de la veille. Il n'était pas dans sa nature d'être craintif, et il avait de toute manière diagnostiqué un calcul rénal, comme le grand-père qui l'avait élevé endurait cette souffrance une fois par an environ, quand il se mettait au lit avec une pinte de whisky qu'il vidait très vite. Grand-papa criait, rugissait et beuglait, en proie à une rage alcoolisée ; il s'endormait au bout de quelques heures de hurlantes et au réveil il était frais comme un gardon.

La salle d'attente des urgences était bondée et C.B. jouait de malchance, car il ne détenait aucune carte de

Chien Brun, le retour

santé du Canada avec une photo d'identité. Il commit aussi l'erreur de jouer au macho malgré la douleur qui lui révulsait les yeux. Cette virilité feinte était caractéristique de certains habitants du Grand Nord qui s'arrachent eux-mêmes leurs dents cariées à l'aide d'une bouteille de whisky et de tenailles. Il était donc vautré sur une chaise dans un coin de la salle d'attente en se disant qu'il n'avait pas le moindre choix, quand une petite jeune femme en robe grise et chapeau blanc se pencha près de lui. Elle s'était trouvée à côté de l'accueil et elle avait entendu son problème de carte de santé. Elle lui demandait maintenant s'il ne connaissait pas un médecin privé. Il répondit que non, mais se rappela alors son contact du Red Underground, le docteur Krider, le dermatologue. Il avait noté le numéro de téléphone du docteur Krider au dos d'une photo qu'il avait supplié Gretchen de lui donner, en espérant que ce serait une photo d'elle nue, mais sans se faire trop d'illusions. À la place, il avait obtenu une photo de Gretchen en maillot de bain deux-pièces sur la plage, une serviette en partie enroulée autour des hanches, mais où l'on voyait clairement la légère protubérance de son nombril. Cette photo ainsi que son permis de conduire du Michigan et un vieux presse-billets en cuivre constituaient le seul contenu de ses poches, sans compter une pierre porte-bonheur de Petoskey où l'on distinguait les traces d'invertébrés préhistoriques. Contrairement à la plupart d'entre nous, à l'exception des sans-abri, C.B. n'avait pas de carte de Sécurité sociale, pas de carte de ses états de services militaires, pas de carte de crédit ni d'assurance.

En dépit de sa taille réduite, Nora, son tout récent ange gardien, conduisait un gros break Plymouth, les fesses rehaussées sur une pile de coussins pour voir à travers le pare-brise. C.B. s'écroula sur le siège à côté d'elle, puis se

Chien Brun, le retour

laissa basculer sur le côté jusqu'à ce que sa tête touche la cuisse de la conductrice. Malgré le léger délire dû à la souffrance, il était toujours prêt à profiter de la moindre possibilité de contact physique avec une femme. Levant les yeux vers les feux de circulation, il décida que le parfum de Nora était celui des violettes sauvages. Un autre élancement douloureux l'empêcha de se retourner pour se positionner entre les cuisses de la jeune femme, l'une de ses positions préférées depuis l'adolescence.

Quand Nora se gara devant le domicile du docteur Krider, un homme immense fit son apparition et porta C.B. à l'intérieur de la maison, une sorte d'exploit selon C.B. qui pesait quatre-vingt-quinze kilos. Il remarqua aussi qu'il se trouvait dans le quartier chic où il avait récemment déblayé la neige. Le colosse le déposa sur un canapé, et C.B. remarqua alors qu'il s'agissait d'un Indien au visage tavelé et à la généreuse queue-de-cheval. Le docteur Krider enfonça l'index dans le bas du ventre de C.B. puis contre la vessie, il décida que son patient souffrait d'un gros calcul rénal, puis il lui fit une piqûre de Demerol pour apaiser la douleur. Nora, qui avait été chercher une serviette tiède, en tamponnait le visage de C.B., lequel avait maintenant le nez enfoui dans le cou de la jeune femme, ce qui lui offrait un point de vue imprenable sur un sein en forme de pêche sous le corsage. Krider lui avait remonté la chemise et baissé le pantalon ; tandis que le Demerol faisait lentement son effet, C.B. fut gêné d'exhiber le short hawaiien aux couleurs vives qu'en guise de blague Gretchen lui avait envoyé à Noël. Il déplorait aussi que la récente vision du téton de Nora lui ait donné la trique.

« J'arrive pas à croire qu'un type en train d'éliminer un calcul rénal réussisse à bander, pouffa le docteur Krider. Mais à l'hôpital j'ai déjà vu des vieux chnoques sur le point de passer l'arme à gauche essayer encore de peloter le cul d'une infirmière. »

Nora rougit, puis de l'index frappa sèchement la bite de C.B., laquelle se recroquevilla aussitôt. C'était un truc bien connu des infirmières pour refroidir l'ardeur de leurs patients lubriques.

« Nora ! Ce n'est pas gentil, protesta le docteur Krider. Un pénis en érection, ça ne te fait quand même pas peur !

— Salope ! » s'écria Charles Mange-Chevaux, le gros Indien qui appartenait à la tribu des Lakota.

« Tu pourras te rattraper plus tard », grogna C.B. dans son semi-coma médicamenteux tandis que Nora quittait la pièce en larmes.

C.B. somnola quelques minutes avant de souffrir encore. Le calcul suivait son chemin préétabli à travers l'urètre, propulsé par des forces diaboliques. Il agita violemment les bras comme une grouse à l'agonie bat des ailes. Il chantonna une mélopée qui ressemblait aux mélodies sans paroles de Baie. Bref, il paniqua et se débattit. Le docteur Krider lui fit une autre piqûre en vitesse et Charles Mange-Chevaux mit un CD de la symphonie *Jupiter* de Mozart. Dans une lointaine cabane de la réserve de Rosebud, Charles avait entendu sa sœur aînée mourir en couches, et la sauvagerie de la bande-son de C.B. lui fendait le cœur. Quant à Chien Brun, il était certain d'accoucher d'un gros parpaing de ciment. S'il avait eu une rivière à portée de la main, il s'y serait volontiers jeté pour se noyer dans ses eaux glacées.

Le calcul finit par émerger, comme une pierre grossièrement taillée, de la taille d'une petite bille.

« Je vais le faire sertir dans une bague pour toi, plaisanta Nora en nettoyant une tache de sang.

— Pourrai-je encore faire l'amour ? croassa C.B.

Chien Brun, le retour

— Peut-être dans quelques jours », répondit Krider en bâillant.

C.B. sombra avec délectation dans les bras de Morphée, sans souffrir pour la première fois depuis six heures. Le docteur Krider et Charles retrouvèrent leurs lits respectifs, et Nora s'installa sous un grand châle tout au bout du canapé de C.B. après avoir étendu une couette sur le convalescent. De toute évidence, ce type avait un plus gros pénis que son petit ami. Celui-ci écrivait des critiques de livres et toutes sortes d'articles dans le *Globe and Mail* de Toronto et Nora se sentait très chanceuse, car son ami était un oral compulsif qui chantait aussi dans un chœur épiscopalien. La semaine passée seulement, il avait entonné « Quelle puissante forteresse est notre Dieu » en lui léchant la chatte. Un ancien petit ami doté d'une bite XXL lui avait fait mal et elle l'avait plaqué comme on lâche sa cuillère lorsque l'alarme d'incendie se met à hurler. Tandis que ses yeux se fermaient, elle essaya de chasser la vision idiote d'une demi-douzaine de pénis surgis de son passé, en faveur d'un beignet poisseux à la cannelle dégusté à l'aéroport. L'esprit est parfois bien lassant quand il se focalise sur le sexe, et l'homme allongé à l'autre bout du grand canapé la plongea dans la perplexité jusqu'à ce qu'elle se rappelle les rustres rencontrés sur Manitoulin Island, quand à treize ans elle avait séjourné dans le chalet d'amis de ses parents. Son amie et elle prenaient un bain de soleil sur le ponton du chalet, lorsqu'un métis, qui livrait une corde de bois dans un pick-up déglingué, avait, tout en empilant les bûches, lancé :

« Hé, les poupées, vous me feriez une petite pipe ? »

Elles avaient d'abord été scandalisées, puis elles avaient éclaté de rire quand son amie avait répondu :

« Casse-toi, connard ! »

Chien Brun, le retour

L'homme basané était plutôt mignon, mais à cette époque elle ne s'imaginait nullement donner suite à une telle demande.

C.B. dormit environ une heure pour se réveiller aux premières lueurs de l'aube, visibles par une fenêtre donnant à l'est, quand il sentit ses orteils droits toucher ce qui était manifestement une peau satinée vers l'extrémité du canapé occupée par Nora. Aussitôt, il fut suffisamment en alerte pour faire preuve de prudence, plisser les yeux dans la pénombre, percevoir un doux ronflement féminin et y répondre par une série de ronflements simulés destinés à prouver à la jeune femme, si jamais elle se réveillait, que tout était dû aux hasards du sommeil. L'effet des médicaments se dissipant, sa bandaison lui faisait mal, mais il y a certaines occasions où il faut se montrer courageux. Cette douleur lui rappela le début de son adolescence, lorsque lui-même et son ami infirme David Quatre-Pieds – qui marchait comme un crabe – organisaient au pied levé des concours de masturbation, et que sur le chemin de l'école ils criaient mystérieusement : « Quatre fois ! », « Cinq fois ! » ou moins. Le record de C.B. était sept fois, mais il avait alors enduré une souffrance tout à fait similaire à celle occasionnée par la récente expulsion du calcul rénal.

Ses doigts de pied descendirent un peu jusqu'à rencontrer la zone magique, et il eut l'impression que son gros orteil touchait une souris sous un mince mouchoir. Il ronfla plus fort pour proclamer son innocence. Oserait-il agiter les doigts de pied pour donner du plaisir à Nora ? Elle arrêta de ronfler et poussa sa vulve contre les doigts de pied agiles. Dans l'autre pièce, un réveil sonna. Elle arrêta de bouger, mais pas lui, car la région atteinte était maintenant humide. Quand ils entendirent les pas du docteur Krider dans le couloir, elle retourna vers son extrémité du canapé. David Quatre-Pieds, l'ami de C.B., disait toujours : « Quelle barbe, encore refaits ! » lorsqu'une de leurs excentricités tournait court. C.B. ne réfléchissait pas souvent au temps, mais il se dit que, si le réveil de Krider avait sonné dix minutes plus tard, Nora aurait pu tournicoter lentement sur sa bite au rythme de l'aiguille des secondes. Le temps est une crapule, pensa-t-il, ses orteils droits se sentant absurdement délaissés. Il continua à faire semblant de dormir jusqu'à ce qu'il s'endorme pour de bon en écoutant Nora parler avec le docteur Krider. Elle disait qu'il fallait prévenir Baie que son papa allait bien.

À son réveil, Mange-Chevaux lui apporta un plateau de petit déjeuner où trônait un bol de flocons d'avoine agréablement surmontés de bouts de saucisse pour atténuer la banalité des céréales. C.B., encore morose après cette occasion ratée avec Nora, méditait sur l'évident pouvoir curatif d'une bonne baise. Maintenant que les Blancs étaient partis, Mange-Chevaux se dispensa des tournures typiquement indiennes dont il avait jusque-là saupoudré ses phrases, à la manière dont les personnages que nous jouons présentent aux gens ce qu'ils attendent de nous.

« Faut qu'on se tire de Dodge pronto, déclara Mange-Chevaux.

— Pourquoi ? » La première pensée de C.B. fut la suivante : pourquoi quitter une région où l'on mange d'aussi bonnes saucisses de porc ?

« On est tous les deux en situation irrégulière, et le docteur Krider est trop précieux pour le mouvement. Il risque de se faire coffrer pour avoir accueilli chez lui des sans-papiers. Faut qu'on se barre du Canada.

— Je vois pas comment, protesta C.B. La saison de la truite commence dans deux semaines et je suis coincé ici. »

Chien Brun, le retour

Maintenant qu'il avait fini les morceaux de saucisse, l'avoine semblait ignoble.

« Ta saison de la truite peut bien aller se faire foutre. D'abord tu te lances dans le trafic d'épaves, ensuite tu essaies de fourguer un cadavre congelé, et puis tu organises une razzia sur un site archéologique. Tu te transformes en faux activiste chippewa et tu fais ami-ami avec un escroc nommé Lone Marten. Tu voles une peau d'ours dans une baraque huppée de Los Angeles. Enfin, au mépris de toutes les lois de l'État, tu fais sortir en douce du Michigan ta belle-fille. Un criminel comme toi ne nous sert à rien.

— Comment es-tu au courant de toute cette merde ? » C.B. était atterré.

« Jusqu'à il y a un an j'étais flic à Rapid City et, quand t'es arrivé ici, j'ai demandé à un collègue de vérifier tes états de service. T'es toxique, mec. C'est pour ça qu'on t'a jamais contacté. J'ai quitté la police pour monter une petite affaire de peinture en bâtiment avec mon cousin, mais alors qu'on allait repeindre une cabane on s'est fait pincer avec sept gros pots de peinture rouge, et la Sécurité du Territoire s'en est mêlée. Voilà des années que les Lakotas menacent de repeindre en rouge sang les Présidents du mont Rushmore. On avait acheté nos pots à Denver, histoire de brouiller les pistes. Le magasin de peinture de Denver a dû avertir les flics. Bref, j'ai été accusé d'organiser un acte terroriste, mais après un mois en taule l'Union américaine pour les libertés civiles m'a fait sortir de là. Je suis venu jusqu'ici, mais maintenant faut que je me tire. Ton oncle Delmore ayant filé un peu de fric au mouvement, la direction m'a demandé de vous emmener avec moi, ta belle-fille et toi.

— T'allais vraiment repeindre une cabane ? » C.B. pensa tout à trac à Delmore en train de regarder la rediffusion

Chien Brun, le retour

de la série télé *Perry Mason*, et il posa donc une question à la Perry Mason.

« C'est pas tes oignons, répondit Mange-Chevaux.

— Pourquoi on t'appelle Mange-Chevaux ?

— Y a de ça plusieurs années, du temps de mes grands-parents, le gouvernement a cessé de fournir des rations alimentaires à la réserve, et, parce que les gens mouraient de faim, certains se sont mis à bouffer leurs chevaux.

— À quoi bon retourner là-bas si on se fait arrêter ? » Ayant déjà passé un certain temps à l'ombre, C.B. était horrifié par la perspective de la prison. Et puis il avait entendu dire que les détenus n'avaient plus droit au Tabasco. Comment, dès lors, manger la bouffe de la taule ?

« J'ai une nouvelle identité et je crois que Krider t'en a aussi trouvé une. Je vais être videur dans un club de strip-tease à Lincoln, Nebraska. J'ai un ami poète, Trevino Corne d'Abondance, qui dit : "Vivant en Amérique, voilà tout ce qu'on est." »

Mange-Chevaux sombra dans un silence mélancolique, aussitôt imité par C.B. C'étaient clairement deux hommes en cavale qui souffraient du mal du pays.

« Quand j'étais gosse, j'ai dit à mon grand-papa qui m'a élevé que je deviendrais plus tard un Indien sauvage, et il m'a répondu : "À condition de rester discret." Il me semble que j'ai fait la moitié du chemin.

— Et moi les trois-quarts, mais ça rend pas les choses plus faciles pour autant. Si j'avais le cerveau d'un Blanc, je devrais affronter d'autres emmerdements. Quand un copain blanc à moi s'est fait chasser de sa maison hypothéquée, je lui ai dit : "Au moins, moi j'ai pas de maison." » Charles Mange-Chevaux éclata d'un rire sardonique et C.B. l'imita en pensant à la caravane à cinq cents dollars

Chien Brun, le retour

où il avait vécu avec Baie avant de se faire la malle au Canada.

Le téléphone sonna. C'était Nora. Elle envoyait un taxi pour C.B., car elle devait être au travail d'ici une heure. Baie allait bien, elle jouait avec les terriers. Une lettre d'une certaine Gretchen venait d'arriver.

Tout en s'habillant, C.B. pensa que sa vie était de plus en plus palpitante. Il n'était jamais monté dans un taxi et puis il y avait une lettre de sa Gretchen bien-aimée dont il restait sans nouvelles depuis Noël. Il s'habilla donc en toute hâte, en se sentant toujours vaseux à cause des médicaments ; le rail de chemin de fer fiché dans sa vessie était désormais transformé en un simple clou de tapissier. Mange-Chevaux, qui attendait à la porte, lui dit de préparer ses bagages, car ils partiraient dans quelques jours, et C.B. lui rétorqua que, Baie et lui ne possédant quasiment rien, c'était l'affaire de deux minutes.

En cette fin de matinée lumineuse, le soleil dispensait une chaleur qu'on n'avait pas ressentie depuis l'automne dernier. Dans le taxi, C.B. eut une improbable impression de prospérité en reniflant l'air qui embaumait l'odeur particulière aux voitures neuves. Le chauffeur, originaire de l'Inde lointaine, était presque aussi petit que Nora. Ils ne se comprenaient pas, mais c'était sans importance. Quand le chauffeur leva la main pour montrer quelque chose derrière le pare-brise et dit : « Soleil », C.B. répondit : « C'est exactement ça. »

Dans la chambre située au troisième étage, Nora se tenait à genoux sur une chaise de cuisine, le buste penché par la fenêtre pour regarder Baie qui, tout en bas, promenait les terriers au cou desquels elle avait noué une longueur de ficelle. C.B. ne put s'empêcher de reluquer le

Chien Brun, le retour

derrière cambré de Nora, qu'elle agita un peu sous ses yeux.

« Je suis désolée d'avoir frappé ta quéquette, alors vas-y si tu veux. Comme j'ai un petit ami, je vais faire comme s'il s'agissait d'une expérience hors du corps. »

Il eut l'impression d'être l'homme le plus chanceux de la planète quand il lui releva la jupe. Elle avait un si joli cul qu'il en eut la chair de poule. Il aurait sans doute dû entonner une chanson, mais il ne savait pas laquelle. Il abaissa la culotte délicate et déposa un gros baiser mouillé sur le cœur de cible, puis il se releva en se rappelant que, dans sa brume médicamenteuse du début de matinée, Nora avait prélevé un petit échantillon de son sang sous les yeux du bon docteur Krider.

« Pourquoi ? avait-il alors demandé.

— Pour ton dépistage du cancer de la prostate, espèce de couille molle.

— Toi tu n'en as pas », avait-il dit pour faire le malin et prouver qu'il connaissait certaines choses.

« J'ai d'autres trucs, avait-elle répondu en riant.

— J'en suis parfaitement conscient », avait-il dit d'une voix rêveuse.

C.B. adorait ce genre de dialogues, de badinage ou d'esprit de repartie, une expression qu'il ne connaissait pas, car ils signifiaient que le monde tournait rond. Il se mit bientôt au boulot avec un entrain admirable, les yeux baissés vers le mystère et la beauté de l'anatomie féminine, en essayant de calmer son enthousiasme pour ne pas jouir trop vite. Son esprit entonna alors une chanson que ses camarades d'école et lui chantaient souvent au CM1 : « Un cavalier espagnol au calme en sa retraite jouait, ma chère, sur sa guitare une chanson. » Les gamins braillaient très fort cette mélodie sans même comprendre ce que signifiait « un

Chien Brun, le retour

cavalier espagnol ». Nora se mit à faire tournoyer furieusement son derrière dans le sens inverse des aiguilles d'une montre et bientôt c'en fut trop. C.B. ne s'attendait nullement à la douleur qui enflamma son urètre récemment irrité par le calcul rénal. Il hurla et tomba à la renverse sur le cul, le passage du sperme évoquant l'image du plomb fondu que grand-papa versait dans des moules pour fabriquer des plombs de pêche.

« J'aurais pu te prévenir que la conclusion ne serait pas une partie de plaisir, mais je voulais à tout prix aller jusqu'au bout, avoua Nora avec un sourire enjoué, en baissant les yeux vers lui.

— Je te pardonne », répondit-il en bondissant sur ses pieds, car il venait d'entendre Baie monter l'escalier. Il se souvint d'un article de magazine lu dans le cabinet de son ancienne maîtresse, la dentiste Brenda Schwartz, qui disait : « Pas de plaisir sans douleur. »

« Je prie pour avoir l'occasion de remettre ça, dit-il.

— C'est un coup sans suite, mon petit gars. » Puis Nora fit entrer Baie, l'embrassa et partit.

Après ce départ précipité, son moral dégringola plus bas que sa queue douloureuse. Jamais au cours de son existence tumultueuse il n'avait été attiré par une femme aussi petite et l'idée qu'il s'agissait d'« un coup sans suite » l'atterrait. Il se montra presque désagréable avec Baie, ce qui était impensable. Quand elle n'avait rien d'autre à faire, elle sautait sur place et, depuis un an qu'elle avait pris cette habitude, elle était capable de bondir à une hauteur étonnante. « Dommage que ses cris d'oiseaux et ses bonds ne lui fassent jamais gagner un sou », déplorait oncle Delmore.

C.B. prit une grosse côtelette de porc dans le frigo minuscule et décida de la faire cuire dans sa gigantesque poêle à frire électrique. Dès que le porc eut acquis une belle teinte dorée, il ouvrit la lettre de Gretchen avec un peu d'appréhension. Selon Delmore, personne aux États-Unis ne se plaignait autant que les diplômés de l'université, et de fait c'était le cas de Gretchen. Malgré sa beauté et son boulot pénard dans les services sociaux, elle avait souvent le moral qui dégringolait plus bas que le cul d'un serpent, pensait C.B. Une fois par semaine, elle parcourait en voiture les cent vingt kilomètres qui la séparaient de Marquette, tout comme Brenda la dentiste, pour voir son psychanalyste. Brenda y allait à cause de ce qu'elle appelait son « problème d'alimentation » et elle avait pleuré toutes les larmes de son corps en entendant C.B. lui dire : « Tu vas très bien, simplement tu manges trop. » Gretchen, de son côté, était belle et mince, mais déjà dans sa lettre de Noël dernier elle avait dit qu'elle découvrait en thérapie qu'elle était asexuée, et ça la rendait folle. Après l'université, elle avait renoncé aux hommes, qu'elle trouvait « horribles », et C.B. se rappela avec un serrement de cœur la jeune copine écervelée de Gretchen qui l'avait plaquée. Un jour que Gretchen et lui avaient descendu deux ou trois verres dans la cuisine de la jeune femme, il l'avait interrogée sur la mécanique de l'amour saphique et elle avait seulement répondu : « Tu es dégueulasse. »

Maintenant qu'elle avait la trentaine, Gretchen songeait à concevoir un enfant et elle pensait sérieusement à C.B. comme donneur de sperme. Il était fier comme un paon, mais il ne comprenait pas pourquoi elle lui refusait le plaisir de la baiser pendant une petite minute et préférait l'insémination artificielle.

Tout en hachant une tête d'ail destinée à la côtelette de porc, C.B. réfléchit à la lettre. L'analyste de Gretchen lui avait dit que sa nature asexuée était « rare mais pas exceptionnelle ». Un jour qu'ils avaient emmené Baie se baigner, Gretchen s'était endormie sur un grand drap de bain à fleurs, et C.B. en avait profité pour examiner à loisir le corps offert, s'approchant d'elle jusqu'à une distance de deux centimètres pour essayer de mémoriser ce corps et pouvoir s'en souvenir lors des froides soirées d'hiver. Elle s'était soudain réveillée, l'avait regardé par-dessus ses lunettes de soleil et pensé qu'il était sur le point de lui effleurer le pubis avec son nez.

« Mais que fais-tu ? s'était-elle écriée.

— Je mémorise les parties de ton corps en vue des froides soirées d'hiver. Retourne-toi. Il me manque tes fesses.

— Espèce de sale con », avait-elle dit en levant la jambe pour le repousser. Le contact de cette plante de pied douce et tiède contre son cou était devenu l'un de ses souvenirs les plus chers.

Baie lui donna un coup de coude pour lui rappeler de ne pas faire brûler l'ail. Autrefois elle aimait bien l'ail carbonisé, mais maintenant elle le voulait moelleux. Ils mangèrent tout le steak de porc avec une miche de pain français qu'il achetait tous les jours à une boulangerie située dans la rue, une gourmandise dont il ne trouvait pas l'équivalent dans la péninsule Nord du Michigan. Ce pain était si délicieux qu'il n'en revenait pas. Puisqu'on votait sans arrêt des lois stupides, pourquoi ne pas promulguer une loi pour rendre ce type de pain disponible partout en Amérique ?

C.B. se mit à somnoler sur sa chaise à cause de sa longue nuit de souffrance et de son ventre plein. Baie émettait toute une variété de chants d'oiseaux, et il savait qu'elle mourait d'envie d'aller se promener cet après-midi-là. Elle

Chien Brun, le retour

émit également deux ou trois borborygmes gutturaux, en luttant pour prononcer le son « oua », ce qui signifiait peut-être qu'elle allait dire le mot « oiseau » au bout de quatre mois de séances régulières chez l'orthophoniste. Baie adorait cette femme, et C.B. en conclut sans prendre trop de risques qu'à dix ans Baie avait besoin d'une mère, puis il se rappela avec tristesse que la mère de l'enfant devait passer encore deux ans en prison pour avoir, entre autres choses, arraché le pouce d'un flic avec ses dents quand un groupe de contestataires avait envahi un site archéologique. L'orthophoniste avait souligné que C.B. était pour la fillette son seul contact humain et qu'ils communiquaient parfaitement. Lorsque C.B. avait avoué à contrecœur qu'il avait préféré faire sortir Baie clandestinement du Michigan plutôt que de l'inscrire dans une école de l'État, la médecin avait rétorqué que Baie avait malgré tout besoin de « se sociabiliser » avec des enfants de son âge au sein d'une communauté. C.B. avait alors songé à l'emmener à Sault Sainte Marie, dans la réserve des Indiens Chippewa, mais il était *persona non grata* dans cette région à cause de ses anciennes frasques.

Il somnola quelques minutes pendant qu'elle lui ébouriffait les cheveux et lui apportait son manteau, après quoi ils se dirigèrent vers le parc de Lower Don. Une fois dehors, C.B. douta un peu de la réalité, car sa longue nuit de souffrance et les narcotiques rendaient le monde incroyablement lumineux et concret. Et puis il soufflait une bonne brise du sud-ouest et la température avoisinait soudain les vingt-deux degrés. On était samedi après-midi, les rues étaient pleines de promeneurs surexcités qui s'agitaient pour se débarrasser de la torpeur et de l'hébétude d'un long hiver. Les jeunes, disons les moins de vingt ans, enchaînaient des pas de danse, et les gamins sautaient en l'air, légèrement

Chien Brun, le retour

envieux des bonds de cabri réalisés par Baie. Toutes ces facéties rappelèrent à un C.B. peu assuré ces comédies musicales des années quarante qu'oncle Delmore adorait regarder à la télévision. Delmore admirait plus que tout Fred Astaire. « Tu te rends compte, disait-il, si Fred avait appris les pas de danse indiens pour faire son numéro au Pow-Wow d'Escanaba ! » C.B. reconnaissait que ç'aurait sans doute été un spectacle mémorable. Delmore aimait aussi beaucoup Gene Kelly qui, en pleine course, était capable de grimper en haut d'un mur, d'effectuer un saut périlleux arrière et d'atterrir sur ses pieds. Ce serait marrant de faire ça dans une taverne, pensa C.B. en imaginant la scène.

Lorsqu'ils arrivèrent à un certain endroit du parc, Baie gravit un goulet en courant jusqu'à leur caverne de neige. C.B. la suivit lentement. Il remarqua que la neige et la glace s'étaient effondrées dans l'anfractuosité et que, si Deidre et lui s'étaient trouvés à l'intérieur à ce moment-là, ils auraient pu mourir étouffés, ou bien, plus vraisemblablement, il aurait fait un gigantesque effort digne de Hulk pour jaillir à travers la neige et la glace et sauver son seul et véritable amour. Sauf que Deidre n'était pas vraiment le seul et véritable amour de C.B. Elle et son crétin d'époux allaient partir dans un endroit nommé Cancún pour raviver la flamme de leur mariage. Nora, qui venait elle-même de s'exclure de la liste des possibilités, au moins ne mourrait pas si elle touchait par mégarde un sandwich au beurre de cacahouètes. Nora avait déclaré qu'elle avait fait beaucoup de gymnastique au lycée et qu'elle était capable de remuer ses fesses comme un mélangeur de peinture dans une quincaillerie.

C.B. resta assis sur un gros rocher pendant que Baie appelait des nuées de corbeaux, une chose qui n'a rien de difficile car les cervidés se demandent volontiers pourquoi

Chien Brun, le retour

certains humains ont tellement envie de leur parler. Pourquoi font-il ça ? s'interrogent-ils. Baie attira très vite un nombre considérable de corbeaux, quand un groupe d'amis des oiseaux, ces excentriques obsédés par l'exception aviaire rarissime, que les Anglais et certains Canadiens surnomment « les agités », remontèrent dans le goulet et firent s'envoler les volatiles. Les oiseaux ont une excellente mémoire des gens et, à cause de leurs innombrables promenades dans ce secteur du parc de Lower Don, ils connaissaient bien Baie. Furieuse d'être ainsi dérangée, elle entra à quatre pattes dans ce qu'il restait de la caverne de glace.

C.B. se mit à somnoler au soleil et ses rêveries se tournèrent vers la source de chaleur de Deidre. Mille Deidre faisant l'amour dans un gymnase pourraient faire fondre des bougies. Il ouvrit les yeux pour voir les oiseaux s'envoler, sans se douter que leurs croassements rauques étaient son propre chant du cygne canadien. À son avis, il lui était arrivé beaucoup trop de choses récemment et il aspirait au néant de la péninsule Nord, une affection qu'il partageait avec les anciens Chinois pour qui la meilleure des vies est une vie sans histoire.

Ils marchèrent, encore et encore. À cause de sa nuit mouvementée, C.B. avait les pieds en compote, ce qui malgré tout ne l'empêchait pas d'avancer. Dans les allées, Baie taquinait les amateurs d'oiseaux en se cachant parmi les fourrés pour émettre les cris de dizaines d'oiseaux du Nord, qui n'étaient pas encore rentrés de leur périple dans le sud du pays. Un homme équipé d'une paire de jumelles à mille dollars confia à C.B. que Baie pourrait être « une ressource précieuse », et C.B. acquiesça, perdu dans sa nostalgie diffuse des torrents à truites et de la splendide fonte des neiges, quand les rivières tumultueuses quittaient

Chien Brun, le retour

leur lit pour envahir la forêt, que les ours dévoraient gaiement les carcasses gelées de cerfs morts de faim, et que les icebergs oscillaient allègrement sur les énormes vagues du lac Supérieur, souvent surmontés de corbeaux qui donnaient des coups de bec dans la glace pour atteindre les poissons incrustés dans la masse translucide. Cet après-midi-là Toronto semblait d'une beauté saisissante, selon la perception caractéristique de celui qui vient d'endurer une douleur extrême et d'y survivre. Avec une certaine simplicité, le monde acquit alors cette splendeur que découvrent de nombreux enfants à leur réveil par un matin d'été.

En fin d'après-midi Baie ne manifestait pas le moindre signe de fatigue, alors que C.B. traînait lamentablement les pieds. Il vit un jeune homme s'envoyer un comprimé contre les brûlures d'estomac et lui en demanda un.

« Impossible de digérer le porc grillé que j'ai mangé à midi, expliqua C.B.

— Moi j'ai mangé une pizza avec trop de poivrons rouges », répondit le jeune homme avec un accent étranger.

Ils parlèrent un moment et il se révéla que c'était un gars de la campagne, originaire des environs de Sligo en Irlande. C.B. avait été surpris de rencontrer à Toronto autant de gens d'origine étrangère et il avait souvent eu envie de noter toutes ces nationalités dans un calepin qu'il ne possédait bien sûr pas. Au lycée la géographie avait été sa matière préférée, mais à Toronto il avait découvert à son grand dégoût que quelqu'un avait changé les noms de nombreux pays d'Afrique après qu'ils avaient eu gagné leur indépendance.

Il dormait presque debout quand ils entrèrent dîner au Yitz's. Il se décida pour un bol de bortch au bœuf tandis que Baie commandait trois assiettes de harengs et une de frites, qu'elle mangea à une table du fond en compagnie des

Chien Brun, le retour

enfants de deux serveuses qui se montrèrent gentilles avec elle. Dans son état semi-comateux, C.B. pensait que dix jours seulement le séparaient de l'ouverture de la pêche à la truite dans le Michigan, un État qui lui semblait désespérément inaccessible. La première semaine de la saison, il rendait souvent visite à un ermite maboul qui vivait au nord de Shingleton ; c'était un bon pêcheur, mais il avait des idées bizarres. Selon l'une des théories concoctées par cet ermite, il existait une planète cachée dans notre système solaire qui abritait un bon million d'espèces d'oiseaux et que nous n'aurions jamais le droit de visiter à cause de notre détestable comportement de terriens. Cet ermite peignait des aquarelles figurant ces oiseaux ; sur l'une d'elles, que C.B. aimait particulièrement, on voyait un énorme oiseau violet doté d'un bec orange et de trois paires d'ailes. Qui aurait pu dire que ce volatile n'existait pas ? C.B. n'avait jamais beaucoup apprécié les gens qui disaient toujours non, et à son avis il y en avait beaucoup trop sur notre planète.

Ils prirent un taxi pour rentrer, après avoir prouvé au chauffeur que C.B. possédait bel et bien les dix dollars qui devaient constituer le prix de la course. Ce chauffeur fit peur à Baie, car il vitupéra contre la guerre en Irak et il était violemment opposé aux États-Unis. C.B. ne réussit pas à dire autre chose que : « C'est pas de ma faute. »

C.B. s'endormit tout habillé, alors que Baie dansa une heure comme tous les soirs en écoutant de la musique country. Il sombra en écoutant Patsy Cline chanter *The Last Word in Lonesome Is Me*. Sept heures s'écoulèrent, qui lui firent l'impression d'un seul instant, quand des coups inquiétants résonnèrent à la porte, d'autant plus bizarres qu'on frappait pour la première fois à cette porte depuis cinq mois qu'ils habitaient là. Lorsque C.B. entendit la voix de Nora, son cœur s'envola et il alluma la

Chien Brun, le retour

lampe. Elle revenait de toute évidence pour répéter la divine expérience et, en proie à une plaisante hébétude, il eut la vision du délicieux mixeur à peinture de Nora accomplissant sa tâche sacrée. Mais non, quand Baie ouvrit, il n'y avait pas seulement Nora mais aussi Charles Mange-Chevaux et une solide Indienne d'une cinquantaine d'années qui portait un tailleur de femme d'affaires et qu'on lui présenta comme la Directrice.

« Nous partons à l'aube, déclara Mange-Chevaux. Un jour, j'ai entendu cette réplique dans un film et elle m'a plu. » Mange-Chevaux arborait un blouson de cuir décoré d'éclairs brodés en perles et il avait l'air menaçant. Baie, qui d'ordinaire se méfiait des inconnus, s'approcha de lui et lui prit la main. Il la souleva dans ses bras. « On rentre à la maison. »

Nora et la Directrice les aidèrent à faire leurs bagages en vitesse. C.B. se renfrogna quand on lui annonça qu'il n'y avait pas de place pour sa grosse poêle à frire électrique achetée cinq dollars d'occasion. Ensuite, la Directrice secoua encore la tête quand il fit mine de glisser dans son blouson les dernières bières qui restaient dans le frigo, en lui opposant qu'aucun alcool n'était autorisé dans « le car de la tournée ». Complètement dérouté, C.B. prit la lettre de Gretchen et la renifla en y cherchant un signe de vie, submergé par une violente nostalgie. La nuit n'était pas son moment préféré pour s'adonner à l'exercice de la réflexion. En période troublée, C.B. avait tendance à lever le pied sur l'alcool pour éviter d'alimenter le feu du chaos, mais à cet instant précis il ressentit le besoin d'un double whisky, car Nora reniflait près de la porte et pleurait à chaudes larmes.

« Mes pauvres Peaux-Rouges. Je vous aime.

— Je le suis qu'à moitié. En fait, ajouta C.B. avec gêne, je suis un bâtard.

Chien Brun, le retour

— Mon arrière-grand-mère a épousé un colporteur juif à Rapid City en 1912. Un Lakota sans un peu de sang juif, ça n'existe pas, renchérit Mange-Chevaux pour blaguer.

— Je suis une Indienne pur sang, méchante et sadique », conclut la Directrice en prenant Nora dans ses bras.

Ils mirent seulement quelques minutes pour rejoindre le parking de la grande salle de concert, situé une douzaine de rues plus loin. C.B. était de mauvaise humeur, car la Directrice avait été plus rapide que lui pour s'installer à côté de la conductrice, alors qu'il avait eu la ferme intention de faire semblant de s'endormir pour laisser sa tête tomber sur les cuisses de Nora.

Le car de la tournée était un immense véhicule. Sur ses flancs de métal noir était peint en grandes lettres rouges THUNDERSKINS, entouré d'éclairs jaunes. Le car, éclairé comme Times Square, était prêt à partir. La Directrice expliqua que les Thunderskins étaient un groupe de rock and roll lakota qui n'avait plus que deux étapes à effectuer après une tournée d'un mois et demi, une à Thunder Bay, sur la rive nord du lac Supérieur, et la dernière à Winnipeg, après quoi ils descendraient vers le sud jusqu'à Rapid City et Pineridge pour déposer tout le monde chez soi, « tout le monde » signifiant le lot habituel de roadies et de techniciens du son, tant indiens que blancs, qui pour l'heure étaient occupés à boire des pintes de bière et peut-être à tirer sur des joints avant de monter dans ce car dont la Directrice surveillait la porte comme un chien de garde. Les quatre vedettes du groupe rejoindraient Thunder Bay par la voie des airs, puis la Directrice expliqua à C.B. que l'avion était exclu pour Baie, Mange-Chevaux et lui, à cause de la sécurité renforcée dans tous les aéroports. C.B. remarqua qu'autour d'eux tout le monde saluait Mange-Chevaux d'un signe de tête, avant de détourner les yeux.

Chien Brun, le retour

« Ils me prennent à tort pour un *wicasa wakan* », chuchota Mange-Chevaux à C.B., qui se trouva encore plus perplexe qu'auparavant, car il ignorait que *wicasa wakan* signifiait homme médecine, souvent une personne passablement effrayante, comme un *brujo* au Mexique.

Mange-Chevaux se posta à la porte du car pour fouiller tous ceux qui y montaient et laisser la Directrice faire découvrir à C.B. et à Baie leur petit compartiment situé à l'arrière, juste en face du sien. Il y avait deux couchettes, un fauteuil, un W.-C. miniature et une fenêtre qui donnait sur la nuit. C.B. avala un sandwich au fromage accompagné de deux tasses de café fort, puis, avant de se rendormir, il se demanda comment un car aussi voyant allait réussir à les faire rentrer clandestinement, Baie et lui, aux États-Unis. Il fut alors distrait par la vision de Nora qui s'en allait au volant de sa voiture et par le souvenir récent de leurs adieux : ils s'étaient embrassés, mais elle avait énergiquement écarté la main que C.B. aventurait sur sa croupe, alors qu'hier seulement, en plein midi, elle l'avait laissé lui serrer les hanches comme dans un étau. Assise sur sa couchette, Baie semblait effrayée, et C.B. lui tint la main, mais la Directrice rentra alors dans leur cabine et emmena Baie en disant qu'elle avait besoin d'affection maternelle. Dès qu'il entendit le vrombissement du gros moteur diesel sous son corps, C.B. s'endormit et le car partit vers le nord sur la Route 400 en direction de ce paysage qu'il appelait son foyer, de denses forêts de pins, de sapins ciguë, de mélèzes et de trembles entourant de vastes marais et de petits lacs aux merveilleuses rives couvertes de roseaux et de nénuphars. Il y avait des torrents, des étangs de castors et des petites rivières où C.B. trouvait à chaque fois un parfait réconfort en pêchant la truite. Les innombrables

Chien Brun, le retour

tourments dont les gens paraissaient souffrir quotidiennement ne lui échappaient pas et il se sentait chanceux de pouvoir résoudre ses propres problèmes avec deux ou trois bières et une demi-douzaine d'heures consacrées à la pêche à la truite, et lorsqu'une femme croisait son chemin, grosse ou mince, vieille ou jeune, elle prouvait du même coup que le paradis était sur terre et non quelque part là-haut dans le ciel hostile et lointain.

C.B. avait attrapé un très gros rhume, une maladie dont il souffrait seulement tous les cinq ans environ et qu'il s'expliqua par l'épuisement dans lequel l'avait plongé son calcul rénal. Il dormit presque tout le temps durant le jour et demi qui permit au car d'atteindre Thunder Bay, se réveillant de temps à autre pour regarder le paysage dans le parc de la province du lac Supérieur au sud de Wawa et le parc national de Pukaskwa, plus au nord le long du lac. Il y avait un nombre inimaginable de torrents qui dégringolaient parmi les forêts profondes des collines vers le lac Supérieur, ce qui lui donna la chair de poule malgré son nez qui coulait et sa gorge irritée. Il se sentit beaucoup mieux le deuxième matin, lorsqu'ils firent halte à un bar restaurant et qu'en compagnie de plusieurs roadies il but son repas sous la forme de trois doubles whiskies assortis de bières, un remède cent pour cent efficace contre le rhume. Deux des roadies lakotas, qui ignoraient que C.B. était originaire de l'autre côté du lac Supérieur, l'avertirent qu'ils entraient maintenant « en territoire ennemi », sur les terres des Ojibway, ces terribles Anishinabe qui avaient chassé les Sioux du nord du Middle West.

C.B. n'avait jamais accordé beaucoup d'attention au rock and roll et il était donc mal préparé au spectacle qui l'attendait à Thunder Bay. Il y voyait seulement une musique destinée aux bars et très appréciée des jeunes

Chien Brun, le retour

d'Escanaba ou de Marquette, mais il n'avait jamais possédé le moindre disque – sous aucune forme connue – et n'avait sûrement jamais gaspillé dans un juke-box sa monnaie réservée à la bière. Il ne se rappelait pas avoir compris les paroles d'un seul morceau de cette musique, sauf *You can't always get what you want* – « On n'a pas toujours ce qu'on veut » –, qu'il considérait comme le fait le plus marquant de l'existence. Il s'était remis à pioncer après son déjeuner liquide quand le car de la tournée s'arrêta sur le parking de la salle de concert. Le rugissement et le vacarme de l'océan le réveillèrent, il pensa à une tempête accompagnée d'un vent de quatre-vingt-dix nœuds arrivant du lac Supérieur pour frapper le village de Grand Marais. Par la fenêtre il découvrit dans la lumière éclatante de l'après-midi des milliers de jeunes, surtout des filles, qui sautaient sur place à la manière de Baie et hurlaient « Thunderskins, Thunderskins, Thunderskins ! » Quelques minutes après sa descente du car, il se dit que dans sa jeunesse il aurait dû apprendre à jouer d'un instrument de musique, disons la guitare, et aussi pratiquer le chant. La Directrice lui avait mis autour du cou une petite carte plastifiée où on lisait « Équipe backstage » et les filles hystériques le reluquaient comme un gosse dévore des yeux un magnifique cône glacé par un jour de canicule. Il se sentit vaguement gêné, déstabilisé par ce nouveau sentiment de puissance, mal à l'aise au milieu de ce cercle de filles très séduisantes qui lui lançaient des regards implorants. Lui qui avait toujours souffert de claustrophobie, il se rappela sa panique à dix-neuf ans, quand il s'était fait piéger au milieu d'un énorme défilé à Chicago pour la fête du Travail, qu'il avait pris ses jambes à son cou et traversé plusieurs rues vers le lac Michigan où il avait enfin pu respirer librement. En lisant le *Tribune* du lendemain, il avait remarqué que le nombre des participants à ce défilé excédait largement celui des habitants de toute la péninsule Nord. Il se disait maintenant qu'une fille c'était parfait, mais que des milliers de filles hurlant comme des harpies vous donnaient envie de déguerpir au fond d'un fourré.

« Hé, C.B., elles veulent juste un putain de passe pour aller backstage ! » lui cria un roadie lakota en remarquant son désarroi.

C.B. se rendit utile : il aida l'équipe à décharger la sono du groupe, puis, dès qu'il comprit qu'il gênait plus qu'autre chose, il prit la tangente vers le bord du lac Supérieur pour rentrer en contact avec cet immense plan d'eau qui allait sans doute apaiser son cerveau surmené. Il fut ravi de découvrir soudain Charles Mange-Chevaux assis sur un banc de parc proche d'une jetée.

« Toute cette eau me rappelle la mer d'herbe des Sand Hills du Nebraska, au sud de Pine Ridge.

— Avec un bon bateau, je pourrais mettre le cap droit au sud vers la péninsule de Keweenaw et accoster pas loin de chez moi, mais j'ai pas de bon bateau et puis ici les tempêtes arrivent sans prévenir. »

Mange-Chevaux lui expliqua que Baie allait loger dans un bon hôtel avec la Directrice qui devait surveiller sans relâche les rock stars. L'une d'elles était son propre fils et il était aussi cinglé qu'un lapin en chaleur. C.B. se sentit vaguement jaloux de Baie, mais lui-même ayant grandi sans mère il comprit que la fillette avait besoin de compagnie féminine. Les yeux tournés vers sa terre natale dont tant d'eau le séparait encore, il eu la sensation que son mal du pays devenait aussi palpable qu'un morceau de charbon coincé au fond de sa gorge.

II

Thunder Bay à l'aube. Le départ du car de la tournée, prévu pour deux heures du matin, fut retardé par une tempête de neige, mais au lever du jour le vent avait viré au sud et la tempête se transforma en un étrange orage tonnant. C.B. qui regardait par la fenêtre du car fut presque aveuglé par un éclair qui sur le parking illumina brièvement des congères blanches. Souffrant d'une gueule de bois pas tout à fait carabinée, il appréciait à leur juste valeur les dangers de l'existence, sans se sentir aussitôt responsable du bien-être de Baie. Il s'agissait très littéralement d'« un retour de flamme issu du passé », car C.B. n'avait pas souffert de la moindre gueule de bois durant les cinq mois qu'il venait de vivre au Canada, certainement sa plus longue période d'abstinence depuis l'âge de quatorze ans, quand David Quatre-Pieds et lui avaient volé une caisse de vin Mogen David dans un camion qu'on déchargeait au fond d'une ruelle derrière un supermarché d'Escanaba. Avec pour conséquence une interminable séance de dégueuloir dans la hutte secrète qu'ils avaient construite en bordure de la ville, sur la berge d'un torrent.

Chien Brun, le retour

Allongé dans sa cabine du car, C.B. regardait la pluie qui s'arrêtait peu à peu et lui permettait enfin de discerner les eaux libres du lac Supérieur au-delà de la couche de glace. Il essaya de chasser le souvenir du bain de boue de la veille au soir en se concentrant sur l'âme de l'eau. Voilà deux ans qu'il voulait entrer dans une bibliothèque publique et chercher le mot « eau » dans une encyclopédie, mais il doutait que les informations qu'il découvrirait alors incluraient les mystères de l'eau qu'il estimait au plus haut point. Parfois, la vie vous flanquait un coup de pied au cul d'une violence incroyable et il suffisait de passer une journée à pêcher dans un torrent ou une rivière pour oublier ce coup de pied au cul. Mais maintenant, privé de la moindre perspective de pêche, il se rappelait très clairement le délicieux sandwich de poisson blanc savouré au bar, puis la rencontre de deux filles de moins de vingt ans qui avaient repéré sa carte plastifiée « Équipe backstage ». Le concert allait se dérouler à guichets fermés et ces filles n'avaient pas de billet. Il était assis là avec un Lakota surnommé Navet qui trouvait ces filles « moches comme tout », ce qui n'empêchait pas C.B. d'avoir l'eau à la bouche, même si l'une des filles était trop potelée et l'autre trop mince. C.B. se dit qu'il suffisait d'additionner leurs deux poids et de diviser par deux pour atteindre la silhouette idéale. Jouant au gros malin, il les accompagna jusqu'à une porte dérobée, mais le volume sonore était beaucoup trop fort pour lui et toutes ces lumières lui semblaient grotesques. Sur scène, Baie faisait ses bonds de cabri en frappant un tambourin et avait l'air heureuse. Les filles griffonnèrent leur adresse et leur numéro de téléphone en disant à C.B. de les rejoindre chez elles après le concert. Il rebroussa chemin en se sentant très content de lui. De retour au bar, il but quelques verres et joua au billard avec Navet, qui de fait ressemblait un peu à un navet, puis il remarqua que les rues se remplissaient de gens qui allaient au concert et il en conclut qu'il devait prendre une décision. Malheureusement, après s'être baladé dans la tempête de neige et arrêté dans une autre taverne, C.B. montra son bout de papier à un barman qui lui apprit qu'il n'y avait pas de Violet Street à Thunder Bay et que, pour couronner le tout, le numéro de téléphone comportait seulement six chiffres. Navet trouva ça désopilant, tandis que C.B. faisait grise mine.

« Je parie qu'elles sont backstage avec les stars. On pourrait aller vérifier. Ces types voient davantage de chattes qu'un siège de toilettes publiques », déclara Navet.

C.B. pataugea dans la neige vers sa couchette solitaire en pensant avec lucidité que la plupart des femmes étaient aussi rouées que lui.

Le lendemain, lorsqu'ils atteignirent Winnipeg en début d'après-midi, il eut une discussion pénible avec la Directrice au sujet de Baie, d'autant qu'il ne réussissait pas à faire la différence entre ce tête-à-tête et la succession des rêves ébouriffants qui venaient de peupler sa récente sieste. Il avait confondu le rugissement du moteur du car avec celui d'une ourse à qui il avait donné un poisson alors qu'il réparait le toit d'un chalet de chasseurs. Il venait de couper vingt-deux cordes de bois de chauffe pour tenir bon pendant l'hiver et, quand avril arriva, l'ourse sortit d'hibernation et se dirigea aussitôt vers la fenêtre de sa cuisine en hurlant de faim. Tim, qui bossait comme pêcheur sur un chalutier, avait donné à C.B. une truite de lac pesant vingt livres dont personne n'avait voulu. Il découpa un filet de trois livres pour son dîner, puis lança le reste à l'ourse, qui dévora ce poisson en un clin d'œil avant de piquer un long roupillon dans la tache de lumière située près de la cabane de la pompe. Un soir qu'il entendit un loup hurler vers le

Chien Brun, le retour

delta de la rivière, l'ourse lui répondit en rugissant. C'était simplement l'ourse la plus colérique qu'il eût jamais croisée, et il la baptisa donc Gretchen.

« Tu comptes faire quoi, quand Baie atteindra la puberté, d'ici un an ou deux ? s'enquit la Directrice.

— La justice m'a désigné pour m'occuper d'elle », répondit-il sans beaucoup d'à-propos. Il était toujours prisonnier de ce rêve où, à l'orée de la forêt des Kingston Plains, Baie et lui chassaient deux jeunes coyotes qui s'engouffraient alors dans leur terrier situé sous une souche de pin blanc ; Baie, soudain devenue aussi menue que ces coyotes, les suivait sous terre, ce qui était bien sûr impossible.

« Tu comptes faire quoi, quand elle atteindra la puberté ? insista la Directrice. J'ai parlé à ton oncle Delmore au téléphone et il est de toute évidence sénile. Il m'a répondu qu'il avait contacté Guam sur radio Ham. C'est quoi ces conneries, putain ? J'ai aussi parlé à ta copine des services sociaux, Gretchen. Elle vit à trente bornes d'Escanaba. Baie et toi, elle vous voit seulement le week-end, et encore pas toujours.

— Baie serait morte dans cette école. Y a que du ciment tout autour. » La Directrice commençait à taper sur les nerfs de C.B. qui mourait d'envie de battre en retraite vers ses rêves : quand Baie était ressortie de la tanière des coyotes, ils avaient rejoint en pick-up le chalet préféré de C.B. et il avait fait frire un steak de gibier.

« Ce que je dis, moi, c'est que tu as la tête dans le cul. Le temps passe. Baie va avoir de jolies formes. Tu comptes faire quoi quand des garçons et des hommes lui feront des avances sexuelles ?

— Je leur flanquerai un bon coup de pied au cul. » C.B. sentit que la moutarde commençait à lui monter au nez et

Chien Brun, le retour

un début de migraine. Cette femme lui rappela un interrogatoire que le proviseur de l'école leur avait fait subir, à David Quatre-Pieds et lui-même en classe de cinquième, quand ils avaient lancé des morceaux de fromage de Limbourg bien puants dans le ventilateur de la chaudière à mazout installée à l'entresol de l'école. Toutes les filles avaient jailli dans la rue en courant et en hurlant, tandis que les garçons s'étaient contentés de sortir d'un pas normal, histoire de prouver qu'ils étaient assez virils pour supporter cette infection.

« Bon, j'ai une copine à Rapid City qui dirige un centre tribal pour les gamins atteints du syndrome d'alcoolisme prénatal et, quand on sera là-bas, elle va s'occuper de Baie. »

Leur discussion tourna court lorsque le car entra sur le parking de la salle de spectacle de Winnipeg. Il y avait encore plus de fans hystériques qu'à Thunder Bay. C.B. ne comprenait absolument pas ce qu'ils fichaient là, car cette horde de fans devaient savoir que les stars arrivaient en avion. Ils lui remirent en mémoire le souvenir lointain d'un crétin de la classe de quatrième qui prétendait qu'en Californie son cousin avait vu la vedette de Disney nommée Annette Funicello, nue. Les garçons s'agglutinaient autour de ce plouc pour entendre une fois encore son histoire. C'était à peu près le seul contact que les gens d'Escanaba pouvaient avoir avec l'univers excitant du show business. C.B. pensa que, pour ces milliers de fans, le car des Thunderskins sans ses stars c'était mieux que rien.

Pour tout dire, il trouvait déplaisants les cris de la foule. Le seul vacarme qu'il appréciait était celui d'une tempête sur le lac Supérieur, quand des vagues monstrueuses venaient s'écraser contre la jetée de Grand Marais ou de Marquette. Il aimait aussi le bruit des criquets et des oiseaux, et une bonne averse estivale en forêt quand le vent soufflait à travers des milliards de feuilles.

La Directrice se leva pour partir et C.B. lui tendit la main en espérant l'avoir convaincue qu'il était prêt à tout pour assurer le bien-être de Baie. Quand elle le gratifia d'une accolade, il la serra le plus fort possible contre lui. Une accolade spontanément offerte par une femme lui faisait toujours entrevoir le plaisir ultime de l'existence. Et comme de juste, son zizi releva la tête, mais elle repoussa C.B. en riant.

« J'ai cinquante-neuf ans et ça fait un bail qu'un type n'a pas bandé pour moi.

— Mon amitié en vaut bien une autre. » C.B. cherchait une formule de circonstance, et non son habituel « Baisons. » En fait, la Directrice avait des formes plus que généreuses et beaucoup d'hommes l'auraient qualifiée de grosse, mais il mourait d'envie d'accéder à son énorme cul. Elle s'esquiva en gazouillant et il fit volte-face pour regarder toutes ces filles surexcitées qui louchaient par la fenêtre. Si seulement on avait pu ouvrir la fenêtre, il aurait eu l'occasion de fourrer son outil entre les mâchoires de cette petite brune par exemple, en prenant garde toutefois d'éviter le gros anneau qui lui pendait des narines.

Le trajet à travers l'ouest du Manitoba et l'est du Saskatchewan accrut son mal du pays jusqu'à une frénésie tranquille. Les torrents, les rivières et les lacs envahissaient le paysage boisé. À un pêcheur invétéré, même une grande flaque d'eau offre des possibilités lointaines, et toute l'eau qu'il voyait le bouleversait. Quand le car ralentit afin de laisser manœuvrer un gros grumier qui transportait des billes de bois pour en faire du papier, il aperçut un rouge-queue d'Amérique dans un pin blanc, un oiseau aux couleurs criardes qu'il voyait souvent près de sa portion préférée de la Middle Branch de l'Escanaba, non loin de Gwinn, et la seule vision de cet oiseau lui permit de humer l'odeur de la rivière et de la forêt dans cette région, un parfum qui lui donna la chair de poule.

Dans un luxueux hôtel de Winnipeg, la Directrice installa C.B. et Baie dans une chambre voisine de la sienne, une proximité qui procura un autre type d'excitation à C.B., car il croyait dur comme fer qu'à un moment ou à un autre il réussirait à tirer un coup rapide avec la grosse Indienne. Il avait espéré emmener Baie au zoo, mais le temps qu'ils s'installent et qu'ils mangent un en-cas livré par un employé de l'hôtel, c'était déjà le milieu de l'après-midi et la Directrice devait venir chercher Baie pour une répétition. C'était la dernière étape de la tournée des Thunderskins et ils tenaient à finir en beauté dans l'énorme salle de spectacle où tous les billets étaient vendus depuis belle lurette. Baie tapait sur son tambourin dès le réveil et jusqu'à l'heure du coucher, mais C.B. trouvait ce bruit étrangement agréable – elle jouait très bien de cet instrument, et cela le poussait à s'interroger sur la complexité des rythmes qu'elle entendait dans son cerveau d'infirme. Un jour, au lycée, il était parti en voiture avec deux amis indiens pur sang, vers un pow-wow à Baraga et il avait constaté avec surprise le plaisir qu'il avait à danser pendant des heures et des heures, dans un état second qui lui rappelait l'agréable engourdissement ressenti quand on était à moitié ivre plutôt que complètement saoul.

Pendant que la Directrice et Baie se préparaient, deux des stars arrivèrent, mais comme lors de ses brèves rencontres précédentes avec ces musiciens, leurs deux regards passèrent sur lui comme s'il n'existait pas. C.B. pensa alors que c'était ce qui arrivait forcément quand on était entouré par beaucoup trop de gens, comme le jour où à dix-neuf

Chien Brun, le retour

ans il était allé à Chicago, ou plus récemment lors de son séjour à Toronto. Pour tenir le coup, les gens n'avaient d'autre recours que de s'ignorer les uns les autres, contrairement aux pratiques sociales de la péninsule Nord où il suffisait d'éviter le centre-ville d'Escanaba et de Marquette pour ne plus rencontrer âme qui vive ; et puis, les rares fois où il apercevait un autre être humain dans l'arrière-pays, il se cachait en attendant d'être à nouveau seul.

Pour l'instant, il en avait par-dessus la tête des gens et il décida de rester le plus à l'écart possible des musiciens. Il partit donc faire une longue marche en savourant surtout les immenses dépôts des chemins de fer, car il n'y avait plus autour de lui le moindre bâtiment élevé pour faire obstacle au soleil de cette fin d'après-midi, et même s'il se posait la question troublante de savoir qui pouvait bien garder la trace d'autant de trains. Il fut passablement déçu en constatant que la célèbre Red River n'était pas rouge et, sur le chemin du retour vers l'hôtel, il vit au loin Charles Mange-Chevaux entrer dans un bâtiment, où il le suivit. Il s'agissait d'un musée d'art où de nombreuses vitrines contenaient des objets inuits. Il se félicita de se rappeler que les Inuits habitaient l'Arctique et étaient ce que la plupart des gens prenaient pour des Eskimos. Il remarqua que, lorsque Mange-Chevaux passa devant une gardienne, plusieurs salles devant lui, elle détourna les yeux. Elle se montra néanmoins amicale envers C.B. et il crut que le corps rond et menu de cette femme était celui d'une Inuit.

« Vous êtes née dans un igloo ? s'informa-t-il.

— Êtes-vous né dans un tipi ? » rétorqua-t-elle en plaisantant.

Elle avait un sourire si radieux qu'il sentit l'habituel frisson. Il eut envie de lui dire une chose intéressante, mais elle tourna les talons pour expliquer quelques sculptures

Chien Brun, le retour

sur os de baleine et défenses de morse à un groupe d'élégantes dames âgées. C.B. trouvait ces objets d'art si stupéfiants qu'il sentit un grand vide lui envahir la tête et la poitrine, et il n'entendit pas Mange-Chevaux arriver derrière lui.

« Je savais bien que tu étais amateur d'art, lui dit Mange-Chevaux en blaguant à moitié.

— Il paraît que tout est dans le poignet », rétorqua C.B., un peu gêné par la violence de ses émotions.

Mange-Chevaux posa lourdement la main sur l'épaule de C.B. « Je veux que tu ouvres grand tes oreilles. C'est à propos de Baie. Je connais des gosses comme elle, ils finissent par mal tourner.

— D'accord. Tout ce que je sais, c'est qu'elle a besoin de se balader tous les jours en forêt. » Il ferma les yeux si fort qu'il en eut le tournis, et quand il les rouvrit pour retrouver l'équilibre, Mange-Chevaux avait disparu. C.B. doutait que Mange-Chevaux fût l'ancien flic et le peintre en bâtiment qu'il prétendait être. Un jour, près de Iron Mountain, à côté d'un barrage de castors au fond des bois, C.B. était tombé sur un sorcier du clan Crane qu'il avait vu des années plus tôt au pow-wow de Baraga. Selon la plupart des gens, cet homme volait pendant la nuit et engloutissait tout cru des poissons entiers. Cet homme médecine se montra assez aimable, mais quand il avait plongé la main sous une souche submergée et attrapé une truite de rivière, C.B. avait quitté la région.

En revenant vers l'hôtel, il repoussa l'idée, pourtant très séduisante, de s'envoyer cinq doubles whiskies ; à la place, il s'arrêta dans un *diner* pour s'offrir une côte de bœuf grillée. La Directrice lui avait transmis une enveloppe cadeau de la part du docteur Krider, qui contenait cinq cents dollars en coupures de vingt, une somme qui figurait

Chien Brun, le retour

à la troisième place sur la liste des sommes d'argent jamais possédées par C.B. Quand on a cinq cents billets en poche, une côte de bœuf à dix dollars ressemble moins à un luxe. La viande était passable, mais les patates excellentes avec du ketchup. La serveuse, une jeune femme morne et osseuse, ne croisa jamais le regard de C.B. Il se dit que chaque année et pour des raisons inconnues les jeunes femmes gagnaient en morosité, une raison de plus pour se concentrer sur la Directrice comme cible potentielle, si jamais Baie allait se coucher. Grand-papa croyait mordicus qu'il ne fallait jamais s'enticher d'une femme ayant un mauvais père, car c'étaient toutes des folles furieuses. Malgré la qualité médiocre de ce repas, C.B. conclut qu'il était meilleur que le buffet servi en coulisses et avant le concert par un traiteur, car bien que gratuit ce buffet incluait certains aliments qu'il ne connaissait pas. Un jour, Gretchen lui avait servi un hamburger au tofu qui avait le même goût que les algues mêlées à l'écume qu'on trouve au bord des marais. Gretchen lui avait dit des dizaines de fois que son père était un homme imbuvable et qu'un cousin plus âgé qu'elle lui avait tripoté la chatte quand elle avait onze ans. Apparemment, les problèmes de l'existence étaient sans fin. Quand lui-même avait onze ans, une petite voisine acceptait de lui montrer ses fesses contre dix *cents*, mais dès qu'un garçon essayait de la toucher, elle lui flanquait une bonne rouste. On avait assuré à C.B. qu'elle était maintenant proviseur du lycée de Houghton.

De retour à sa chambre d'hôtel, il comprit l'origine de sa tremblote : si tout se passait bien, dans moins de dix-huit heures il serait de retour aux États-Unis, plus précisément dans le Dakota du Nord. Il ouvrit le minibar où il avait vu la Directrice prendre des canettes de jus d'orange pour Baie et elle. Il voyait un minibar pour la première

Chien Brun, le retour

fois de sa vie et il fut stupéfait par l'étagère couverte de petites bouteilles de gnôle extra. Il les tira au sort en récitant « Am stram gram », tomba sur une mignonnette de tequila mexicaine, qu'il descendit en un clin d'œil. Il entra sans bruit dans la chambre de la Directrice et remarqua une énorme petite culotte qu'elle venait de laver et d'étendre sur un sèche-serviettes. Il ressentit un pincement de lubricité, qu'il savait sans lendemain. Il s'assit avec la télécommande et des mignonnettes de Johnny Walker et de vodka Absolut, puis remarqua un avis collé sur le poste de télévision : les films en exclusivité et les films pour adultes étaient disponibles au prix de douze dollars, ce qui lui parut scandaleusement cher, mais quand remettrait-il les pieds dans un hôtel de luxe ? Même les verres étaient en verre, et non en plastique enveloppé de cellophane. Comme il n'avait jamais le droit de toucher à la télécommande de la télévision par satellite de l'oncle Delmore, il appréhendait de s'en servir et il mit un certain temps à en comprendre le fonctionnement. Il refusa sans état d'âme *Salopes adolescentes en roue libre à Hollywood*, car le porno le mettait mal à l'aise et il n'avait jamais considéré le sexe comme un sport à grand spectacle. Il lui suffisait d'être là avec la viande crue étalée par terre, comme on dit. Un bref coup d'œil sous la jupe d'été de Gretchen suffisait à lui donner le tournis, alors que ni un film X ni la Playmate du mois ne l'excitaient vraiment. Malheureusement pour lui, il choisit un film intitulé *Le Labyrinthe de Pan* à cause du mystère insondable de ce titre. Il lui fallut boire le contenu de dix mignonnettes pour supporter ce film, et il se retrouva fréquemment terrifié ou en larmes. Il crut que le film était basé sur une histoire vraie, que la fillette était Baie, et lui-même le satyre qui essayait d'aider cette pauvre gamine à s'en tirer. À la fin du film, il était

Chien Brun, le retour

ivre et il avait le visage couvert de larmes. Si de telles horreurs pouvaient arriver dans ce monde, il n'était guère étonnant qu'il désire vivre dans un chalet au fond de la forêt. Au lycée, il était nul en histoire mondiale, mais il avait conscience que le vingtième siècle était un charnier planétaire. Son professeur, un démocrate issu de la classe ouvrière qui avait grandi dans les quartiers est d'Escanaba, avait déclaré à ses élèves qu'il y avait eu au moins dix millions d'Indiens quand nous étions descendus des bateaux, et qu'il en restait seulement trois cent mille en 1900. Et maintenant, dans la chambre d'hôtel, l'assassinat de cette fillette qui ressemblait tant à Baie par l'Espagnol diabolique lui arracha un sanglot et il termina sa dernière mignonnette, après quoi il les disposa toutes en cercle et s'endormit dans son fauteuil.

Il se réveilla à quatre heures du matin pour pisser et dans le blême miroir de la salle de bains il découvrit une feuille de papier fixée sur le devant de sa chemise. C'était un mot laconique de la Directrice : « Honte à toi. » Peu après l'aube, Baie et la Directrice prenaient leur petit déjeuner dans la pièce voisine quand il se réveilla pour de bon et sonda son esprit à la recherche des signes vitaux. Baie entra, l'embrassa sur le front, puis fila à la salle de bains avec sa brassée de serpents en caoutchouc qui lui tenaient toujours compagnie quand elle prenait un bain. Ce matin-là, le cobra à deux têtes ne plut guère à C.B.

« Alors, Cavalier Solitaire, tu es prêt ? demanda la Directrice debout au seuil de sa chambre.

— Tout bien réfléchi, c'est oui », répondit C.B. en s'extrayant lentement de son fauteuil. Même quand on souffre d'une gueule de bois de seconde catégorie, les mouvements brusques provoquent une douleur violente, l'équivalent physique d'un pétage de plomb.

Chien Brun, le retour

Ils durent s'installer à côté d'une commode pour surveiller la porte presque fermée de la salle de bains de Baie. La Directrice avait certes un gros derrière, mais ses fesses étaient aussi merveilleusement lisses que C.B. l'avait espéré. Son expérience tout sauf limitée lui avait appris que les Indiennes avaient les fesses particulièrement soyeuses, même si cette femme appartenait à la tribu des Lakotas, les ennemis héréditaires du sang à demi chippewa de C.B. Faisons la paix dans la vallée, pensa-t-il. Le seul inconvénient, c'était le miroir au-dessus de la commode. Il n'avait pas la moindre envie d'y contempler son reflet, car il était tout bonnement le moins narcissique de tous les mâles modernes. Quand la Directrice lâcha quelques cris étouffés, il lui adressa un « chut » sans réplique, puis tout fut terminé et une douleur fulgurante tomba du ciel pour envahir sa queue.

Il remonta son pantalon et se dirigea aussitôt vers la table du petit déjeuner afin de boire du café tiède et d'engloutir une saucisse froide avec un toast mou.

« Y a que les hommes pour passer de la baise à la bouffe en un quart de seconde, pouffa la Directrice en remettant de l'ordre dans ses vêtements.

— J'étais censé faire quoi ? demanda C.B. la bouche pleine.

— Tu étais censé dire "Merci beaucoup, madame" avant de m'embrasser avec fougue. »

C.B. avala, s'étrangla un peu, puis la gratifia d'un long baiser passionné, en la faisant basculer en arrière comme s'il dansait avec elle dans une boîte de nuit. Par chance, elle était costaude.

Peu après midi, le car de la tournée suivi du semi-remorque transportant le matériel bifurqua sur le gravillon d'une petite route au sud de Boissevain. Tout était prévu

Chien Brun, le retour

d'avance : les roadies déchargèrent deux grands tambours de cérémonie pour les hisser sur le toit du car et les fixer au long porte-bagages. La Directrice prit le tambourin à Baie, puis C.B., Baie et Mange-Chevaux gravirent l'échelle du car. Mange-Chevaux se glissa sous un des tambours, C.B. et Baie sous l'autre. Deux membres de l'équipe se mirent ensuite à frapper doucement sur ces tambours en chantant des mélopées lakota et en riant. Sans raison, Baie réagit en stridulant comme un grillon jusqu'à ce que C.B. lui ordonne d'arrêter, tout en regrettant l'effet de ces battements de tambour sur sa gueule de bois.

Le car repartit et atteignit la frontière des États-Unis près de la réserve de Turtle Mountain dans le Dakota du Nord. Les battements de tambour diminuèrent pendant que la Directrice palabrait avec les douaniers, des fonctionnaires qu'elle connaissait parce qu'elle était déjà passée plusieurs fois à ce poste-frontière.

« Vous savez que mes gars sont réglo. Pas de drogue ni d'alcool dans le car, sinon ils se font virer à grands coups de pied au cul. » Les douaniers, qui mangeaient leur sandwich en guise de déjeuner, en avaient assez d'essayer d'arrêter d'éventuels terroristes qui de toute façon ne passeraient sans doute pas par là.

Le car rugit et démarra, les joueurs de tambours se démenèrent et se lamentèrent bruyamment, car ils entraient dans cette terre promise qui au cours des siècles derniers s'était montrée rien moins que merveilleuse pour les Lakotas. À une vingtaine de kilomètres au sud de la frontière, dans un bosquet de peupliers, les passagers du toit redescendirent par l'échelle et la Directrice rendit son tambourin à Baie, qui en fut ravie. C.B., pris de vertige et vaguement nauséeux, se dit que sept mignonnettes et non dix auraient été les bienvenues, après quoi il découvrit avec une légère déception que le Dakota du Nord semblait en tout point identique au Manitoba, mais à la réflexion c'était peut-être sa gueule de bois qui ressemblait à n'importe quelle autre gueule de bois. Rien ne lui fut donc du moindre secours jusqu'à ce qu'il mange du foie de porc aux oignons, accompagné de deux bières, à Rugby, une bourgade qui était soi-disant le centre géographique de l'Amérique du Nord. Après ce repas, sur le parking du restaurant, il essaya en vain de comprendre comment on avait bien pu en décider ainsi. Il se demanda aussi comment il allait dorénavant se protéger contre ses propres excès si Baie passait sous la coupe de la Directrice. La solution consistait sans doute à mener une vie si retirée au fond des bois qu'on se rendait seulement à la taverne une fois par semaine. Ou peut-être deux. Quand il remonta dans le car, la Directrice lui glissa une remarque sur son « manque d'endurance », puis elle lui flanqua un coup de poing si violent au bras que sa main devint insensible. Son expérience l'amena alors à cette conclusion, qu'on ne peut jamais savoir si une Indienne va faire l'amour avec vous ou vous flanquer une dérouillée maison.

À la tombée de la nuit, le car se gara sur le site de Wounded Knee. Charles Mange-Chevaux en descendit et passa la nuit assis, enveloppé dans une couverture. Les roadies firent un feu pour cuire les steaks que la Directrice avait achetés avec une caisse de bières afin de fêter la fin de la tournée. C.B. calcula d'un œil morne que cette caisse contenait seulement deux bières par personne, à peine de quoi s'humecter le gosier. Il s'efforça autant que possible de ne pas se rappeler le sermon sur les dangers de l'alcool dont son grand-père l'avait gratifié quand il avait seize ans, en expliquant que la gnôle avait tué la maman et le papa de C.B. Grand-papa ne lui avait jamais fourni la moindre information supplémentaire sur les parents de C.B., lequel avait néanmoins appris que sa mère, la fille de grand-papa, avait un moment dansé dans un club de strip-tease d'Escanaba. Comme grand-papa était surtout d'origine suédoise et irlandaise, le sang indien de C.B. venait du côté de son père, qui avait filé vers Lac du Flambeau. Et maintenant, à Wounded Knee, il se fichait comme de l'an quarante d'être à moitié indien ou dans son fourré privé à la lisière des Kingston Plains où il regardait souvent les grues des sables s'accoupler. Oncle Delmore ne ratait pas un seul film d'horreur à la télévision. Baie les aimait bien, mais C.B. détestait avoir peur. De la cuisine il avait jeté un coup d'œil pendant un film de loup-garou, et décidé qu'il aurait de loin préféré se transformer en coyote-garou, à condition que cette créature existe.

Il se lavait dans son compartiment quand il entendit la Directrice entrer. Par la fenêtre, elle regarda Baie et deux roadies danser autour du feu.

« Je vais faire de cette fille une super danseuse. Elle est vraiment bonne.

— Voilà une merveilleuse idée », répondit C.B. en tapotant le cul de la Directrice et en espérant rectifier sur-le-champ ce jugement idiot sur son prétendu manque d'endurance.

« Bas les pattes, tête de nœud ! lui lança-t-elle d'une voix moqueuse en se retournant vers la porte. Tu me rappelles vraiment trop mon mari. Un soir qu'il était ivre, les flics l'ont enregistré à plus de cent soixante à l'heure tout près de Chadron avant que son pick-up fasse une vingtaine de tonneaux. »

Dès qu'elle fut partie en simulant l'indignation vertueuse, C.B. se rappela une conversation alors que Baie, Delmore et lui déjeunaient un dimanche chez Gretchen.

Chien Brun, le retour

Delmore venait d'emmener Baie pour faire une promenade dans le port, et histoire de s'amuser C.B. avait alors demandé à Gretchen pourquoi aucune femme ne lui avait jamais demandé de l'épouser, lui.

« Tu es une véritable énigme biologique, avait-elle répondu. En général les femmes désirent un peu de romantisme, mais quand elles cherchent un compagnon au long cours, elles comptent sur l'homme, au moins inconsciemment, pour les entretenir. Toi, tu te présentes comme un raté complet, mais si tu réussis quand même à baiser, c'est parce que tu aimes intensément les femmes, sans la moindre ironie. »

C.B. avait pris bonne note de chercher les mots *inconsciemment* et *ironie* dans le dictionnaire de Delmore. Ce jour-là, Gretchen portait un short bleu pâle moulant et, tout en écrasant vigoureusement les pommes de terre devant la cuisinière, elle agitait les hanches de manière si suggestive que C.B. s'était senti au bord des larmes. Il avait décidé de ne pas insister sur le problème du mariage, car Gretchen faisait parfois preuve de cruauté. Des années plus tôt, elle avait pris son ton le plus autoritaire pour passer en revue les résultats scolaires de C.B., et ayant découvert que son intelligence était bien au-dessus de la moyenne, elle s'était alors tournée vers lui pour lui demander sèchement :

« Pourquoi vis-tu ainsi ? Tu es assez malin pour faire autrement.

— J'ai simplement glissé vers ce mode de vie, avait-il répondu avec agacement.

— D'accord, tu as foiré la littérature anglaise, mais tu as fait un carton en géométrie.

— La géométrie était vraiment jolie. »

Chien Brun, le retour

    Il s'était alors dit qu'elle ne comprendrait jamais le plaisir inouï qu'il prenait à passer toute une journée en compagnie d'un torrent. S'il arrivait à survivre en réparant des chalets de chasse, en coupant du bois de chauffe ou de construction, à quoi bon en faire plus ? Il consacrait tout le reste de son temps à se balader dans les bois et à remonter les cours d'eau jusqu'à leur source. Quand Gretchen avait déclaré qu'il faisait du surplace depuis l'âge de douze ans, il s'était rappelé que cette année-là avait été particulièrement bonne. Il avait pêché sa première truite de rivière pesant plus de trois livres dans un étang de castors situé au nord de Rapid River, il possédait un petit fox-terrier qu'il mettait dans le panier de son vélo, il lui arrivait même d'attraper parfois une grouse qui allait s'envoler, et sur la plage de la ville il avait réussi à baiser une touriste de seize ans bourrée à la bière. Cette accusation de faire du surplace depuis l'âge de douze ans ne semblait pas tenir la route. Un jour, alors qu'il avait une vingtaine d'années, il avait trouvé pour l'hiver un boulot de gardien dans un bowling ; selon lui, tous ces salariés qui venaient faire leur partie de bowling du samedi et tentaient de battre leur record personnel ne s'amusaient pas beaucoup. La plupart avaient un gros cul et, quand ils sautaient en l'air, ils ne sautaient pas très haut.

    Maintenant, par la fenêtre du car, il trouvait très agréable de regarder Baie et Navet danser à toute vitesse. Navet, qui semblait toujours empoté, était en fait un excellent danseur. C.B. descendit du car, étala un peu les braises du feu et installa mieux le grill pour qu'il soit bien en équilibre sur les pierres, s'autoproclamant ainsi chef des steaks. Pas très loin au clair de lune, il voyait Charles Mange-Chevaux assis dans le cimetière, les mains levées vers le ciel. Quant à la Directrice, installée sur une chaise de jardin, elle surveillait la

Chien Brun, le retour

bière. C.B. décida d'enchaîner ses deux canettes afin de s'assurer une modeste euphorie. La viande, c'était des côtes de porc bien grasses découpées dans l'échine, son morceau préféré, d'autant que l'os permettait de manger avec les doigts au lieu de se bagarrer avec un couteau et une fourchette en plastique. Tous les passagers du car, très fatigués, expédièrent le dîner en vitesse et allèrent se coucher. Quand il alla pisser dans l'obscurité, C.B. fut ravi de découvrir Navet. Ce dernier lui tendit une pinte de schnaps, dont il but deux longues gorgées. Baie continua de danser sans tambour dans la lueur du feu, en tapant sur son tambourin jusqu'à ce que la Directrice l'emmène se coucher. Au pays, Baie avait tendance à éviter les inconnus, mais C.B. dut reconnaître qu'elle passait un sacré bon moment avec ces gens. Tout comme les oiseaux enchantaient la fillette, elle semblait adorer la musique. À en croire la Directrice, il y avait des vies bien pires que celle d'une muette.

Le lendemain matin ils partirent de bonne heure et C.B. fut troublé en disant au revoir à Charles Mange-Chevaux qui, toujours assis dans le cimetière, semblait en proie à une sorte de transe, ce qui ne l'empêcha pas de serrer Baie contre lui. Le car de la tournée fit ensuite halte à Pine Ridge pour déposer trois membres de l'équipe, dont un jeune colosse nommé Porc. C.B. savait que Porc avait trouvé son surnom à l'âge de douze ans en s'enfuyant vers la ville de Pierre. Mourant de faim, il était entré dans un supermarché pour voler une livre de viande de bœuf hachée et la manger crue, mais par erreur il avait pris un paquet de saucisses de porc. Depuis ce jour, Porc avait un faible pour le porc cru. Il semblait plutôt intelligent et rappelait que si à une certaine époque le porc cru présentait certains dangers, le ver solitaire appartenait désormais au passé. À Pine Ridge, un endroit irréel entouré d'une

Chien Brun, le retour

belle campagne, C.B. vit par la fenêtre du car Porc embrasser sa femme et son fils avant de monter dans un pick-up Chevrolet relativement neuf.

En route vers Rapid City, C.B. s'assit à l'avant près de Navet. Celui-ci l'invita à passer quelques jours dans l'appartement qu'il venait d'hériter d'une tante directrice d'école qui avait fait fortune dans le commerce des chevaux. Navet ajouta que la résidence où se trouvait son appart était équipée d'une piscine chauffée, et, dès que le temps le permettait, il s'installait au bord du bassin avec ses lunettes Vuarnet et un attaché-case en cuir cousu main, un cadeau que lui avait offert une riche femme blanche à Santa Fe, au Nouveau-Mexique, quand le groupe avait joué là-bas. Des filles et des femmes ravissantes venaient le voir au bord de la piscine pour bavarder avec cet homme qui ressemblait à un vrai caïd. Il taquinait ses voisins, car son attaché-case était bourré de bandes dessinées de Robert Crumb. Il en montra une à C.B. qui trouva que c'était la meilleure bande dessinée qu'il eût jamais lue.

Ils s'arrêtèrent en rase campagne à une station-service pour faire le plein et boire un café. Dans un champ voisin, deux filles montées sur des chevaux de course s'entraînaient à slalomer entre des tonneaux. Atterré par la vitesse à laquelle elles menaient leur monture, C.B. se tourna vers la Directrice debout près de lui :

« Elles risquent de se tuer si jamais elles tombent.

— Elles ne tombent jamais », répondit-elle avant d'adresser un cri à Baie qui enjambait la clôture et courait vers les deux filles qui faisaient une pause. Baie les dépassa pour décrire un huit à toute vitesse autour des tonneaux, puis elle s'arrêta près des cavalières et caressa les chevaux en roucoulant comme une colombe. C.B. dit à la Directrice qu'à son avis Baie n'avait jamais approché un seul cheval

Chien Brun, le retour

de sa vie. Ils franchirent à leur tour la clôture et se dirigèrent vers les filles. Baie frottait son nez contre le museau d'un des chevaux, qui semblait apprécier cette caresse.

« Elle n'a pas toute sa tête, déclara une cavalière à C.B. et à la Directrice qui arrivaient.

— C'est vrai, mais elle est adorable. Et si vous la faisiez monter ? Elle n'a jamais fait de cheval », proposa la Directrice.

La fille adressa un geste à Baie, qui d'un mouvement fluide bondit en selle.

« Ce n'est pas si facile, dit la fille en guidant son cheval avec les rênes, avant de les donner à Baie. Mais je parie qu'elle va bien se débrouiller. »

Lorsque le cheval démarra vers le tonneau le plus éloigné, C.B. se prit le visage entre les mains et regarda entre ses doigts. Baie était collée à la selle et à l'encolure du cheval comme une décalcomanie, et quand la fille siffla, le cheval fit volte-face, puis retourna vers eux au galop avant de s'arrêter abruptement. Baie glissa en avant et noua les bras autour du cou du cheval. Toute rouge, elle chantonnait. C.B. leva les mains vers elle et Baie se laissa tomber dans ses bras.

« Maintenant, c'est à la fois une danseuse et une cowgirl. Tout n'est pas perdu », déclara la Directrice.

Alors qu'il rampait sous la clôture, C.B. se figea et vit Baie saisir un poteau et s'élancer au-dessus du fil de fer supérieur ainsi que lui-même le faisait dans sa jeunesse. Il lui était arrivé beaucoup trop de choses dans cette vie, et là, immobile sous le fil inférieur, il essaya soudain de faire le point.

« Comment vais-je rentrer chez moi ? pleurnicha-t-il presque.

Chien Brun, le retour

— Eh bien, tu ne peux pas prendre l'avion, répondit la Directrice, car l'ordinateur de l'aéroport risque de repérer le mandat d'arrêt du Michigan. Peut-être qu'ils ont renoncé à t'épingler, mais inutile de tenter la chance. La prison de Rapid City est bourrée d'Indiens ivres. Ton oncle Delmore envoie quelqu'un pour te ramener chez toi. Il dit que tu lui devras un max.

— Il dit toujours ça », rétorqua C.B. en pensant qu'une fois rentré au bercail il lui faudrait trouver une bonne planque. Delmore avait beaucoup d'argent, mais comme la plupart des vieux il se faisait un sang d'encre pour son fric. « Pendant la grande Dépression, je pouvais même pas me payer le trou d'un doughnut », disait-il volontiers.

C.B. passa presque deux jours entiers assis sur un banc en ciment dans l'enceinte de l'hôpital de Rapid City. Il avait sur lui des sardines, du fromage, des gâteaux salés et du tabac Bull Durham. Il se roulait ses cigarettes, et malgré la présence mystérieuse d'une pancarte « Zone sans tabac » il n'arrivait pas à imaginer qu'on l'empêcherait de fumer par ces journées chaudes et venteuses du début de printemps. Il se trompait lourdement. Un employé de la sécurité s'approcha de lui et lui annonça qu'il risquait de se faire arrêter, ce qui provoqua chez C.B. un frisson de terreur. Il fit le crétin quand l'employé de la sécurité lui montra la pancarte située à trois mètres d'eux.

« Vous savez pas lire ?

— Pas très bien », répondit C.B. comme s'il essayait de déchiffrer la pancarte.

La Directrice faisait subir toute une batterie de tests à Baie. C.B. avait tenté de donner à la Directrice les cinq cents dollars offerts par le docteur Krider, mais elle avait refusé en disant :

Chien Brun, le retour

« Tu ne peux tout de même pas me donner tout ton argent. Tu es idiot, ou quoi ? »

C'était bien possible. Il n'avait pas réussi à joindre l'oncle Delmore ni Gretchen au téléphone, et le répondeur de la dentiste annonçait qu'elle serait absente toute la semaine. Navet avait composé ces numéros pour lui sur son portable, et quand C.B. s'inquiéta de la dépense, Navet lui répondit qu'il avait un abonnement de trois mille minutes. C.B. se demanda comment ils faisaient pour garder la trace de ces communications innombrables, tout en se rappelant que Delmore répondait rarement au téléphone parce qu'on apprenait toujours les mauvaises nouvelles au téléphone. Il ne regardait pas non plus les infos à la télé, en affirmant qu'il n'avait aucun besoin d'apprendre en dix minutes toutes les mauvaises nouvelles en provenance du monde entier. Delmore écoutait de temps à autre les infos canadiennes sur son gros et puissant poste de radio, car là-bas les choses n'avaient pas l'air de trop mal se passer.

C.B. traînait sur son banc de parc devant l'hôpital parce que les tests médicaux rendaient Baie si malheureuse qu'elle pleurait tout le temps, ce qu'en temps normal elle ne faisait jamais. Elle était tellement triste que, lorsque la Directrice et elle sortirent du bâtiment pour faire une pause entre deux examens, Baie n'émit même pas ses habituels cris de mouette en partageant des sardines avec C.B.

« J'aurai vu de mon vivant le prix des sardines passer de dix-neuf *cents* à un dollar », réfléchit C.B. Il se remémora sa jeunesse, quand vers la fin de chaque mois l'argent de la retraite de grand-papa avait fondu comme neige au soleil et qu'ils mangeaient cinq boîtes de sardines avec des pommes de terre bouillies qui venaient de la cave. C'était

Chien Brun, le retour

leur repas « à un dollar », qu'on améliorait en été avec des oignons, des radis et des tomates du jardin.

« Le christianisme est peut-être de la merde, mais j'ai entendu un prêtre dire que la cupidité était l'Antéchrist. » La Directrice serra dans ses bras une Baie toute tremblante.

« La maman de Baie la balançait nue dans la neige quand elle mouillait son lit. Autrefois, Baie avait sans arrêt la tremblote, mais elle a eu la chance que sa maman se retrouve en taule.

— Je trancherais volontiers la gorge de cette sale conne », conclut l'Indienne d'une voix égale.

Quand la Directrice la ramena à l'hôpital, Baie se remit à pleurer. C.B. ne se sentait pas en grande forme, car il avait bu un coup de trop avec Navet, et sa colère provoquée par les épreuves de Baie exacerbait son inconfort. Il venait de passer deux nuits dans un hôtel minable, car il avait refusé de s'installer chez la Directrice, laquelle interdisait les boissons alcoolisées sous son toit, et puis l'appart de Navet lui mettait les nerfs à vif. Navet avait invité certaines de ses jeunes voisines à boire un verre ou deux en fin d'après-midi, quand elles rentreraient de leur travail. Ces jeunes femmes très actives arboraient des vêtements chic et bossaient dans l'immobilier ; l'une d'elles seulement était professeur, mais elle cherchait « quelque chose de mieux ». Le problème, c'était que C.B. n'arrivait pas à suivre leur conversation, d'autant que Navet avait mis sur la chaîne du rock and roll très bruyant. Elles craquaient toutes pour Navet et accordaient à peine un regard à C.B. Techniquement, c'étaient de vraies beautés, mais aucune d'elles ne suscitait chez lui le moindre frémissement intérieur. À leur arrivée, une grande fille prénommée Deedee l'avait abordé en ces termes :

Chien Brun, le retour

« Tu fais quoi dans la vie ?
— Je taille des bûches. Je bosse un peu comme charpentier quand je trouve du boulot.
— Vous autres les Indiens, vous êtes si insouciants ! avait-elle pouffé en buvant une gorgée de Budweiser.
— Je ne suis pas un vrai Indien comme Navet. Je suis une espèce de bâtard comme la plupart des chiens. » Il avait été tenté de lui révéler que la police le recherchait et qu'il était en cavale, mais Deedee s'était aussitôt détournée.

Navet leur avait préparé un grand pichet de margarita. En adressant un clin d'œil à C.B., il avait versé presque toute une bouteille de tequila dans le shaker. « Je compte envoyer ces salopes par-dessus les moulins, et pronto. Ça va être une partie de rigolade bien répugnante », avait-il murmuré.

C.B. avait bu deux ou trois gorgées de tequila et, quand les autres étaient sortis admirer la voiture neuve de quelqu'un, il s'était glissé par la porte de derrière et dirigé vers le quartier le plus sordide de la ville où il avait dégusté un taco recouvert de sauce pimentée. Après cet en-cas il avait acheté une pinte de schnaps McGillicuddy pour calmer ses aigreurs d'estomac, puis était retourné à sa chambre de motel où il y avait une grande photo du mont Rushmore. Il avait essayé d'imaginer Charles Mange-Chevaux en train de verser un gros bidon de peinture rouge sang le long du nez de George Washington. À la télé, tous les films montraient apparemment des gens qui se tiraient dessus, et il n'avait aucune envie d'être le témoin de ces violences. Sur la chaîne de National Geographic il avait trouvé enfin un documentaire sur la Sibérie, un endroit qui semblait vraiment merveilleux, le genre de pays dont il tomberait amoureux en trois minutes chrono. Il sirotait à même le goulot de sa bouteille de gnôle, car il se méfiait

Chien Brun, le retour

des gobelets en plastique : des années plus tôt, l'un d'eux s'était fendu et avait répandu tout son contenu, le dernier coup de la soirée, sur les cuisses de C.B. Une bouffée improbable de mal du pays lui était tombée dessus sans prévenir, et il l'avait affrontée en se remémorant une longue balade à pied à l'ouest de Germfask à la recherche d'un étang de castors dont il avait entendu parler et qui se trouvait en réalité dans une réserve fédérale de vie sauvage où il était interdit de pêcher, un inconvénient vraiment mineur, car sur le chemin de terre presque désert on entendait arriver de très loin un éventuel véhicule de patrouille et ensuite on avait tout le temps de se planquer dans les fourrés. Sur la berge de cet étang de castors, il avait ferré ce qu'il avait d'abord pris pour la plus grosse truite de rivière de toute sa vie, mais après une lutte acharnée il avait découvert que sa prise était en fait un brochet d'une demi-douzaine de livres. Il aurait préféré pêcher une truite de rivière ; pourtant, il avait accepté de bonne grâce ce poisson. C'était le mois de juin et les eaux froides du début de saison donnaient bon goût aux brochets. Il faisait encore un peu jour lorsqu'il était retourné à sa voiture, bien après dix heures dans cette région septentrionale et en juin. Il avait roulé presque jusqu'à Au Train, où une vieille Indienne de sa connaissance vivait au fond des bois dans une cabane recouverte de toile goudronnée. Le grand-père de C.B. et cette femme avaient jadis eu le béguin l'un pour l'autre et, quand il était gosse, il pêchait dans un torrent voisin pendant que les deux adultes profitaient de leur rendez-vous galant mensuel. Lorsqu'il était arrivé avec le brochet juste avant minuit, la cabane était plongée dans l'obscurité et il avait eu une trouille bleue en entendant un grondement en provenance des fourrés voisins. Elle lui faisait une blague après avoir passé la moitié de la nuit à se

Chien Brun, le retour

promener en forêt. Elle avait fait cuire le brochet, puis ils l'avaient mangé avec du pain et du sel, et un peu de vin de sureau qu'elle avait préparé l'automne dernier. Elle avait accompagné d'une voix sonore la chanson diffusée par une station country d'Ishpeming ; elle excellait surtout dans les duos avec George Jones et Merle Haggard.

Cette rêverie le mit de bonne humeur, même si le documentaire sur la Sibérie fit place à la chirurgie du cœur pratiquée sur un éléphant de zoo. C.B. éteignit la télévision, car il ne voulait pas savoir si ce malheureux éléphant allait s'en tirer après l'opération. Ce cœur était rouge, énorme, et ses battements hésitants. C.B. se rappela qu'un jour où grand-papa racontait ses histoires de la Seconde Guerre mondiale, il y en avait une sur une baleine vue dans le Pacifique Nord, une baleine dotée d'un cœur si gros qu'un homme pouvait dormir dedans.

Il occupa assez bien son deuxième jour d'attente. La chaîne télé de la météo annonçait une tempête en soirée, mais toute la journée il souffla une brise tiède en provenance du sud. Le plus dur, ce fut quand la Directrice et Baie arrivèrent, car Baie était fermée comme une huître et dépourvue de toute expression. Suite à une prise de sang, elle n'avait pas le droit de manger, même pas le Big Mac agrémenté d'une part supplémentaire d'oignons qu'il venait de lui acheter. Seul signe de vie, Baie levait les yeux vers le ciel et les minuscules points sombres des faucons qui accomplissaient leur migration printanière.

« Ça ne se présente pas très bien pour une vie normale, annonça la Directrice.

— Je le savais déjà, dit C.B. la gorge serrée.

— Moi aussi, mais les médecins doivent déterminer ce qui est possible. Elle ne sera jamais capable de parler, mais elle a une excellente coordination des gestes, et puis elle est solide et agile.

— Je le savais déjà. » La colère faisait une boule dans la gorge de C.B. et l'empêchait de déglutir.

« Il s'agit de spécialistes de ce handicap, C.B., il faut donc que tu sois patient. Nous en aurons fini vers trois heures, après quoi j'emmènerai Baie au nord de Sturgis, vers Bear Butte, pour voir des bébés bisons. À ce moment-là, tu auras la surprise de ta vie. »

Quand un médecin passa devant eux, Baie fourra la tête dans le blouson de C.B. Il lui tapota le dos, elle avait les muscles durs comme l'acier.

« J'ai pas envie de la moindre surprise. Je veux seulement rentrer à la maison avec ma fille.

— C'est impossible. Nous sommes déjà en train d'effectuer des démarches auprès de l'État du Michigan pour modifier la tutelle. La mère de Baie est d'accord. L'État du Michigan finira par retirer sa plainte contre toi. Sa mère en a repris pour cinq ans après avoir quasiment arraché l'oreille d'un flic. Tu sais très bien que ce sera mieux ainsi. Comment réagiras-tu quand elle aura douze ans et qu'elle se fera mettre en cloque par le premier venu ?

— Sans doute que je tuerai ce premier venu.

— Alors elle n'aura plus personne. Elle va intégrer la famille de ma cousine, au nord d'ici. Ils ont des vaches, des chevaux, des chiens, et elle ira à mi-temps dans cette école spécialisée. »

C.B. ne se rappelait plus quand il avait pleuré pour la dernière fois, mais c'est ce qu'il fit. La Directrice le serra contre elle et essuya ses larmes avec un mouchoir qui sentait bon, puis Baie retrouva assez de vitalité pour lui tenir la main. Lorsqu'elles repartirent, C.B. termina vite la bouteille de schnaps, plongea la main dans sa poche, roula une cigarette et l'alluma. Soudain, le garde de sécurité fut devant lui.

« Je vais devoir appeler la police, je vous avais prévenu.

— C'est le dernier numéro de téléphone que vous composerez de votre vie, rétorqua C.B. d'une voix égale.

— Pourquoi pleurez-vous ? » Le type de la sécurité, qui n'avait pas la moindre envie de se faire botter le cul, haussa les épaules.

« Ils sont en train de me retirer la garde de ma fille, répondit C.B.

— On peut pas vous faire pire », dit le garde en tournant les talons.

C.B. aperçut un chien noir sur le parking. Lorsqu'il siffla, l'animal trottina vers lui. Il avait de longues oreilles de lapin et un corps disgracieux : un poitrail plutôt étroit en comparaison de son arrière-train massif. C.B. déballa le Big Mac de Baie et fut surpris de voir le chien manger le hamburger à petites bouchées au lieu de se ruer goulûment dessus. La plaque de cuivre fixée à son collier disait que cette chienne s'appelait Ethyle, un nom qui selon C.B. lui allait comme un gant. Ethyle était donc en vadrouille et elle avait la chance de tomber sur un hamburger. Une fois posées les bases de l'amitié, Ethyle sauta sur le banc, décrivit quelques cercles sur elle-même, puis se lova pour piquer un roupillon. Ses mamelles quelque peu distendues prouvaient qu'Ethyle était mère, et tout en caressant ses longues oreilles molles C.B. paria en silence qu'elle était une bonne mère. Navet avait déclaré que la Directrice avait élevé cinq gamins, le dernier étant un membre des Thunderskins. Comment pourrais-je être une bonne mère quand je n'en ai même pas eu ? se demanda-t-il. Il savait qu'il était meilleur que Rose, la mère délinquante de Baie, mais cela revenait peut-être à comparer des crottes de chat et du caca

Chien Brun, le retour

de chien. Il se pencha en avant pour essayer de caler ses coudes contre ses genoux et piquer un petit somme. Si jamais il s'endormait pour de bon, il risquait de tomber par terre face la première, ce qui serait sans doute rigolo, vu tout ce qui venait de lui arriver. Contrairement à la plupart d'entre nous, il n'entretenait pas l'illusion d'être au poste de commande, ou dans le siège du conducteur, comme on dit. Une bonne part de la lugubre morale luthérienne du Grand Nord affirmait que la nuit était toujours la plus sombre avant de devenir plus sombre encore. Son ultime espoir était de rentrer au pays pour y mener l'existence que les anciens confucéens considéraient comme étant la meilleure, c'est-à-dire une existence où il ne se passait pas grand-chose.

Il somnola pour de bon et tomba en avant, mais en s'égratignant seulement la paume contre le ciment. La Directrice et Baie ressortirent pendant quelques minutes, et Baie était un tout petit peu plus gaie, surtout quand elle caressa Ethyle.

« Ta surprise approche. Je viens de lui indiquer le chemin », déclara la Directrice en saisissant la main de Baie pour la ramener d'un bon pas vers l'hôpital. Ethyle essaya de les suivre, mais un coup de sifflet strident résonna une rue plus loin, au-delà du parking. Ethyle fila vers l'origine de ce coup de sifflet tandis que C.B. pensait tristement : Et maintenant je perds ma chienne. Mais il vit alors une chose qui fit bondir son cœur. Sur le parking, une femme ressemblant à Gretchen descendit d'une voiture qui ressemblait à la voiture de Gretchen. C.B. n'en crut pas ses yeux et se concentra de nouveau sur l'hôpital. Il avait la chair de poule.

« C.B., c'est moi ! lança-t-elle. Je suis venue pour te ramener chez toi. »

Chien Brun, le retour

C'était comme si le soleil venait de se lever au beau milieu d'une nuit de tempête. Il n'osa pas se retourner. Une sorte de paralysie l'envahit alors. La femme s'assit près de lui et saisit une main inerte.

« Je sais, tu viens de passer un sale moment.

— On peut le dire.

— Tout va bien maintenant. Mais faut qu'on se bouge. C'est vendredi après-midi et je bosse lundi matin. »

Ils partagèrent tous ensemble un déjeuner d'adieu à une table de pique-nique en plastique devant un MacDonald. Gretchen et la Directrice buvaient chacune un soda et savouraient une barre chocolatée en feuilletant des dossiers administratifs. C.B. et Baie mangeaient, la fillette assise sur les genoux de l'homme. Ayant compris qu'elle ne devrait pas retourner à l'hôpital, elle était assez contente. C.B. et Gretchen restaient muets de saisissement. On fit des projets pour se retrouver tous ensemble dans le Dakota du Sud autour du 4 Juillet.

Gretchen conduisit C.B. jusqu'au motel minable de ce dernier pour qu'il y prenne son sac et il eut alors une idée saugrenue : comme il avait déjà payé une journée et une nuit, pourquoi ne pas y passer encore quelques heures ?

« Va prendre ton sac, espèce de crétin », dit-elle en riant. Elle portait une jupe d'été bleue qui ravissait littéralement C.B.

III

« J'espérais jeter un coup d'œil à ce palais du Maïs. » C.B. somnolait, mais dès qu'il ouvrait les yeux il lui semblait voir un grand panneau publicitaire pour le palais du Maïs, un bâtiment entièrement construit avec des épis de maïs. Et lui qui avait souvent travaillé comme charpentier, il ne comprenait pas comment on pouvait utiliser le maïs comme matériau de construction. Il s'agissait sans doute d'une espèce de parement bon marché. « Pourquoi bâtir un immeuble en épis de maïs ?
— Pour que des péquenauds comme toi s'arrêtent à Mitchell, Dakota du Sud, et y dépensent leur fric. De toute façon, le temps est merdique, je suis sur les rotules et j'ai faim. »
Il tombait de la neige fondue et le thermomètre de la Honda Accord venait de chuter de quatre degrés, pour atteindre zéro, en une seule heure. Elle s'engagea dans le centre-ville et décrivit un cercle autour du palais du Maïs qui était en effet constitué d'épis de maïs. Ils étaient les seuls touristes et presque tous les magasins étaient fermés. Gretchen choisit un motel assez classe situé près de l'autoroute, car il y avait un restaurant tout proche et elle en avait assez de rouler.

« Nous avons discuté tout l'après-midi, mais je ne peux pas m'empêcher de penser à la pollution intra-utérine.

— C'est quoi ?

— Les produits chimiques de l'environnement pénètrent dans la matrice et se fixent sur les dents du bébé. J'habite trop près de cette répugnante usine de pâte à papier. »

Pendant qu'elle remplissait les formalités d'usage à la réception du motel, C.B. réfléchit aux innombrables monologues de Gretchen sur son désir d'avoir un bébé. Comme lui-même devait être le donneur de sperme, il lui fallait d'abord passer un examen physique général pour s'assurer qu'il ne souffrait d'aucune maladie.

« J'ai trente-trois ans. Il faut que je prenne une décision, avait-elle déclaré.

— C'est l'âge du Christ quand il est mort, avait piteusement répondu C.B.

— Et ça signifie quoi ?

— Rien. Je m'inquiète d'être le donneur de sperme.

— C'est très facile. Je ne veux pas faire ça dans un cabinet médical, il faudra donc que ça se passe chez moi. Après ton check-up, tu te branleras dans un tube à essai et je me l'injecterai tu sais où.

— J'ai ma dignité, avait-il rétorqué en pompant cette réplique à l'un des épisodes de *Perry Mason* que Delmore aimait tant.

— Tu t'en remettras.

— Pourquoi ne pas tout simplement le glisser en toi quelques minutes ?

— Cette idée me dégoûte. »

Alors qu'elle se trouvait à la réception du motel, il se dit qu'il associait ce dégoût à la crème anti-moustiques qu'il étalait sur sa peau, surtout en juin lorsqu'il pêchait et

Chien Brun, le retour

que des milliards de taons et de moustiques vrombissaient autour de lui.

« Tu pourrais picoler un peu et prendre un de tes tranquillisants, suggéra-t-il.

— Je souffre d'anhédonie, ce qui signifie que ma neutralité est sans doute une réaction organique à un traumatisme.

— Je ne pige pas.

— Je t'expliquerai au dîner. »

Leurs deux chambres communiquaient, mais quand C.B. ouvrit la porte qui donnait sur la chambre voisine, il remarqua que celle de Gretchen était fermée à clef.

« Ta porte est fermée.

— Oui, je sais. »

Elle prit une douche rapide et il se mit à bander rien qu'en écoutant l'eau couler. Il serait mort de lubricité si tout au fond de son sac il n'avait découvert une petite bouteille de whisky canadien.

Au repas, l'odeur de savon de Gretchen lui donna presque la nausée. Tout comme son *fritto misto* à 9$95, mais pour des raisons différentes. Tout était frit et semblait avoir passé un temps fou au fond d'un bateau sous un soleil brûlant. Gretchen eut la gentillesse de lui proposer l'une de ses côtes de porc très dures, servies sans sauce, avec en tout et pour tout une tranche de pomme teinte en rouge. Elle avait commandé une bouteille de vin blanc, mais n'ayant jamais considéré le vin blanc comme un authentique alcool il se rabattit sur deux doubles whiskies.

« On peut dire que le whisky c'est mon vin, déclara-t-il en levant son verre contre lequel elle fit tinter le sien.

— Apparemment.

— Je compte bien le payer, dit-il en sortant un billet de dix.

Chien Brun, le retour

— Delmore m'a donné assez d'argent pour te ramener au bercail. Il devient sentimental. Nous nous sommes vus plusieurs fois et avons même dansé ensemble lors de la soirée Friture de l'American Legion, devant un orchestre baptisé *Marvin and His Polka Dots*.

— Puisque tu le dis...

— Il m'a même demandé comment les femmes s'y prenaient pour faire l'amour ensemble. Je lui ai répondu : "Mêle-toi de tes oignons, Gaston", puis je lui ai confié que j'avais définitivement renoncé au sexe. Il m'a répondu que lui-même avait laissé tomber à soixante-dix ans, parce que les femmes qu'il fréquentait n'arrêtaient pas de lui emprunter de l'argent.

— Je n'arrive pas à croire que vous êtes devenus amis.

— Il a de bonnes raisons pour ça. Il a quatre-vingt-huit ans, il se fait du mauvais sang pour Baie et toi. En revanche, il ne s'inquiète pas pour Red, dont Cranbrook lui a donné des nouvelles en disant que c'était le meilleur élève en maths qu'ils aient jamais eu. Mais toi, tu es son neveu et son seul parent vivant. Il m'a fallu annoncer à Delmore que Baie n'a sans doute aucun souvenir de son frère.

— Il n'a jamais reconnu que j'étais son neveu.

— Eh bien, c'est pourtant le cas. Nous pensons tous deux que tu as besoin d'être un peu encadré et je vais sans doute devenir ta tutrice. »

Effaré par cette nouvelle, C.B. appela la serveuse pour commander un troisième whisky. Il se sentait dépassé par presque tout, car il n'était pas du genre à penser à l'avenir. Jusqu'au jour où Baie était entrée dans sa vie, pour lui l'avenir se limitait au mieux au seul lendemain. Presque tous les jours, il se préparait à manger quand il avait faim et il dormait quand il était fatigué.

Chien Brun, le retour

« Tu allais me révéler pourquoi le sexe est dégoûtant. » C.B. respirait presque l'odeur des insecticides 6-12 et du Muskol, et il fallait prendre garde à ne pas s'en mettre dans les yeux pour pouvoir attacher l'hameçon à votre bas de ligne.

« J'en ai mare de patauger dans la merde mentale, répondit Gretchen. Je ne peux pas en parler maintenant. En plus, après trois verres de vin, je ne te trouve pas vraiment repoussant. » Elle se pencha en arrière, bâilla et s'étira en exhibant ainsi son nombril, ce bouton sacré qui la reliait aux mille générations précédentes.

« Je te promets que, si tu bois deux bouteilles de vin, tu me colleras comme une mouche sur le cul d'une vache. » Il savait que ses paroles étaient plutôt déplacées, mais le spectacle de ce ravissant nombril lui fit l'effet d'une décharge électrique.

« Tu peux trouver mieux.

— Comme un papillon monarque sur une pâquerette.

— Tu es une pâquerette ! s'écria-t-elle en éclatant de rire.

— Comme une vieille fille qui s'assoit sur un concombre tiède dans son jardin potager. »

Elle se pencha en ricanant et ouvrit son corsage pour montrer à C.B. son sein gauche que ne dissimulait aucun soutien-gorge.

« Au lycée on me surnommait Mademoiselle l'Allumeuse », dit-elle en riant.

C.B. se sentit bouillir intérieurement tandis que Gretchen rejoignait la caisse du restaurant. Le corps de la jeune femme le sidérait, car elle était trop mince pour ses goûts ordinaires. Elle lui avait révélé qu'elle avait pris des cours de danse pendant quinze ans pour « brûler sa colère » et que cette activité expliquait sans doute sa sveltesse. Dans le couloir qui menait à leurs chambres, elle trébucha et il lui saisit le coude. Une fois devant sa porte, elle faillit le prendre dans ses bras et il envisagea de casser sa clef en plastique afin de pouvoir franchir la porte de Gretchen, mais dès qu'il fit mine de cafouiller, elle la lui arracha des mains et ouvrit elle-même la porte de C.B.

« On pourrait boire un bon verre d'eau en guise de pousse-café, suggéra-t-il à travers la porte de communication verrouillée.

— Désolé, petit. En ce moment je me déshabille. Le gentil couinement que tu entends peut-être, c'est mes fesses qui frottent contre la porte.

— Tu ne peux pas me faire une chose pareille. Je ne vais pas dormir. J'ai une érection aussi douloureuse qu'une rage de dents.

— Tu n'as qu'à te branler. Entraîne-toi à être un donneur de sperme. Dis tes prières. Pense à ta maman.

— J'ai pas de maman.

— Désolé. Je ne voulais pas dire ça. »

Il s'allongea sur le tapis et regarda sous la porte par l'interstice large d'un centimètre. Il entendit Gretchen éteindre la lumière. Par chance, lorsqu'ils s'étaient arrêtés pour prendre de l'essence à Chamberlain et qu'elle était partie aux toilettes, il avait filé au magasin de spiritueux tout proche. Il sirota le contenu de la première des trois petites bouteilles en fixant le vide crémeux du plafond. Il dormit par terre jusqu'à cinq heures du matin, puis regagna son lit en toute hâte pour profiter au maximum de la chambre.

Maman fut le mot qui s'imposa à son esprit au saut du lit, mais dès qu'il appela Gretchen pour l'aider à faire fonctionner la machine à café, tout fut terminé.

Chien Brun, le retour

« Est-ce un truc de violeur ? » Elle entra en trombe, vêtue d'une petite robe de chambre et, pendant qu'elle s'activait avec la machine, il se pencha très bas au bout du lit pour essayer de jeter un coup d'œil sous cette robe de chambre. Ses efforts furent récompensés : il réussit à voir l'arrière des cuisses convoitées, jusqu'à mi-chemin du but. Mais elle se retourna soudain et le surprit.

« Tu es incorrigible.

— Non, simplement curieux. »

C.B. expia ses péchés en attendant longuement son petit déjeuner. Apparemment, Gretchen avait les larmes aux yeux et elle se concentrait sur la conduite, car les bourrasques venues du sud-ouest la gênaient. Elle quitta l'autoroute à Sioux Falls pour acheter une grande thermos de café, dont il ne voulut pas, car il ne voyait pas l'intérêt d'être à ce point éveillé.

« Grand-papa disait souvent : "J'ai si faim que je pourrais bouffer la viande crue autour du cul d'une truie." »

Elle lui lança un coup d'œil horrifié, mais s'arrêta à un *diner* après leur entrée dans le Minnesota, quand elle bifurqua pour prendre la Route 23 qui traversait cet État en diagonale vers le nord-est.

« La réalité ne t'intéresse pas, déclara-t-elle en descendant de voiture avec un sourire assez froid.

— Définis ces mots. » Cette injonction venait de ses cours d'éducation civique, trente-cinq ans plus tôt.

« Je ne dis pas ça par méchanceté. Simplement, je n'ai jamais connu quelqu'un de plus mammifère que toi. Mon père et ses amis étaient des faux mammifères. Par exemple, je parie que tu n'as même pas remarqué que Baie m'a à peine reconnue.

— Si, je l'ai remarqué. Parfois, quand je passais la chercher chez l'orthophoniste de Toronto, elle mettait un certain temps à me reconnaître. Je voyais bien qu'elle se disait dans sa tête : "Oh, c'est lui."

— Pour toi, c'était bien sûr une copine plus qu'autre chose.

— J'étais un bon papa. Elle portait toujours des vêtements neufs. Je lui préparais les plats qu'elle aimait. On se promenait et on pêchait ensemble. On jouait à des jeux et on regardait des livres, mais elle n'aimait pas les mots, juste les images. Je lui permettais de poser son serpent noir sur la table, sauf quand on allait manger chez Delmore. Qu'aurais-je pu faire de plus ?

— Rien. C'est bien mieux que le traitement réservé à la plupart des enfants. Moi, à dix ans, mes deux cousins de douze et treize ans m'ont violée à répétition. Quand j'en ai parlé à ma mère, elle m'a répondu : "Non, c'est faux."

— La réalité est parfois détestable », conclut C.B. en levant les yeux vers les nuages qui filaient très vite au-dessus d'eux. Gretchen tremblait dans le vent glacé. Il tenta de lui enlacer les épaules, mais elle se dégagea aussitôt pour entrer dans le *diner*. À la grande surprise de C.B., elle éclata de rire devant le *country boy special* qu'il avait commandé et qu'il recouvrit de tabasco et de ketchup tandis qu'elle se contentait d'un simple muffin anglais.

Ce n'est jamais le nom de l'État qui compte, pensa-t-il, mais le territoire réel. Dès qu'ils quittèrent les paysages de culture intensive et qu'il vit les bouleaux, les cèdres, les pins et les sapins ciguë, son moral grimpa en flèche et se mit à planer au-dessus de son crâne. Une pancarte annonçait qu'il y avait dix mille lacs au Minnesota, ce dont il douta, mais il s'intéressait davantage aux rivières et aux

Chien Brun, le retour

fleuves. En milieu d'après-midi, quand ils atteignirent la frontière du Wisconsin, il remarqua que Gretchen somnolait un peu et il proposa de prendre le volant. Elle lui rappela que, si jamais un flic les arrêtait et contrôlait par téléphone son permis de conduire, il atterrirait directement en prison. L'idée que tous les fichiers de la police étaient interconnectés par ordinateur le déprimait, car il se rappelait une époque où le monde paraissait plus amical et hasardeux. Delmore vitupérait régulièrement contre la Sécurité du Territoire, mais C.B., qui détestait écouter les informations à la radio ou à la télévision, entretenait son ignorance. Malgré ses fanfaronnades, Delmore se montrait timide face aux autorités et il reprochait sans cesse à C.B. de ne pas avoir de numéro de Sécurité sociale. De nos jours, insistait Delmore, même les bébés doivent avoir un numéro de Sécurité sociale, avant d'ajouter que les fonctionnaires de Washington connaissaient toutes les infractions graves commises par C.B. depuis le début, ce à quoi C.B. répondait : « Qu'est-ce qu'ils en ont à foutre ? » Delmore faisait semblant d'être une autorité sur les Arabes, car il en avait connu quelques-uns cinquante ans plus tôt à Detroit, et il dit à C.B. que les Arabes étaient fous de rage parce que nous les avions traités aussi mal que les Noirs et les Indiens d'Amérique. Les connaissances de C.B. sur ce sujet se réduisaient à un film vu un soir très tard à la télé, un film où un cheik installé sous une immense tente avait à sa disposition un harem de trente femmes vêtues de déshabillés transparents. Ces femmes dansaient sans discontinuer et des servantes apportaient d'énormes plateaux de mets succulents. C.B. s'était dit que trente femmes c'était un peu trop ambitieux si chacune d'elles manifestait l'énergie de Brenda, sa grosse dentiste qui l'avait impitoyablement baisé sur la moquette de son cabinet.

Lorsqu'ils entrèrent au Wisconsin, Gretchen épuisée par la conduite se mit à déblatérer comme une folle sur son futur bébé, peut-être pour éviter de s'endormir. Elle parla de garderie, des aspects juridiques de la procréation *via* un donneur de sperme, puis elle évoqua une fois encore le spectre de la pollution intra-utérine. Les sonorités du mot « intra-utérine » plaisaient à C.B., mais son sens ne l'intéressait nullement, car il était prêt à parier que c'était un truc perturbant. Pour lui, l'extérieur des parties intimes féminines était aussi attrayant qu'un terrain boisé, mais il savait qu'à l'intérieur les choses se compliquaient aussitôt. Des années plus tôt, en cours de biologie, la coupe illustrée du ventre féminin l'avait laissé stupéfait, alors que le zizi de l'homme était simple comme bonjour.

Près de Rice Lake, sur la Route 8 du Wisconsin, le cœur des problèmes juridiques liés à la procréation artificielle mobilisa son attention.

« Tu prétends que j'ai beau être le papa du gosse, je ne suis pas son parent ? » Elle venait d'utiliser le mot « parental », qui lui parut ambigu.

« Eh bien, oui.

— Je suis juste un bout de bidoche qui gicle dans un récipient et que tu transvases en toi ?

— C'est à peu près ça, mais je te choisis parce que du point de vue génétique tu m'intéresses. Je ne porte pas mon dévolu sur un Américain blanc de blanc, plan plan et raplapla comme mon papa et ses horribles amis. Un soir où j'avais invité mes copines à une soirée pyjama, ils jouaient tous au poker et l'un de ses potes, Charley, a été zieuter sous nos draps avec une lampe de poche en nous croyant endormies.

Chien Brun, le retour

— Je peux vraiment pas lui reprocher ça.

— Tu es dégoûtant. Nous avions seulement quatorze ans.

— Selon le dicton, quand une fille est formée, c'est qu'elle a l'âge. »

La voiture fit une embardée quand Gretchen le frappa. Elle avait provoqué la colère de C.B., lequel la taquinait.

« Autrement dit, quand je verrai ce bébé, je ne suis pas censé penser ni dire que je suis son papa ?

— C'est mieux ainsi, car nous n'allons jamais nous marier. L'idée que ce bébé va être un quart chippewa me plaît également.

— Oh, arrête tes conneries. J'ai été un bon père pour Baie. »

Le silence régna pendant de longues minutes et quand ils traversèrent Ladysmith elle se mit à jalouser un peu ce paysage qui attirait tant C.B. qu'il en restait tassé contre sa portière. C'était la même latitude que la partie méridionale de la péninsule Nord et, pour la première fois depuis presque six mois, il contemplait la flore de son pays natal. Quand il insista pour s'arrêter, elle gara la voiture à la sortie de Catawba dans un petit parc touristique, tout près d'une rivière, pour le laisser se dégourdir les jambes, humer l'odeur puissante du cèdre et de l'aune au bord de l'eau, lever les yeux vers les bourgeons naissants du bouleau et du tremble. L'eau vive lui mit le cerveau en émoi, il caressa les minces branches du saule et du cornouiller. À l'orée de la forêt, il s'allongea à plat ventre pour fumer une cigarette en regardant au ras du sol. Gretchen, qui l'avait suivi, resta debout près de lui, les bras croisés en une posture défensive contre la fraîcheur printanière et ses propres sentiments qui semblaient lui échapper.

« Tu as sans doute l'impression que je te shunte. » Elle s'accroupit près de C.B. pour lui gratter le crâne.

« Merde alors, et puis quoi encore ? », marmonna-t-il sans vraiment comprendre ce que signifiait « shunter », sinon qu'elle le mettait sur la touche. Autrefois, chez lui, sur le canapé de grand-papa trônait un coussin brodé où l'on lisait « À l'amour rien ne résiste ». Je n'en suis pas si certain, pensa C.B. Puis il se dit que sa bouderie payait enfin, car il avait maintenant une vue dégagée sous la jupe de Gretchen et il était prêt à parier qu'elle adoptait délibérément cette posture pour regagner les faveurs du boudeur.

« Je suis vraiment désolée. Je ne trouve pas les mots qu'il faut pour expliquer tout ça. »

Il se prit le visage entre les mains, mais pas au point de ne pouvoir couler un regard au-delà de l'intérieur des cuisses jusqu'au délicieux muffin enfermé dans la petite culotte blanche.

« Je te tiens. » Ses bras jaillirent et il lui saisit les chevilles.

Elle se pencha sur le côté et agita les jambes pour se libérer. Avant de lui lâcher les chevilles, il profita brièvement d'un superbe panorama de ses fesses. Elle détala vers la voiture en riant, puis il s'élança à sa poursuite à quatre pattes, en aboyant et en hurlant comme un chien. Elle pensa que ses manigances bien rôdées d'allumeuse éhontée venaient au moins d'améliorer l'humeur de son compagnon de voyage, lequel se dit de son côté qu'il avait bien eu raison de jouer les vexés.

Ils atteignirent Ironwood à la tombée de la nuit, toujours d'aussi bonne humeur, même si Gretchen était si lasse qu'elle demanda à C.B. d'aller lui chercher de quoi manger. Au milieu du dix-neuvième siècle, de nombreux ouvriers étaient arrivés du nord de l'Italie pour travailler

Chien Brun, le retour

dans les mines de cuivre et de fer locales et, une fois sur place, ils avaient entretenu leur passion pour leurs plats préférés, si bien qu'il y avait grande abondance de restaurants italiens dans la péninsule Nord. C.B. longea la route sur environ cinq cents mètres, mangea une part généreuse de lasagnes accompagnée d'une bouteille entière de vin rouge âcre, et attendit la pizza qu'il avait commandée pour Gretchen. Comme elle avait insisté pour avoir beaucoup d'anchois et d'oignons, il en conclut : des goûts puissants pour une femme puissante. Il avait descendu la bouteille de rouge à toute vitesse et il s'offrit un double whisky en se rappelant avec déplaisir la fois où il était rentré chez lui fin saoul après une soirée passée en compagnie de David Quatre-Pieds. Son grand-papa furieux lui avait dit que sa mère était une pocharde et qu'il ne voulait pas que C.B. cède à la même « malédiction » mortelle. Grand-papa avait ajouté que sa fille faisait toujours saigner son cœur, et pas une seule fois il n'en dit davantage sur la mère de C.B. Grand-papa avait terminé la Seconde Guerre mondiale avec les jambes et le cul criblés de balles, mais les membres de sa famille s'en étaient sortis grâce à sa pension d'invalidité du gouvernement et à son emploi d'ébéniste à mi-temps. Il ne pouvait pas rester debout longtemps, mais en se déplaçant à quatre pattes il entretenait un joli jardin potager.

Quand C.B. revint au motel avec la pizza, il frappa à la porte de Gretchen.

« Un coup d'œil à ton joli cul contre une pizza ! cria-t-il.

— Bien sûr, chéri. » Elle ouvrit la porte, fit remonter l'arrière de sa nuisette, prit la pizza et claqua la porte, en le laissant tout brûlant de désir insatisfait.

« Je désire dîner seule. Bonne nuit, amour. »

Chien Brun, le retour

C.B. se rappela un petit malin originaire des environs de Traverse City, qui en été traînait souvent au Dunes Saloon de Grand Marais, et qui avait un jour demandé : « Pourquoi la raie des fesses d'une femme captive-t-elle autant notre imagination ? C'est seulement un espace en négatif, essentiellement un vide. »

C'était une question déroutante, qui faisait vraiment gamberger.

Ils arrivèrent chez Delmore à midi et furent aussitôt attaqués par Teddy le chiot que C.B. n'avait pas revu depuis son départ pour Toronto. Teddy avait beaucoup grossi. Lorsque C.B. s'enquit de la mère du chiot, Delmore leva les yeux au ciel comme si la mère en question y résidait désormais.

« Elle a été abattue pendant qu'elle mangeait un mouton un peu plus loin sur la route. Nous avons sauvé l'arrière-train du mouton. Tu me dois cent dollars. » Delmore était tout occupé à serrer avec passion Gretchen contre lui, laquelle dut le repousser.

Installés sur la balancelle de la véranda, ils bavardaient en buvant la limonade du pauvre concoctée par Delmore : deux petits citrons avec beaucoup de sucre. C'était dimanche, même le paysage somnolait dans la chaleur précoce. Les rainettes crucifer, de toute évidence en proie à la fièvre printanière, coassaient dans le marais tout proche. C.B. avait une boule dans la gorge à cause de la vie tout simplement et de Delmore assis au bout de la véranda dans son vieux fauteuil déglingué, le chiot roulé en boule sur ses cuisses. Gretchen faillit s'endormir sur la balancelle, puis elle se leva et rappela à C.B. qu'il était attendu le lendemain matin à neuf heures pour son check-up.

« Qui paie ? aboya Delmore.

Chien Brun, le retour

— Moi, mon chou. Je l'envoie chez un véto. » Elle embrassa Delmore sur le front et s'esquiva avant qu'il n'ait eu le temps de lui tapoter les fesses.

« Ce sera ta belle-mère quand je passerai l'arme à gauche », déclara Delmore dès que Gretchen fut repartie sur le gravillon du chemin, des cailloux cliquetant sous les ailes de sa voiture. « Je peux compter sur toi pour me préparer du poulet frit aux nouilles pour le repas de dimanche ? »

C.B. acquiesça en contemplant sa colline préférée, située à environ cinq kilomètres au nord. Gretchen voulait qu'il lui apprenne à pêcher, et il peaufinait un fantasme de séduction au bord d'une rivière. En attendant, il allait respirer le bon air de cette colline, là où les autres ne seraient pas là pour en profiter. Aux trois-quarts de la montée, il connaissait un délicieux fourré au milieu duquel se trouvait un siège idéal : une souche de pin blanc. Il avait passé le plus clair de sa vie dans une telle solitude que tous les êtres côtoyés depuis six mois lui donnaient le tournis. Il avait déjà l'esprit bien assez confus quand il était seul, et la compagnie d'autrui augmentait exponentiellement son désarroi. Par exemple, il n'avait pas vraiment envie d'apprendre à pêcher à Gretchen. L'amour était l'amour, et la pêche était la pêche, une obsession quasi religieuse qui depuis plus de quarante ans ajoutait de la grâce à la vie de ce presque cinquantenaire. Il avait eu beaucoup de mal à rester assis dans la voiture à côté de Gretchen entre Ironwood et la maison de Delmore, à une quinzaine de kilomètres d'Escanaba. Il avait compté onze cours d'eau traversés par la route, des rivières et des torrents où il avait pêché, et chacun était associé à une rêverie ou à un souvenir précis : « Un ourson en pleurs au crépuscule. Il désire se tirer d'ici au plus vite pour ne pas provoquer la colère

Chien Brun, le retour

de sa mère. J'ai laissé deux truites derrière moi en guise d'offrande de paix. » Mais à cause de la présence de Gretchen dans la voiture, il se détournait des ponts pour baisser les yeux vers elle dès qu'elle prononçait le mot « bébé ». L'énormité de cette idée de bébé emplissait la voiture qui roulait et le monde qui l'entourait, si bien que toute perspective de pêche à la truite s'évanouit, même si la conductrice lui assurait étrangement que ce bébé n'avait strictement rien à voir avec lui. Il admettait depuis belle lurette que c'était de loin l'amour le plus désespéré de sa vie, et que Gretchen était aussi éloignée de lui que la princesse d'Espagne ou une créature de l'espace intersidéral. C.B. faisait partie de ces très rares hommes qui, pour le meilleur comme pour le pire, savent très exactement qui ils sont.

Il atteignit son fourré après une heure de marche forcée, en essuyant de sa manche de chemise la sueur sur son front, et il constata avec plaisir qu'une femelle d'épervier de Cooper revenait toujours dans la région, sans doute depuis peu, et ne se montrait guère troublée par cette intrusion humaine. Avant de se détendre à fond, il vérifia le contenu de son portefeuille pour voir ce qu'il restait du cadeau du docteur Krider, et découvrit trois cent sept dollars, une vraie fortune. S'il faisait attention et ne passait pas trop de temps dans les bars, il pourrait sans doute pêcher un mois plein. Il resterait parfois dans le coin, car Delmore regrettait amèrement les petits plats qu'il cuisinait. Il vivait trop à l'écart de tout pour se faire livrer par un traiteur, et le compartiment congélateur de son frigo était bourré de tourtes au poulet Swanson qu'on trouvait parfois au prix de trois pour un dollar. Quant au garde-manger, il était encombré par une longue rangée de conserves de ragoût de bœuf Dinty More. Le lendemain matin, quand C.B. irait chez le médecin, il achèterait quelques aliments à cuisiner et à congeler avant d'entamer son expédition de pêche.

Inconfortablement installé sur sa souche, C.B. s'abandonna à un état hautement prisé des anciens. Il ne pensa à rien durant une heure, se contentant d'absorber le paysage, les milliards de bourgeons verts sur les milliers d'arpents arborés qui l'entouraient. Çà et là parmi les feuillus vert pâle se trouvaient les taches sombres des conifères, et très loin au sud une mince bande bleue du lac Michigan. Il n'avait jamais pensé une seule seconde au mot « méditation », ce qui lui facilitait les choses, car, autre bénédiction, il n'était nullement imbu de lui-même et ne croyait guère au mythe de la personnalité, des préoccupations de nantis. En une minute il devenait une extension de la souche sur laquelle il était assis. Au bout d'une heure environ, il fut tiré de sa transe par l'épervier de Cooper qui volait à moins de trois mètres de lui, après quoi C.B. passa la main dans un trou situé à la base de la souche pour récupérer une pinte de schnaps qu'il gardait là en réserve et il se délecta de son goût de baie de wintergreen.

Lundi matin, il fut le premier patient du médecin, lequel était de méchante humeur, car c'était un ami de Gretchen, et il ne comprenait pas pourquoi elle avait choisi cet individu pour donner son sperme. Avec négligence il aspira une seringuée de sang dans le gros avant-bras de C.B., comme s'il désirait punir ce sagouin.

« Le don de sperme est une chose sérieuse, déclara le médecin. Mieux vaut que ce soit anonyme.

— Pourquoi ? » C.B. sentait que ce médecin le prenait pour un sombre imbécile et il décida de jouer à l'idiot afin de quitter le cabinet au plus vite.

Chien Brun, le retour

« Il y a de toute évidence un enjeu émotionnel. Avez-vous été sexuellement actif dernièrement ?

— De temps à autre, quand l'occasion se présente. On ne peut pas toujours avoir ce qu'on désire. Mieux vaut ne pas viser trop haut.

— Qu'est-ce que ça veut dire ? » Manifestement, ce médecin était en colère.

« Quand on va au bar le soir où les femmes jouent au bowling, on n'a pas beaucoup de chances de draguer l'une des dix plus jolies filles sur les trente présentes, alors on vise plutôt bas.

— Avez-vous déjà eu une maladie sexuellement transmissible ?

— Aucune, en dehors de morpions à Chicago, il y a trente ans.

— Levez-vous et baissez votre pantalon. Je dois regarder si vous souffrez d'herpès ou de verrues.

— Non.

— J'insiste.

— J'en ai rien à foutre que vous insistiez. Je connais ma queue et je sais que j'ai pas de verrue. » De sa vie C.B. n'était jamais allé chez le médecin, sauf le jour où l'arbre qu'il abattait avait rebondi contre le sol, lui explosant la rotule, après quoi l'orthopédiste ne s'était nullement intéressé à sa queue.

« Je crains de ne pouvoir vous recommander à Gretchen en qualité de donneur de sperme.

— Je t'emmerde, tout comme le train qui t'a permis d'arriver jusqu'ici. »

C.B. quitta le cabinet médical en sifflotant un air guilleret, puis mit le cap sur le supermarché. Delmore lui avait donné cinquante dollars et il se dit qu'il pourrait lui préparer une demi-douzaine de plats grâce à *La Cuisine de papa*, les mettre au congélateur, puis réussir à rejoindre Grand Marais avant la tombée de la nuit, à condition que le vieux pick-up Studebaker ne tombe pas en panne. Delmore avait gentiment fait remplacer le pare-brise la veille au soir et C.B. avait préparé son modeste équipement de camping, dont une lourde toile de tente vieille de soixante-dix ans, remontant à la Seconde Guerre mondiale. Il avait dormi à la belle étoile, car les affaires personnelles laissées par Baie lui mettaient une grosse boule dans la gorge.

En sortant du supermarché, il rangea ses propres boîtes de haricots et de viande de bœuf, qu'il installa dans une cagette de patates sur le plancher du pick-up. Delmore n'aimait pas le voir conduire le vieux Studebaker, sauf quand C.B. rendait visite à Brenda, la grosse dentiste, dont la seule évocation lui incendiait les reins. Tous deux s'éraflèrent sérieusement les genoux sur son épaisse moquette blanche. Il devait s'arrêter au bureau de Gretchen pour lui dire comment sa visite chez le médecin s'était passée, mais il était prêt à parier dix dollars que le toubib avait déjà téléphoné à Gretchen. La solution évidente consistait à laisser un message sur le téléphone de son domicile pour dire qu'on pouvait le contacter à onze heures et demie tous les soirs de cette semaine au Dunes Saloon de Grand Marais. Dès qu'il mettait les pieds dans le bureau de Gretchen, il avait la bouche sèche et se sentait mal à l'aise. C'étaient toutes ces rangées de dossiers et les nombreux ordinateurs qui le perturbaient. Pourquoi garder la trace de tout le monde ? Comment pouvait-on stocker dans ces meubles et ces ordinateurs les faits et gestes de tant d'existences ? Autrefois, un professeur leur dévoilait parfois le contenu de son « zoo gelé » : tous les merveilleux oiseaux chanteurs morts qu'il avait trouvés et qu'il entreposait dans son congélateur. Son propre dossier judiciaire

Chien Brun, le retour

s'ouvrait sur le jour où, à treize ans, il s'était fait pincer avec David Quatre-Pieds en train de lancer des gros pétards sous les voitures de police d'Escanaba, et ce dossier incluait ensuite toutes les frasques dont il s'était rendu coupable.

Il se calma en préparant les repas de Delmore pour la semaine, tandis que le vieux, installé à la table de la cuisine, multipliait les suggestions superflues et zappait d'une chaîne satellite à une autre. Delmore parlait à la télévision. Quand un personnage, disons dans un film d'espionnage, était en danger, Delmore lui hurlait : « Fais gaffe derrière toi, espèce de pauvre con ! »

Deux heures plus tard, C.B. finit de préparer six ragoûts, deux de porc, deux de poulet et deux de bœuf, en prenant garde de couper la viande en petits morceaux, car les gencives de Delmore ne comptaient plus guère de dents. C.B. mit tous les Tupperware au congélateur, puis il appela Mike à Grand Marais et apprit avec plaisir qu'en ce moment il n'y avait dans la région ni gendarme ni adjoint au shérif, même s'il risquait fort d'y en avoir un en juin et pendant tout l'été, quand les touristes arriveraient. Les rixes dans les tavernes horrifiaient les touristes et il fallait absolument quelqu'un pour tenter en vain de calmer les esprits et d'empêcher les poivrots de se saouler à mort en public. C.B. était encore interdit de séjour dans cette région à cause d'une mésaventure passée et de l'injustice de la loi.

Comme Delmore dormait sur sa chaise, C.B. sortit sur la pointe des pieds pour goûter à ses premières heures de vraie liberté depuis six mois. Il se souvint à la dernière minute de prendre deux très grands sacs destinés aux gravats, au cas où il se mettrait à pleuvoir, afin de ramper à l'intérieur d'un de ces sacs dès que la tente commencerait de fuir. Au cours de son trajet de quatre heures en pick-up

Chien Brun, le retour

vers le nord-est, il s'arrêta au bord de deux torrents et pêcha une demi-douzaine de truites de rivière pour son dîner. Lorsqu'il traversa Seney et qu'il lui resta seulement quarante kilomètres à parcourir avant Grand Marais, il s'arrêta sur un coup de tête pour acheter un permis de pêche. Mais il préféra ne pas courir le risque de se faire alpaguer, il aurait été trop bête qu'un garde-chasse appelle son Q.G. pour obtenir des informations sur lui. Il acheta aussi un pack de bières glacées en se rappelant de planquer la canette qu'il boirait au volant lorsqu'il gravirait une côte, car un flic arrivant à l'improviste en sens inverse aurait pu le surprendre. C'était là un vieux truc de survie dans le Nord.

Apaisé par la bière, C.B. résista à la tentation de s'arrêter dans une taverne en traversant Grand Marais – il aurait été vraiment idiot de se cuiter alors qu'il faisait encore jour. Il salua l'adorable port et le lac Supérieur qui s'étendait au-delà, puis il parcourut quelques kilomètres vers l'est avant de bifurquer vers le sud sur un chemin de bûcherons, où il roula sur une dizaine de kilomètres avant d'atteindre un endroit qu'il aimait, non parce que c'était le meilleur coin de pêche, ce qu'il n'était pas, mais à cause de la beauté calme et discrète du lieu. Aux deux tiers du chemin environ, il ressentit avec une légère surprise un pincement de peur inattendu dans le ventre. À moins de deux kilomètres vers l'ouest, il avait découvert des années plus tôt un gros cerisier sauvage éclaté par la foudre, le genre d'arbre considéré comme magique par tous les Indiens et quelques Blancs. Et à moins de cinquante mètres de là, dans un fourré de pruniers et de cornouillers, il était tombé sur un petit et très ancien cimetière de sept tombes. Quand il avait parlé de ce cimetière à un ami indien très âgé, l'homme avait dit : « Ne me révèle surtout pas son emplacement. Si jamais il est repéré, les gens de la faculté arriveront avec leurs pelles diaboliques. »

C'est triste à dire, mais C.B. venait de rencontrer une étudiante de l'université du Michigan qui faisait un doctorat d'anthropologie et qui était arrivée dans la péninsule Nord pour travailler sur d'éventuels sites de bataille des Chippewa, qui eux-mêmes se nomment Anishinabe, des batailles qui les avaient opposés aux Iroquois au début du dix-neuvième siècle. La suite s'expliquait par la manière dont le derrière tout à la fois généreux et harmonieux de Shelley trouvait ses aises sur le tabouret de bar où il se posait. C.B. s'en était entiché, ce qui n'avait rien d'exceptionnel, mais cette fois ç'avait été l'amour fou. Il avait failli prier, « Seigneur, par pitié, faites que ce soit moi. » Sous l'influence néfaste de la lubricité et de l'alcool, il avait craché le morceau et montré le cimetière à sa dulcinée. Comment avait-il pu commettre une erreur aussi grossière ? Ça s'était fait tout naturellement, même si par la suite il avait essayé de se convaincre qu'il avait été pris « dans un tourbillon », quoi que cette expression ait bien pu signifier. Shelley et lui étaient devenus amants temporaires et au cours de l'été suivant, comme de juste, l'université du Michigan avait ouvert un chantier de « fouilles » anthropologiques. À cette époque, C.B. était déjà impliqué dans le projet catastrophique et bientôt avorté de Lone Marten, lié à une attraction touristique baptisée *Wild Wild Midwest*. Lone Marten était le frère de David Quatre-Pieds, mais aussi un pseudo artiste pourri jusqu'à la moelle doublé d'un faux activiste indien. Un jour, à l'aube, leur petit groupe du *Wild Wild Midwest* avait attaqué le site des fouilles avec une incroyable profusion de feux d'artifice. Malheureusement, la police du Michigan avait eu vent du complot et, dans la mêlée qui s'était ensuivie, Rose, la mère

Chien Brun, le retour

de Baie, avait arraché avec les dents le pouce d'un flic. Lone Marten et C.B. avaient pris la tangente, tandis que Delmore s'organisait pour tirer C.B. de ce mauvais pas. Rose avait été la seule à atterrir en prison. C.B. avait été interdit de séjour dans le comté d'Alger, à l'ouest de Munising, l'endroit qu'il préférait entre tous sur cette planète.

Et voilà que plusieurs années plus tard il se retrouvait là, en train de camper, convaincu que personne ne se rappelait cette lointaine époque, car lui-même avait rarement une bonne raison de le faire. Face à la brutalité de ces évocations du passé, il se mit aussitôt à ramasser du bois et à faire un feu, comptant fermement sur le fait que la concentration requise pour préparer ses truites sur le grill l'aiderait à oublier ces frasques. Mais alors qu'il dressait sa tente en attendant que le feu produise les braises souhaitées, un autre épisode honteux le frappa de plein fouet. Une dizaine d'années plus tôt, dans un bar de Sault Sainte Marie, il avait adressé un compliment à une femme d'une trentaine d'années qui prenait un verre avec ses amies, et elle lui avait répondu : « Casse-toi, connard. » Il avait alors versé le contenu d'une grande chope de bière dans le cou de l'insolente avant de prendre la porte. Hélas pour lui, il était à cette époque bien connu dans Soo, et les flics l'avaient rapidement retrouvé. Les deux nuits passées en prison avaient été désagréables. Avec un pote à lui, qui dirigeait toute l'affaire, C.B. plongeait illégalement dans les anciennes épaves coulées au fond du lac pour y piller ce qu'il pouvait. Un vieux hublot en cuivre rapportait parfois mille dollars à condition de ne pas se faire pincer, mais leurs opérations clandestines étant bien connues, ils avaient fini par se faire prendre avec le cadavre d'un Indien recouvert de toutes ses parures, que C.B. venait de découvrir et de repêcher au fond du lac.

Chien Brun, le retour

    C.B. avait planté le camp et fait griller ses poissons ici des centaines de fois, et maintenant cette activité élémentaire l'avait calmé, du moins temporairement. Les haricots mijotaient dans une casserole sur le côté. Il mit un peu de graisse de bacon dans sa poêle en fer, puis l'installa sur les braises. Il prit une poignée de cresson d'eau et la disposa sur son assiette en fer-blanc, car ce cresson empêchait les truites de se coaguler contre le métal. Il leva les yeux pour voir les derniers rayons de soleil disparaître derrière la crête occidentale. Il aperçut un gros-bec qui se posait dans un cerisier à grappes, tandis qu'un groupe de jaseurs des cèdres effectuaient leur danse crépusculaire.
    Il mangea vite. Ensuite, il eut encore faim et il regretta de ne pas avoir emporté une portion du plat de côtes de porc aux pommes de terre qu'il avait préparé pour Delmore. Ou du ragoût de poulet aux saucisses italiennes. Il but une gorgée de schnaps à la menthe poivrée, puis longea un ravin sur une cinquantaine de mètres jusqu'à la rivière cachée par des aulnes et des cèdres odorants. Il se laissa tomber sur une partie herbeuse de la berge, poussa un léger grognement et pensa : tu ferais bien d'accepter entièrement toutes les horreurs de ta conduite passée et jouir de bonnes pensées, par exemple le souvenir du coup d'œil que tu as lancé aux fesses nues de Gretchen avant de lui donner sa magnifique pizza. Il se fondit enfin dans la beauté de la rivière durant la dernière heure du jour. Bien qu'on fût le 5 mai, on apercevait toujours à travers les arbres de la rive opposée une plaque de neige sur le versant nord d'une colline. À cause de la fonte des neiges, le niveau de l'eau était toujours élevé et le courant rapide ; comme d'habitude, C.B. s'étonna du bruit merveilleux de cette eau vive, peut-être que c'était le bruit le plus agréable du monde. Il entendit l'appel prolongé d'un engoulevent, qui

Chien Brun, le retour

lui donnait régulièrement la chair de poule. Il espéra entendre un loup au cours des cinq jours qu'il comptait passer là à camper, car il y avait une tanière à moins de deux kilomètres de distance.

Le Dunes Saloon fut beaucoup moins idyllique. Parce qu'il s'était énormément occupé de Baie, C.B. avait perdu la main dans les bars de nuit. Il fallait surtout éviter de boire à toute vitesse, mais trop de connaissances des années passées lui payèrent des verres. Trois doubles whiskies en une demi-heure l'achevèrent, et quand Gretchen téléphona à onze heures et demie, il était cuit.

« Comment as-tu pu me faire une chose pareille ?
— Qu'est-ce que je t'ai fait ?
— Tu t'es montré grossier avec le médecin.
— Cette tête de nœud m'a traité comme une raclure de métis. C'est pas la première fois que ça m'arrive.
— Tu devais le laisser examiner ton pénis pour voir si tu n'as pas d'herpès ou de verrues.
— Mon pénis n'accueille ni herpès ni verrue. Il est aussi pur que la neige vierge au sommet des montagnes. »

Elle lui raccrocha au nez et il resta une bonne minute morose, jusqu'à ce que Grosse Marcia se glisse derrière C.B. et lui agrippe la queue. Il se retourna en souriant et s'aperçut que Grosse Marcia avait encore grossi. Il se dit qu'elle dépassait sans doute les cent vingt-cinq kilos et qu'elle avait perdu un peu de son charme. À cent kilos, elle avait été plutôt gironde. Elle portait le T-shirt officiel de l'équipe féminine de soft-ball, les *Bayside Bitches*, elle était dangereusement ivre et elle empestait le Tootsie Roll, un cocktail composé de soda à l'orange, de liqueur de Kahlua et de ce que Dave le barman malicieux y ajoutait pour faire bonne mesure. Dave était un inconditionnel du chaos.

Chien Brun, le retour

Marcia avait envie de sortir pour « se peloter » et, comme le seul et unique amour de C.B. venait de lui raccrocher au nez, il se sentit le droit de lui emboîter le pas. Néanmoins, une fois dans la cour ombreuse de la taverne, Grosse Marcia se mit à osciller entre les bras de son chevalier servant et elle perdit peu à peu conscience. Elle avait le dos tout poisseux de sueur et C.B. n'arrivait plus à y trouver la moindre prise. Elle n'avait pas de ceinture à laquelle s'accrocher et les mains de C.B. n'arrivaient pas à saisir un morceau assez gros de ce cul pourtant gigantesque. Il passa vivement un bras entre les cuisses de Grosse Marcia, qu'il fit descendre le plus doucement possible jusqu'à terre. Voilà maintenant qu'il transpirait à son tour en sentant un muscle de son dos se contracter spasmodiquement. Tournant la tête vers le port, il aperçut la lune au-dessus du lampadaire et décida de rejoindre son camp.

C.B. passa une nuit merveilleuse et se réveilla par intermittence pour suivre la trajectoire de la lune à travers l'ouverture de la tente. À Toronto la lune lui avait beaucoup manqué et, parce que ses enfants intérieur et extérieur restaient collés ensemble comme de la glu, il avait été très déçu. D'autant qu'à Toronto, toute la lumière nocturne de la ville effaçait la plupart des étoiles. Depuis l'enfance C.B. était un inconditionnel des « balades lunaires », non pas les ridicules entrechats orchestrés par la NASA, mais les promenades parmi les champs et les bois bien éclairés par l'astre de la nuit, disons à partir de la lune aux trois quarts pleine. Grand-papa ne s'était jamais opposé à ce que son petit-fils âgé de sept ans parte en vadrouille entre chien et loup, car une clôture entourait les quatre-vingts arpents de prés, de forêts et de marais, et

Chien Brun, le retour

puis un gamin perdu pouvait toujours suivre cette clôture pour rentrer au bercail.

Il ranima les braises au lever du jour et, avant de réintégrer son sac de couchage, se prépara du café pour le boire et observer le brouillard qui était tombé sur terre. Il se trémoussa comme une chenille dans son sac de couchage pour faire revenir une demi-livre de bacon dans la poêle en fer et ouvrir une boîte de haricots mexicains grillés. Il se creusa les méninges pour tenter de se rappeler un rêve où, bébé assis sur les cuisses d'une femme, il levait la tête et voyait seulement la face inférieure du menton de cette femme. Était-ce ma mère ? se demanda-t-il. Les hasards de l'existence étaient vraiment fabuleux. En tout cas, ce rêve se révélait bien plus agréable que le cauchemar récurrent où, au fond d'un berceau, il mourait presque de soif tout en ayant le cul trempé, et il levait les yeux vers le plafond irrégulier d'un chalet, vers des planches tantôt minces, tantôt très larges. Lorsqu'il avait interrogé Gretchen sur ce mauvais rêve, elle lui avait répondu que selon toute probabilité C.B. avait été abandonné.

Il mit la graisse de côté, écarta le bacon, puis réchauffa les haricots frits. Cette combinaison magique lui permit de pêcher huit heures d'affilée sans avoir faim, après quoi un bon gros sandwich au bœuf et aux oignons lui permettrait de tenir six autres heures, soit jusqu'au crépuscule.

C'est triste à dire, mais en moins d'une heure il déchira ses waders japonaises bon marché contre une souche alors qu'il essayait d'atteindre une truite arc-en-ciel d'environ deux livres à la migration tardive. Ce poisson avait coincé le bas de ligne derrière une grosse bûche située sur l'autre rive et C.B. n'arrivait pas à libérer sa ligne. Il s'intéressait plutôt aux truites de rivière, mais on faisait une bonne soupe de poisson avec une arc-en-ciel de printemps. Quand les waders se déchirèrent, il chassa brutalement l'air hors de ses poumons, pataugea vers la berge et tomba en avant dans le courant rapide. Tant l'air que l'eau étaient à environ quatre degrés, il se débarrassa de ses waders, puis, en trottinant, il rejoignit son camp situé à environ huit cents mètres. Il tremblait de froid, mais souriait toujours en se rappelant que, lorsqu'il avait rejoint la berge, le poisson s'était débrouillé pour se libérer.

Il tisonna son feu afin de le faire rugir, ôta ses vêtements trempés et dansa tout nu autour des flammes pour se réchauffer, sans se montrer très inquiet – il était tombé dans l'eau des dizaines de fois au cours de sa vie de pêcheur –, mais seulement irrité parce qu'une bonne paire de waders résistantes à cent dollars aurait duré davantage qu'une longue succession de saletés japonaises. D'habitude, il évitait les pow-wows, mais il effectua quelques pas de danse des premiers habitants d'Amérique, en riant au souvenir du jour où, âgé d'une dizaine d'années, il avait déclaré à grand-papa qu'il voulait plus tard être un Indien sauvage. Grand-papa lui avait alors répondu : « Mais tu l'es déjà ! » C.B. ne voyait franchement aucune différence entre les Indiens et les paysans pauvres du Grand Nord, sinon que les autochtones au sang relativement pur avaient tendance à rester ensemble, tels les membres grégaires de la même Église isolée.

Il pêcha à partir de la berge jusqu'à midi, de plus en plus énervé car il y avait de nombreux recoins d'eau dormante qu'il ne pouvait explorer sans waders. Il partit en ville acheter un autre exemplaire du modèle à vingt-cinq dollars. Sur un pont de la grand-route il crut reconnaître un homme très âgé et il s'arrêta pour lui dire bonjour. Ce vieillard essayait de pêcher à partir du pont dans un trou d'eau situé derrière une conduite forcée. En fait, cet

Chien Brun, le retour

homme âgé de quatre-vingt-douze ans avait été l'ami du grand-père de C.B. avant de déménager à Muskallonge Lake, près de Deer Park, à la fin des années cinquante. Le vieux déclara avoir connu C.B. quand celui-ci était « grand comme une sauterelle », selon le genre d'image prisée par les personnes âgées. Il s'interrompit un moment et dévisagea C.B. comme s'il se demandait si ce qu'il allait ajouter était vraiment approprié.

« J'étais là le jour où ton papa est arrivé du sud de l'État, déguisé de pied en cap comme un Indien d'autrefois. Sa voiture était tombée en panne à Newberry et il avait volé un pick-up. Les flics l'ont poursuivi jusqu'à Deer Park, où il a volé le canoë de Clifford et s'est mis à pagayer en pleine tempête vers le milieu du lac Supérieur. On a retrouvé le canoë vide à des kilomètres de là, vers Crisp Point, mais jamais ton papa. Tu sais déjà tout ça, je suppose ?

— Non, répondit C.B., mais merci pour l'info. »

Il avait passé sa vie à se contenter de rumeurs ténues ou approximatives, et voilà qu'il avait droit à un récit vraiment concret. C.B. n'était pas exactement stupéfait, plutôt songeur et mélancolique en imaginant l'exploit consistant à maintenir un canoë à flot dans une tempête sur le lac Supérieur. Son grand-papa était son vrai père. Sa mère était une espèce de putain, mais comme c'était aussi une poivrote, il valait mieux ne pas avoir connu de trop près Rose, la mère de Baie. Qui a vraiment besoin de fréquenter une personne capable de lancer un enfant nu dans une congère glacée ?

À la quincaillerie il rencontra Grosse Marcia qui achetait quelques fournitures de plomberie. « C.B. ! Ça fait un bail ! s'écria-t-elle en ouvrant grand les bras. Et si on s'en jetait un ou deux ce soir ? » Par la fenêtre il regarda

Chien Brun, le retour

Marcia monter dans son pick-up relativement neuf. Elle avait toujours été dure à la tâche, bien qu'un peu amnésique.

Il jeta ses waders neuves dans le pick-up, puis traversa la rue pour appeler Gretchen en pensant que, s'il pêchait jusqu'à la nuit tombée, il désirerait peut-être aller en ville dans la soirée. Elle répondit sur son portable, pendant qu'elle déjeunait.

« C.B. chéri, je suis désolée de t'avoir raccroché au nez. J'étais préoccupée. Bon. Jeudi et vendredi sont parfaits pour la conception. J'envisage de prendre deux jours de congé pour passer te voir. Mais il faut que tu m'indiques l'itinéraire. »

Les viscères de C.B. entamèrent une douce giration qui, là, dans cette cabine téléphonique, lui rappela aussitôt la grosse toupie ronde de son enfance qu'on actionnait en enfonçant un imposant bouton central, après quoi elle tournait à toute vitesse en émettant un gémissement prétendument musical. Il répondit à Gretchen qu'il la retrouverait jeudi midi, puis il rejoignit à pied l'épicerie IGA pour acheter un savon. Il regrettait de ne pas disposer d'une meilleure tente, mais en allant faire un tour au magasin de sport de Marquette il avait découvert qu'une bonne tente coûtait l'équivalent de soixante-quinze packs de bière. L'été précédent, Gretchen avait déjà dormi dans cette tente avec Baie tandis qu'ils campaient sur la plage de Twelve Mile, à l'est de la ville, et que C.B. était resté pelotonné près du feu dans une vieille couverture verte de l'armée. Son cœur bondit à la seule perspective de se retrouver avec Gretchen dans cet espace délicieusement confiné.

Il pêcha furieusement durant tout l'après-midi et la soirée, puis il résista à la tentation d'aller boire quelques verres en ville. Il mangea un steak de porc médiocre, fit

Chien Brun, le retour

une longue promenade au clair de lune et le lendemain matin à l'aube il fut de nouveau prêt à pêcher. Il se dirigea vers une région qu'il n'avait pas visitée depuis une décennie, au-delà de quelques centaines d'arpents de collines, là où se côtoyaient les bassins de trois rivières, la Fox, la Two-Hearted et la Sucker. Obnubilé par la chatte de Gretchen, il se déconcentra et se perdit pendant deux heures près de la source de la Two-Hearted. Sous la tente, il verrait forcément certaines parties de son corps nu et peut-être qu'en entendant un ours elle se jetterait dans ses bras. Ou, mieux encore, un de ces gros orages qui faisaient très peur à Gretchen la pousserait à ramper à l'intérieur du sac de couchage de C.B. Il se mit à bander en traversant un étroit marécage, ce qui ne l'aida guère à retrouver son sens de l'orientation. Après sept années de vaine lubricité et d'amour non payé de retour, n'importe quel homme se sentirait sous pression. Il se calma et reprit ses esprits en s'asseyant sur un tertre de feuillus pour manger son sandwich au bœuf et aux oignons crus tout écrasé. Le bœuf en boîte est vraiment un aliment très peu sexy, et il eut aussitôt l'intuition de l'endroit où il se trouvait. Il parcourut presque deux kilomètres vers le sud, puis longea un petit torrent qui se jetait dans la Sucker, s'arrêtant près d'un étang de castors pour attraper deux truites de rivière de bonne taille. Il fut soulagé de retrouver enfin la Sucker, bifurqua vers le nord et, deux kilomètres plus loin, atteignit son camp. Quand on est perdu, on évite de céder à la panique en refusant d'admettre son existence, mais ensuite on est vraiment soulagé de retrouver enfin le camp.

Il rangea impeccablement ses affaires, puis réunit un immense tas de bois, car Gretchen adorait les feux de camp. Il fit un peu de lessive avec son savon Ivory dans un tourbillon de la rivière et décida de se laver seulement avant d'aller la chercher le lendemain matin. Il leur faudrait laisser la Honda de Gretchen à Grand Marais, car les chemins de bûcherons étaient trop accidentés pour le châssis très bas de sa voiture japonaise. Il fit mentalement une liste de courses en se souvenant qu'elle avait un faible pour le gin Sapphire, un alcool hors de prix, mais qui permettrait peut-être à C.B. d'atteindre son but sacré.

Durant une modeste promenade du soir jusqu'à un autre étang de castors, il se dit que Gretchen lui avait vraiment bousillé sa partie de pêche, et qu'après avoir accompli son destin de donneur de sperme il lui faudrait entreprendre une vraie campagne de pêche intensive à l'ancienne mode. Il était impensable de rater deux soirées de suite à la taverne, mais Gretchen était déjà bien assez difficile à manœuvrer sans une gueule de bois. Il se rappela les cartes de la Saint-Valentin issues d'un passé lointain, où un enfant nu, potelé et ailé tirait une flèche à travers un cœur censé représenter l'amour. La douleur était indubitablement là et ses dégâts émotionnels contaminaient tout. Par exemple, lors de son troisième lancer avec sa canne équipée d'une mouche brune Woolly Bugger n° 12, sa ligne se prit au sommet d'un aulne situé derrière lui et il eut un mal de chien à l'en extraire. Au crépuscule il ferra un beau poisson, peut-être une rare truite de deux livres, mais elle enroula le bas de ligne autour d'une racine de mélèze et le rompit. Il poussa un hurlement. Il venait de visualiser Gretchen à quatre pattes sous la tente tandis que lui-même se trouvait derrière elle et sous son corps, absorbé dans la contemplation des reflets du feu de camp sur son ventre et ses seins. S'il avait concentré son attention sur sa ligne et le poisson plutôt que sur ce spectacle imaginaire, il tiendrait maintenant cette truite entre ses mains. Durant une milliseconde, il crut entendre un loup hurler

Chien Brun, le retour

au loin, un bruit nocturne assez fréquent dans la région, mais à la réflexion c'était le jappement beaucoup moins inquiétant d'un coyote. Cet endroit était parfois effrayant. Quelques années plus tôt, il avait fui après avoir entendu deux ours se battre dans la forêt, sans doute à cause d'une femelle. La chatte rend dingues même les ours, pensa-t-il en retournant d'un bon pas vers son camp afin d'éviter d'attendre le clair de lune pour trouver son chemin à travers bois.

L'aube arriva, limpide et claire, puis il passa une longue matinée oisive, plutôt que d'amasser encore des branches de bois dont bientôt Gretchen et lui ne sauraient que faire. Quelques nuages potelés arrivèrent du sud-ouest et il rejoignit rapidement la rivière pour attraper une demi-douzaine de truites destinées à leur dîner. Il se déshabilla, se savonna dans un tourbillon peu profond et, quand il se plongea dans l'eau pour se rincer, son pénis frigorifié se recroquevilla. Tous les oiseaux perchés dans les arbres se fondirent dans une brume vert clair. Une émotion vaguement religieuse s'emparait parfois de lui et, à cet instant précis, il se rappela un ami de la classe de sixième, surnommé Maigrichon, et qui était le fils du pasteur baptiste. À chaque récréation Maigrichon priait à voix haute pour tout le monde, mais on le laissait faire car de tous les garçons de la classe c'était lui qui courait le plus vite. Il disait des trucs du genre : « Qui sommes-nous pour que Dieu s'intéresse à nous ? », une phrase que C.B. répéta un jour de travers en demandant : « Qui est Dieu pour que nous nous intéressions à lui ? » Scandalisé, Maigrichon fondit alors en larmes. C.B. avait tenté de prier pendant l'agonie de grand-papa, mais sans savoir très bien comment s'y prendre. Et maintenant qu'il se retrouvait nu, debout près de la rivière, il pensa vaguement que la prière de l'amour aboutit à l'accouplement.

Avant midi, il rejoignit la butte qui dominait le port, la bouteille de gin à l'abri dans un sac en papier, et il étudia le temps, lequel se révéla décourageant. Il faisait encore assez chaud, car le vent soufflait du sud-ouest, mais tout là-bas, à des heures d'ici, une bande de nuages sombres barrait l'horizon au nord-ouest au-dessus du lac Supérieur. Observateur du ciel, il savait qu'il s'agissait peut-être du dernier front froid en provenance de l'Alberta, quand des vents hurlants faisaient parfois chuter la température de quinze degrés en quelques minutes. Deux bateaux de pêche, dont les patrons avaient remarqué l'arrivée du mauvais temps, revenaient rapidement dans le port.

Gretchen gara sa Honda à côté du pick-up de C.B. Tout sourire, elle arborait un short bleu et portait une valise aux imprimés fleuris. Il était bien sûr inutile de parler du temps avec elle.

« C'est l'étape la plus importante de ma vie, annonça-t-elle aussitôt en se collant contre lui sur le siège du pick-up.

— Je n'en doute pas une seconde. » Elle savait sans l'ombre d'un doute que son short bleu amorcerait, pour ainsi dire, la pompe.

Elle avait apporté le sandwich préféré de C.B., à la saucisse de foie et aux oignons, avec de la moutarde forte, et un houmous-laitue pour elle. Ils mangèrent pendant qu'il conduisait et ils se chamaillèrent un peu quand il soutint que, dès qu'elle serait enceinte, elle devrait manger beaucoup de viande pour faire grandir le bébé dans son estomac.

« Il sera dans la matrice, chéri.

— Je parlais de cette région en général, répondit-il sur ses gardes. Je sais seulement que Rose s'est trompée de carburant quand elle attendait Baie.

Chien Brun, le retour

— Je suis très sensible à tes attentions, mais je ne suis pas née de la dernière pluie. »

Ils s'arrêtèrent près du camp et elle parut planer dans un état d'authentique ravissement tandis qu'il prenait la petite valise aux imprimés fleuris sur le plateau du pick-up. Il soupçonna que son contenu n'était guère adapté au mauvais temps qui s'annonçait.

« Mettons-nous tout de suite au boulot, dit-elle en s'agenouillant pour entrer dans la tente ouverte.

— On devrait peut-être boire d'abord un petit verre », suggéra-t-il en dévissant le bouchon de la bouteille de gin. Un peu flagada, il avait besoin d'une bonne dose de courage liquide.

« Un petit, alors. Nous ne voulons pas subvertir ta motilité. »

Il n'avait pas la moindre idée de ce quelle racontait, mais il s'agenouilla à son tour devant la tente et servit deux bonnes rasades dans des gobelets en carton. Elle brandit la seringue qu'elle venait de sortir de son gros sac à main.

« Je me sers de la même poire à jus pour faire dorer la dinde. » Il s'installa sous la tente à côté d'elle.

« Ce n'est pas pour la cuisine. Ça coûte soixante-dix dollars.

— Magnifique. » Il eut envie d'ajouter : « Tu as payé l'équivalent de trente packs de bière pour cette saloperie », mais il se retint à temps.

« Bon, sors ton pénis et allons-y. » Elle avait la voix un peu pâteuse, comme si elle venait de prendre un tranquillisant.

« J'ai bien réfléchi. Je ne me suis jamais branlé devant quelqu'un. Il va falloir que tu le fasses et que tu te désapes un peu pour me donner de l'inspiration.

— As-tu un gant ? demanda-t-elle en riant.

219

Chien Brun, le retour

— Je ne mets pas de gants au mois de mai.

— Eh bien, je suis prête à tout pour la bonne cause. Autrefois, j'ai fait ça pour un garçon après le bal de fin d'année et il en a mis partout. » Elle ouvrit son corsage et fit descendre son short pour montrer un bas de bikini. Elle saisit le pénis de C.B., puis marqua une pause.

« Je ne gicle plus aussi fort que du temps du lycée. » Sa voix tremblait tandis qu'il reluquait le corps de Gretchen, laquelle se mit à lui pomper le pénis en maintenant la poire de la seringue près du gland. Tout alla très vite et elle récupéra presque tout le fluide.

« Retourne-toi et ferme les yeux.

— D'accord. »

Mais il n'en fit rien. Il ne put s'empêcher de jeter un coup d'œil quand elle abaissa sa petite culotte et s'injecta le fluide. Elle le surprit en train de regarder.

« Tu triches, espèce de sale connard. » Elle sortit de la tente à quatre pattes en lui offrant cette vue de derrière qu'il désirait tant. « Nous allons attendre une heure avant de recommencer. »

Il resta allongé là, dans un état post-coïtal semi comateux, en pensant que ç'avait presque été aussi bon que le vrai truc. Un épisode un peu pervers et rigolo.

Ils firent une lente promenade, puis rejoignirent la rivière, où il lui donna sa première leçon de pêche. Elle avait des gestes très coordonnés et elle réussit assez vite à exécuter un modeste lancer. Elle regarda sa montre.

« Allez, il faut se remettre au travail. » Gretchen n'avait pas remarqué que le vent se levait sur la pente, de l'autre côté de la rivière, et que le ciel se brouillait. Elle entra en rampant dans la tente et resta dans cette position, la tête et les épaules tournées vers le fond. « J'ai vraiment besoin d'être près de la source. »

Chien Brun, le retour

Cette fois ce fut plus laborieux. Le spectacle des jambes repliées de Gretchen et de sa minuscule culotte si proche de son nez fut plus bouleversant que n'importe quel coucher de soleil hawaiien. C.B. grogna, mais n'eut certes pas le cœur brisé.

« Tu n'as pas fait aussi bien que la dernière fois, lui reprocha-t-elle.

— Je ne peux pas t'offrir mieux. » Sans demander la permission à personne, il s'envoya une bonne rasade de gin. Il fut déçu lorsqu'elle ramena sur son corps le pan de son sac de couchage d'été pour procéder à l'injection.

Ils firent une sieste de presque deux heures. Le rugissement du vent les réveilla et Gretchen se rappela non sans mal où elle se trouvait.

« Putain, c'est quoi tout ce boucan ? minauda-t-elle en entendant un tonnerre lointain.

— Un petit orage. » Il but une rasade de gin pour se réveiller, puis il prépara le feu en vue du dîner, avant que le plus gros de la tempête ne leur tombe dessus. Gretchen se servit un verre et regarda le ciel avec appréhension. La cuisson des truites de rivière et d'une boîte de haricots prit peu de temps. Elle engloutit le contenu de son assiette comme si elle était déjà enceinte ou, plus probablement, parce qu'elle avait peur des gros roulements de tonnerre qui arrivaient de l'ouest. C.B. connaissait ce scénario par cœur, car il s'était déjà laissé surprendre plusieurs fois par de tels orages dans la péninsule Nord au printemps et à l'automne. C'était parfois vraiment terrible quand on se trouvait à trois ou quatre kilomètres de sa voiture. Cela commençait par une pluie battante, puis le vent devenait glacé et il se mettait à neiger. Ce genre de tempête pouvait durer trois jours en automne, mais au printemps c'était d'habitude un simple grain qui s'en allait au bout de quelques heures.

Ils venaient à peine de terminer leur repas quand la foudre tomba sur le versant de colline situé de l'autre côté de la rivière, accompagnée d'un craquement épouvantable. Elle hurla, lâcha son assiette et courut se réfugier dans la tente. C.B. jeta une brassée de branches sur le feu dès que les premiers rideaux de pluie arrivèrent.

Quand il pénétra sous la toile, le vent malmenait la tente et Gretchen sanglotait. Il lui enlaça les épaules tout en écoutant la pluie se déverser sur l'auvent, en sachant très bien à quels endroits l'eau commencerait à goutter. Et comme de juste, il sentit de l'eau lui dégouliner sur le visage. Bien qu'il eût fermé les pans de l'entrée, il y avait assez de lumière à l'intérieur pour qu'il repère les fuites les plus proches. Il dirigea le faisceau de la lampe torche le long du faîte et décela quelques problèmes majeurs tandis qu'un éclair embrasait l'air et qu'éclatait le fracas sec et creux du coup de tonnerre.

« Moi qui suis paraît-il si maligne, pourquoi l'orage me flanque-t-il une trouille bleue ? » demanda-t-elle en serrant C.B. contre elle. Gretchen tendit le cou. « J'ai les pieds mouillés.

— Tout le monde a un peu peur. Delmore dit volontiers que c'est à cause des "êtres du tonnerre". » Dans la lueur de la lampe torche il constata qu'ils étaient fichus. La tente fuyait de toute part. Et puis, à travers le pan de l'entrée il sentit soudain la température chuter comme une pierre. « Une petite minute. »

C.B. jaillit hors de la tente, fila jusqu'au pick-up et prit un grand sac à gravats dans le fourre-tout du plateau du véhicule. Il se baissa pour faire glisser le gros tas de bois près de

Chien Brun, le retour

l'entrée de la tente. À son retour, il pleuvait partout à l'intérieur. Il secoua le sac en plastique épais pour l'ouvrir.

« Mets-toi là-dedans. Tu seras au sec et au chaud. »

Gretchen émergea de son sac de couchage trempé, puis se faufila à l'intérieur du grand sac de chantier. Tout à coup, la pluie s'arrêta, mais pas le vent glacé. Dans les dernières lueurs du crépuscule il jeta un coup d'œil entre les pans de l'entrée de la tente et vit qu'il neigeait abondamment.

« Ça marche déjà », dit-elle, pelotonnée au fond du sac de chantier.

C.B. se pencha au dehors, tisonna les braises restantes, mit dessus un tas de branches de pin pour qu'elles s'enflamment très vite, puis il entrecroisa des bûches plus massives de feuillus. Il ôta ses vêtements trempés.

« Tu as une petite place pour moi ? » Il avait laissé l'autre sac de chantier dans le pick-up, car il espérait un peu d'intimité.

« À condition que tu ne fasses pas de bêtises », murmura-t-elle en coulant un regard hors de son abri.

Il se glissa à l'intérieur, saisit la bouteille de gin et but deux gorgées rapides. Elle téta le goulot à son tour, puis frotta le buste nu de C.B. pour le réchauffer.

« On va être bien au chaud, comme deux jumeaux dans leur berceau.

— Bien sûr, chéri. Si tu le dis... »

Ils restèrent un moment allongés là, puis le feu s'embrasa et le vent tomba. Chacun frottait l'autre, puis elle sépara les pans de la tente pour regarder les flocons qui tombaient dru sur le feu. Il faisait nuit et l'étrange lueur orange du feu sous la neige lui parut splendide. Maintenant que les éclairs et le tonnerre étaient loin, elle se sentait mieux et le gin augmentait son bien-être. Elle en but une autre gorgée et passa la bouteille à son voisin. Puis elle baissa la main et sentit la proximité d'une érection.

« Nous pourrions organiser une troisième séance pour faire bonne mesure. Il nous faut un nombre impair. Trois, pas deux.

— Ça me va tout à fait. » Pour la première fois il reçut la permission de faire courir ses mains le long du corps aimé, lequel était chaud et moite.

Brusquement, elle prit sa décision. Elle se débarrassa de son short et de sa petite culotte, puis lui tourna le dos, cambra les reins et pensa avec mélancolie que tous les mammifères concevaient ainsi leurs bébés. Quant à C.B., il se dit aussitôt que c'était le meilleur moment de sa vie. Il se mit au boulot avec une énergie pleine d'affection. Ensuite, ils somnolèrent un peu, après quoi il ouvrit les pans de la tente et étudia la situation. Le monde était silencieux, mais il neigeait toujours aussi dru. Ces orages apportaient rarement plus d'une quinzaine de centimètres de neige, mais il ne pouvait être absolument certain qu'ils ne se retrouveraient pas coincés là au cas où la couche de neige atteindrait une trentaine de centimètres.

« On ferait mieux de se tirer d'ici. Assieds-toi. »

Il enfila ses vêtements et ses chaussures mouillés, rejoignit le pick-up, fit démarrer le moteur, essuya la neige sur le pare-brise. Il reviendrait le lendemain chercher ses affaires. Malgré ses vêtements trempés, il avait encore chaud à cause de ses récents ébats. Quand il se retourna, elle était à demi sortie du sac de chantier et elle braquait sur lui le faisceau de la lampe.

« Reste à l'intérieur. Il n'y a pas de chauffage dans le pick-up. »

Il la prit dans ses bras avec le sac de chantier et transporta le tout jusqu'au pick-up. Il passa près d'une heure

Chien Brun, le retour

à rouler lentement sur le chemin de bûcherons, avant de rejoindre la route goudronnée qui menait au petit village. Loin à l'est, la lune apparut entre les nuages noirâtres. Gretchen ronflait légèrement à l'intérieur de son cocon. Il eut le sentiment absurde de vivre Noël en mai et il se rappela ce refrain : « La lune sur le sein de la neige fraîche. »

Le hameau n'avait jamais eu plus belle allure et, quand il frappa à la porte de la réception du motel, il aperçut les lumières brillantes ainsi que les voitures recouvertes de neige, garées devant le Dunes Saloon. Le nouveau propriétaire du motel lui lança un regard méfiant, mais il fut ravi d'accepter les billets de C.B. Le printemps était lent à arriver dans le Grand Nord. Il la porta dans la chambre comme s'ils étaient deux jeunes mariés. Dormant à moitié, elle sortit du sac de chantier et se glissa sous les couvertures d'un des lits jumeaux, avant de se déshabiller sous les draps.

« Tu dors là, dit-elle en montrant l'autre lit.

— Ce n'était pas mal, non ? » Il sourit.

« C'était supportable, mais je n'ai pas l'intention de remettre ça. Je suis certaine de tomber enceinte.

— J'ai fait de mon mieux. Je vais boire quelques verres un peu plus loin dans la rue.

— Comme tu voudras, mon chéri. »

Ravi et le cœur léger, il marcha vers la taverne et se retourna une seule fois pour regarder ses traces avant de se laisser tomber de tout son long dans la neige d'un terrain vague afin d'y laisser l'empreinte d'un ange blanc. Ce fut très réussi et il huma sur ses mains l'odeur délicieuse de la sueur de Gretchen. Bizarrement, le grand sac de chantier avait été un parfait nid d'amour.

Les Jeux de la nuit

Première Partie

Je tombe malade

J'avais trop la bougeotte pour habiter longtemps au même endroit. J'étais une pierre trop lourde pour ramasser la poussière sur une étagère, comme disaient les gens de la campagne à propos des individus particulièrement difficiles, et peu importe si mon problème était déjà présent dans mon corps avant d'affecter mon comportement. En tout cas, je n'apprécie pas la posture de la victime.

Mes deux parents étaient des universitaires ratés, ma mère diplômée d'un master en lettres classiques et mon père d'un doctorat d'ornithologie, qu'il décrocha enfin à Cornell au début de la quarantaine après une bagarre de vingt ans contre ses collègues et ses supérieurs. Ma mère, de tendance Quaker, grandit dans une petite ferme proche de Fitchburg, Massachusetts, et mon père fut élevé par des parents unitariens à Dowagiac, une bourgade du sud du Michigan, à côté de la frontière de l'Indiana. Ils comprirent très vite qu'ils décevaient leurs parents respectifs et eurent donc tendance à s'éloigner de leurs familles. Universitaires, mes deux parents pensaient volontiers que la vie consistait en l'effort accompli pour la comprendre. Compte tenu de ces antécédents, il est étrange que je sois

Les Jeux de la nuit

devenu chasseur, mais seulement deux nuits par mois, et sans arme.

Il suffit d'avoir le cœur et l'estomac bien accrochés pour se convaincre qu'au bout du compte les problèmes de mon père étaient comiques. Très simplement, il n'y voyait pas assez bien pour être un ornithologue compétent. Il lisait certes sans difficulté, mais les oiseaux considérés comme des objets d'étude se situent rarement à la même distance qu'un livre ouvert. Sa vue n'était pas désastreuse, mais si vous avez seulement raison neuf fois sur dix, vous encourez les piques de vos pairs. Les bigleux qui aiment les oiseaux sont parfois d'une précision stupéfiante s'ils connaissent les chants de leurs animaux préférés, mais l'obsession de mon père était le colibri, qui ne chante pas. Ce volatile est trop occupé à manger pour alimenter son énergie féroce. Les principaux défauts de mon père étaient une forte propension à la rêverie et un perpétuel état de colère mal dirigée. Alors que j'avais dix ans, Cornell le vira de son modeste poste d'assistant à cause d'une vilaine rixe qu'il eut en public avec un collègue, un différend occasionné par un tiroir rempli de soixante-huit colibris mexicains qu'il avait cachés dans son bureau pour les soustraire à l'attention d'un ambitieux expert en colibris, un professeur assistant qui se servait de sa supériorité hiérarchique pour humilier mon père. Ma mère ne lui pardonna jamais leur expulsion de Cornell, cette université qui lui avait offert, à elle, la seule occasion de toute sa carrière d'enseigner un vrai cours de littérature classique. Elle avait obtenu sa licence avec mention très bien à Radcliffe, puis entamé un master à Harvard, mais elle avait interrompu ses études pour épouser mon père. Elle me confia plus tard, alors que j'étais adolescent, avoir aimé mon père durant deux courtes années, après quoi leur mariage s'était seulement

Les Jeux de la nuit

résumé à d'inextricables disputes. Ces querelles de nature universitaire se déroulent sur une tête d'épingle, d'autant que la littérature classique et l'ornithologie sont d'une utilité très restreinte dans notre société.

La nature accidentelle de leur rencontre et donc de mon arrivée sur terre m'a toujours ravi. Ma future mère lisait sur une vieille chaise en bois près d'un bel étang à la fermette de sa famille non loin de Fitchburg, quand arriva sur le gravillon de la route de campagne une camionnette bondée d'amoureux des oiseaux (il n'est guère difficile de les imaginer en *agités*, selon leur nom britannique), un groupe dirigé par mon père qui à cette époque y voyait très bien. Il repéra cette jolie fille, mais, plus important encore, il aperçut une barge de l'Hudson relativement rare qui prenait son bain au bord de l'étang. Il demanda la permission d'entrer sur la propriété pour observer ce volatile de plus près, mais ma mère la lui refusa en déclarant qu'elle ne voulait pas être dérangée quand elle lisait. Ma mère poursuivit cette habitude de lecture en plein air, même quand il lui fallait s'emmitoufler pour se prémunir du froid. Cet après-midi-là, alors qu'elle gardait la quincaillerie vieillotte de son père, mon futur géniteur y entra pour remplacer une bouteille thermos cassée. Ils se mirent à bavarder et le contact fatal se produisit, même si elle ne s'intéressait pas le moins du monde aux oiseaux en dehors de ceux qu'on ne trouvait qu'en Grèce et en Italie et qui figuraient dans la littérature classique.

Il est tout à la fois agréable et vertigineux de penser que notre existence n'a tenu qu'à un fil. Sans cette barge de l'Hudson au bord de l'étang, mon père aurait peut-être ralenti, mais il ne se serait certainement pas arrêté. Et sans cette thermos cassée, il n'aurait jamais mis les pieds dans la quincaillerie de mon grand-père. Je m'intéresse aux oiseaux seulement en théorie, et une thermos est une chose bien modeste, mais je leur dois la vie. Si je devais un jour concevoir un blason personnel, je devrais y faire figurer une barge de l'Hudson et une bouteille thermos.

Suffit sur mes parents. À dix-sept ans, quelques jours avant de partir pour l'université de Northwestern à Evanston, près de Chicago, je remarquai que ma mère remplissait plusieurs malles et valises avec des livres, des vêtements, quelques bibelots et souvenirs, dans une chambre désaffectée de notre maison de location à Cincinnati, où la carrière de mon père toucha le fond : il enseignait désormais les sciences naturelles dans un institut universitaire. Cette pièce se trouvait au premier étage et à l'arrière de notre maison ; j'y allais par les chauds après-midi ensoleillés, dans l'espoir de voir la fille des voisins s'enduire la peau de crème protectrice avant de prendre son bain de soleil. Elle était laide, mais ses formes généreuses, presque plantureuses, me plaisaient.

Quand j'entrai dans cette chambre, ma mère, surprise, évita mon regard.

« Je pars en même temps que toi, chuchota-t-elle alors.

— Je te comprends », répondis-je, aussitôt étonné d'avoir prononcé ces mots, en la voyant emballer ses petites éditions vertes des classiques.

« J'ai rencontré un homme qui va m'emmener en Grèce et en Italie. » La perspective de ce voyage la fit sourire.

Et ce fut tout. Elle enseignait le latin dans un programme de formation pour adultes, sa paie dépendait du nombre d'étudiants inscrits à son cours – il n'y en avait jamais plus de cinq – et elle avait rencontré un veuf italien, un fonctionnaire à la retraite, âgé d'environ soixante-cinq ans, qui aimait autant qu'elle Ovide et Virgile. À mon âge, il m'était difficile d'imaginer qu'une idylle venait de naître,

Les Jeux de la nuit

car j'étais assez ignorant en la matière. La veille de notre départ commun, je rencontrai cet homme dans un parc. Petit, courtois, bien habillé, il avait beaucoup d'humour, une qualité qui manquait entièrement à mon père. C'était une journée très chaude du début septembre, l'air empestait les gaz d'échappement et la puanteur de la rivière. Ma mère et cet homme, qui s'appelait Armandino, se promenaient main dans la main, ce qui me gêna mais ne m'empêcha pas de dire : « Je vous souhaite d'être heureux. » Elle avait quarante ans à l'époque et je ne savais absolument pas ce qu'elle attendait de cet homme en dehors d'un billet d'avion. Ils s'installèrent à Modène, en Italie, revinrent de rares fois aux États-Unis, jusqu'à ce qu'il décède à l'âge de quatre-vingts ans, après quoi ma mère passa plusieurs années en Grèce avant de retourner dans le Massachusetts pour s'occuper de ses parents malades.

Je suppose que ma mère était une vraie originale, mais je n'avais aucun point de comparaison valable. En tout cas, elle n'était pas ce qu'on entend par maternelle, même si elle se montrait beaucoup plus affectueuse que mon père, qui eut toujours tendance à m'ignorer. Depuis ma plus tendre enfance, elle s'adressa toujours à moi comme à un adulte.

Mon souvenir le plus saisissant de ma mère remonte à un certain après-midi de printemps, alors que j'avais quinze ans. L'amour que j'éprouvais pour une fille huppée qui ne remarquait même pas ma présence me plongeait dans un désespoir morbide. Au jardin, je creusais pour ma mère un parterre de plantes vivaces tandis qu'assise à proximité elle me lisait à voix haute des passages des *Métamorphoses* d'Ovide dans la traduction de Rolfe Humphries. J'étais trop obnubilé par mon chagrin pour l'écouter. À

Les Jeux de la nuit

cette époque nous habitions Alpine, Texas, avant de déménager bientôt à Cincinnati. Curieusement, elle ne devait jamais voir fleurir la moindre de ses plantes vivaces. Elle connaissait mon amour désespéré, car elle m'avait surpris en larmes dans le bosquet de lilas. Me voyant ainsi creuser avec l'énergie du désespoir, elle me demanda d'arrêter un moment pour m'adresser ce bref sermon :

« Samuel, essaie d'imaginer que tu es dans la maison et que tu te regardes par la fenêtre de derrière. Aimer quelqu'un qui ne t'aime pas est une des plus vieilles histoires du monde, et des plus tristes. Aimer quelqu'un qui croit t'aimer est parfois pire. Il n'y a aucune garantie, mais si tu n'aimes pas, alors tu es un lâche. Bon, maintenant tu es dans la maison et tu te regardes ici même. Qui donc crois-tu être ? Voilà la question à laquelle tu dois répondre. »

Son bref monologue fit mouche. J'ai toujours trouvé utile, à tout moment, de savoir qui je suis, sans parler de l'endroit où je me trouve, géographiquement, historiquement, des points de vue de la botanique ou de la géologie. Lors d'un cours d'anthropologie pour débutants à Northwestern, j'ai entendu avec amusement un professeur expliquer qu'à leur réveil les Navajos saluent les quatre points cardinaux pour se souvenir de leur situation précise au sein de l'existence. Je parlai brièvement avec ce professeur à la fin du cours et il me conseilla de lire *Sorcellerie navajo* de Clyde Kluckhohn, sans doute le plus étrange essai de toute la chrétienté. Bien sûr, on peut inculquer de force le catholicisme à ces gens, mais c'est un simple vernis.

Oui, chaque année ou tous les deux ans nous déménagions d'un endroit à un autre en suivant mon crétin de père, et en tirant une grosse remorque derrière notre vieille

Les Jeux de la nuit

Dodge. Mes deux lieux de résidence préférés furent Bozeman, dans le Montana, et Alpine, au Texas, où j'habitai entre huit et douze ans. Dans ces deux endroits je priai vaguement pour que nous puissions y rester, mais chaque fois sans résultat. C'était les années soixante, mais tant Bozeman qu'Alpine étaient des bastions conservateurs violemment opposés aux bouleversements sociaux de l'époque. Au cours du long et lent trajet entre Tallahassee en Floride et le Montana, nous vîmes avec stupéfaction de vrais cow-boys se comporter en cow-boys dans le Wyoming et le Montana. Je ne m'étais jamais intéressé au mythe rebattu du cow-boy et de l'Indien, mais mon ignorance se dissipa vite. Sur le parking d'un café miteux dans la campagne proche de Hardin, dans le Montana, je me présentai du haut de mes huit ans à deux Indiens Crow absurdement grands qui, appuyés contre leur pick-up Studebaker décrépit, sirotaient leur vin matinal. Ils me déclarèrent que leur grand-père avait tué Custer, ce qui se révéla mensonger, car c'étaient les Lakotas qui avaient accompli cet exploit. Ma mère interrompit alors son habituelle dispute avec mon père pour s'excuser de mon « effronterie » auprès des deux Indiens. L'un des poivrots dit alors à ma mère : « T'as un joli petit cul », et elle répondit « Merci » en faisant la révérence. Au déjeuner, je remarquai que ma mère était particulièrement enjouée.

Nous habitions un dortoir amélioré dans un petit ranch situé à une vingtaine de kilomètres de Bozeman, où mon père enseignait. Nous étions dispensés de payer un loyer, à condition que ma mère s'occupe du vieux rancher qui manifestait quelques signes de démence sénile. Cet arrangement était le fait de l'odieux fils du rancher, qui dirigeait une concession automobile en ville. Pour moi, ce vieillard fut un grand-père rêvé : il m'apprit à pêcher la truite dans

Les Jeux de la nuit

un torrent qui traversait le terrain, à monter l'un ou l'autre de ses nombreux chevaux, à conduire le vieux tracteur Ford. J'étais donc un gamin de huit ans qui conduisait un tracteur comme n'importe quel gosse vivant sur un ranch. Quand mon père se demanda si c'était bien légal, le vieux rancher rétorqua, « Ici, la loi c'est moi », ce qui, je l'appris, était une attitude typique du Montana, et tout aussi valable pour notre étape suivante, deux ans plus tard, à Alpine, au Texas. Mon père se plaignait sans cesse de la rareté des oiseaux chanteurs dans le Montana, mais ma mère était ravie de ce séjour, car l'épouse décédée du rancher avait planté de nombreuses plantes vivaces ainsi qu'un beau jardin potager où poussaient aussi des herbes aromatiques. Mes parents hésitaient toujours à manger beaucoup de viande, mais le rancher en voulait dans son assiette trois fois par jour et je l'imitai bientôt. Il n'était pas difficile à contenter, et il suffisait à ma mère de lui préparer une poêlée de son bœuf et de ses patates maison, sans oublier un peu de porc, qu'il appréciait seulement au petit déjeuner. Je la revois assise à côté des pivoines éclatantes, en train de lire les *Géorgiques* de Virgile, un texte qui trouvait une illustration immédiate dans le paysage environnant. Quand nous quittâmes le Montana au bout de deux années, je pleurai pendant des jours entiers. Au moment de nous séparer, la voix du vieux Duane se brisa et il me donna ses éperons en disant : « Je regrette que tu ne sois pas mon fils. » Deux ans plus tard, lorsque nous partîmes d'Alpine pour aller à Cincinnati, une ville que je détestai aussitôt, j'appelai Duane et n'obtins aucune réponse, puis son fils concessionnaire de voitures m'apprit qu'il était mort. J'avais compté m'enfuir pour retrouver l'endroit où j'avais été heureux.

Les Jeux de la nuit

Après Bozeman, notre séjour à Alpine, dans l'ouest du Texas, fut déroutant. Un enfant a du monde une perception limpide, car l'attention qu'il accorde à ce qu'il fait est absolue. Qu'il étrille un cheval, qu'il essaie d'attraper une truite brune dans un torrent ou qu'il taquine un serpent à sonnette jusqu'à l'épuisement du reptile, c'est tout ce qu'il fait. Et puis il a de grands talents d'auditeur, car il ne sait jamais trop quoi dire, sinon pour contredire par principe ses parents. Un jour où, assis sur la véranda avec le vieux Duane, nous savourions une limonade estivale, il me confia que dans sa propre enfance au tournant du siècle il y avait encore quelques loups dans les chaînes de montagnes des environs, les Bridgers et les Gallatins, et les énormes Spanish Peaks au sud. Ces informations se gravèrent dans ma mémoire, car les loups comme les ours grizzly étaient pour moi des créatures quasi mythologiques. J'avais beaucoup de mal à faire un lien quelconque entre le contenu de mes manuels scolaires et le monde que je découvrais tous les jours sur le ranch.

Ce fut encore plus pénible lorsque nous partîmes en voiture vers le sud, depuis le Montana vers la canicule qui régnait en ce mois d'août dans l'ouest du Texas, une région qui évoque un pays à part entière. J'accueillis presque avec soulagement cette chaleur suffocante, car elle émoussait l'agressivité de mes parents. Ma mère se penchait en avant sur le siège du passager pour essayer en vain de trouver une station de radio diffusant de la musique classique, tandis que nous gravissions lentement les montagnes de l'ouest du Colorado, la Dodge presque à bout de souffle tirant la fameuse remorque bourrée des livres de mon père, de notre bric-à-brac et de nos meubles usés.

Quand je réfléchis à mon enfance à partir de l'âge de six ans, je suis stupéfait par tous les détails insignifiants qui

Les Jeux de la nuit

décident de notre avenir. Après avoir subi l'indifférence de cette jeune fille riche à Cincinnati, je fis le vœu de ne jamais être aussi pauvre que mes parents, même si je compris dix ans plus tard qu'elle appartenait simplement à la moyenne bourgeoisie, un milieu social néanmoins très éloigné de notre existence misérable. Le surlendemain de notre arrivée à Alpine, je me fis rosser sans ménagement par deux frères vivant dans le voisinage, après quoi je suivis avec une assiduité presque obsessionnelle un programme d'exercices physiques, auquel je n'ai toujours pas renoncé. Ces deux frères, âgés de dix et douze ans, s'appelaient Dicky et Lawrence Gagnon. Je fus sauvé par leur sœur Emelia, onze ans, qui intervint non par bonté d'âme, mais parce qu'elle se croyait vouée à diriger toutes les activités de ses frères. Elle les fouetta avec une vieille cravache mexicaine qui dissimulait un authentique poignard, dont personne ne connaissait l'existence hormis nous autres, les enfants. Emelia venait de subir une crise de croissance précoce et elle était plus grande que Dicky et Lawrence. Peut-être à cause de la lecture d'une bande dessinée, elle se prenait pour une princesse amazone et nous devions tous l'appeler « princesse ». Comme elle était assez jolie, je ressentais pour elle une attirance dont j'ignorai longtemps la nature, mais que je commençai de comprendre au fil des deux années de notre camaraderie. Leur famille était arrivée un an plus tôt, de Lafayette, en Louisiane, et leur père travaillait dans les pipelines. Mina, leur corpulente mère, passait presque tout son temps assise sur la véranda ombragée, à boire de la bière, lire des romans policiers et réfléchir à ce qu'elle allait manger. Ma mère et elle n'étaient a priori pas faites pour s'entendre, mais elles devinrent amies, sans doute parce que Mina connaissait très bien les fleurs sauvages. Notre affreuse maisonnette en

Les Jeux de la nuit

stuc se trouvait à la lisière des quartiers pauvres de la ville. J'eus la chance de devenir le protégé d'Emelia, Dicky et Lawrence, car à l'école primaire c'étaient des durs à cuire. Leur père, souvent absent, gagnait certainement pas mal d'argent ; les trois enfants avaient des bicyclettes neuves, alors que la mienne était un vieux vélo de fille, de couleur rosâtre, acheté par mon père à un vide-grenier. Les larmes que je versai à cause de cette indignité furent brèves, car je savais depuis longtemps que, pour tous les aspects pratiques de la vie, c'était un sombre crétin. Histoire de me réconforter, il me dit : « Au moins, personne ne te le volera. »

Ce premier automne, nous faisions de longues virées parmi les collines des environs, cachant nos vélos avant de poursuivre à pied dans les canyons, tuant des serpents à sonnette avec la Remington de calibre .22 à un coup de Lawrence. Il achetait des cartouches bourrées de chevrotine et dégommait des cailles qu'Emelia cuisait ensuite avec habileté sur une pierre plate entourée de braises. Petit Dicky avait toujours du sel sur lui, dans une bourse fixée à sa ceinture. Avec sa franchise habituelle, il annonça un jour d'une voix révoltée qu'il n'y avait pas de princesses au Texas et qu'il en avait jusque-là d'appeler Emelia « princesse ». Elle le gifla plusieurs fois, mais annonça dès le lendemain que son nouveau nom était Zora des Amazones et que nous avions le privilège exceptionnel de l'appeler simplement Zora. Lawrence me confia qu'il était à la merci de sa sœur, car elle l'avait surpris en train de se tripoter : s'il ne lui obéissait pas au doigt et à l'œil, elle le menaçait de tout rapporter à leurs parents.

Notre amitié se poursuivit ainsi durant deux années. Je faisais ma gymnastique dans une cabane située derrière notre maison, qui nous tenait aussi lieu de club-house.

Les Jeux de la nuit

Nous avions un petit poêle à bois pour les froides journées d'hiver, quand nous devions rester assis et écouter avec attention Zora chanter faux des mélodies country. Sa préférée était *The Last Word in Lonesome Is Me*, de Patsy Cline. Dès que nous pourrions nous payer des chevaux, nous avions l'intention de dévaliser une banque avant de fuir vers le sud et le Mexique pour y mener enfin une vie libre.

Curieusement, tous les voisins appelaient mon père « professeur », alors qu'il était seulement assistant à l'université de Sul Ross. Sa fonction nous attirait un respect unanime, d'autant que ma mère parlait si bien grec et latin qu'elle apprit aisément l'espagnol, et tous nos voisins mexicains en furent ravis. Je crois vraiment que ma mère adorait Alpine parce qu'elle avait l'impression d'y vivre à l'étranger.

Notre seconde année ensemble fut plus difficile à cause de la puberté précoce d'Emelia. À douze ans et demi, c'était désormais une jeune femme très séduisante, dotée d'une peau légèrement olivâtre et de cheveux noir de jais. Ces changements physiques la rendaient apparemment malheureuse et elle s'habillait le plus mal possible afin de les dissimuler, accentuant ainsi son côté garçon manqué, si une telle chose était encore possible. Un jour, je surpris mon père debout à la fenêtre de notre cuisine, en train d'observer Emelia qui rebondissait sur le trampoline installé dans le jardin de nos voisins. Il rougit d'une manière que je ne compris pas, et que j'attribuai sur le moment à sa récente et terrible bourde : il avait pris l'avion jusqu'à Fayetteville, en Caroline du Nord, pour assister à un congrès ornithologique organisé à Fayetteville, dans l'Arkansas. Il fut affreusement mortifié et je me sentis

Les Jeux de la nuit

navré pour lui, même s'il refusait toute marque de sympathie. À cette époque, ma mère et lui ne savaient plus à quel saint se vouer, car j'imitais l'accent cajun de Dicky, Lawrence et Emelia. Quand leur père revint pour Noël cette année-là, je compris à peine ce qu'il baragouinait. Mina, la mère originaire du Mississippi, me traduisit alors les paroles de son époux.

Mes propres changements physiques provoquaient chez moi une angoisse croissante, car pas plus qu'Emelia je n'éprouvais la moindre envie de rejoindre le monde des adultes. Je soupçonnai que ces changements étaient accélérés par l'heure de gymnastique violente que je passais chaque matin dans la cabane avant de partir pour l'école. De tous les élèves de cinquième, Emelia était la fille qui courait le plus vite et j'étais le garçon le plus rapide. Nous rejoignions Cathedral Mountain à vélo, puis nous partions au pas de course dans l'arrière-pays, laissant Lawrence et Dicky loin derrière nous. Le Texas a des lois strictes relatives à la propriété privée, mais personne ne se souciait de gamins gambadant à travers la campagne. Un jour, un rancher nous donna même un dollar pour retrouver un veau malade. Par une chaude journée du printemps, Emelia et moi piquâmes une tête dans un réservoir d'eau pour nous rafraîchir. Nous voyions au loin Lawrence et Dicky avancer vers nous d'un pas fatigué. Emelia portait un T-shirt bleu et un short en coton. L'eau rendit aussitôt ses vêtements transparents.

« Si tu regardes mes tétés, je te flanque une beigne », dit-elle.

Je pivotai tout de suite dans l'eau, car ses gifles faisaient vraiment mal. Elle s'approcha derrière moi et tira sur ma chemise en disant :

Les Jeux de la nuit

« Tu peux regarder un peu, mais ne reluque pas trop mon corps. Tu es mon frère de sang. »

Nous avions sacrifié au rite consistant à se taillader un peu les bras avant de les frotter l'un contre l'autre pour mélanger les deux sangs. Elle glissa alors la main dans mon short et s'empara de mon pénis en érection.

« Les grands pouvoirs de Zora te donnent la trique », déclara-t-elle en riant.

Ses massages aboutirent au résultat prévisible et, quand mon sperme monta à la surface de l'eau, Emelia poussa un grand cri de joie pendant que je transpirais de honte malgré la fraîcheur de l'eau.

« Voilà ton avenir de tête de nœud », dit-elle en continuant de rire et en montrant les filaments blanchâtres qui flottaient sur l'eau. « Une fille de quatrième m'a appris ce truc. Quand un garçon s'approche de toi en bandant, tu le traies un peu et il devient doux comme un agneau. »

Même si son rire soulageait ma honte, je rougis de plus belle : c'était comme si elle venait de raconter une bonne blague et que j'en faisais les frais. Emelia étant ma sœur de sang, j'avais reporté ma lubricité sur une photo de Janet Leigh arrachée dans le magazine *Life*, que je contemplais d'un air soucieux. Lorsqu'elle sortit du réservoir avec souplesse, la fente très visible de ses fesses sous le short trempé raviva ma concupiscence. À douze ans, ma sexualité n'avait aucun but ni aucune cible réelle, c'était simplement une bouffée de chaleur, une démangeaison qui partait de l'abdomen.

En ce mois de mai mélancolique où notre monde commença à se désintégrer, Emelia et moi devions vivre deux autres rencontres décisives. Sa famille déménageait en juillet, à Albuquerque, au Nouveau-Mexique, pour suivre la construction d'un pipeline, et une fois encore mon père

Les Jeux de la nuit

n'avait pas réussi à faire renouveler son contrat, même si à Alpine on lui proposait un énième poste minable d'enseignant, après quoi nous devions partir pour Cincinnati. Il nous assura qu'il y avait davantage de fauvettes dans l'Ohio et quand, en larmes, je lui rétorquai : « Rien à foutre des fauvettes », il tenta de me gifler, mais j'esquivai le coup et sortis en courant par la porte de derrière.

Emelia et moi nous retrouvâmes dans la cabane lorsque sa famille alla dîner dehors et qu'elle refusa de les accompagner. En fait, elle dominait ses parents tout comme ses frères et moi. C'était le début de la soirée, Emelia avait apporté le *Cosmopolitan* de sa mère, qui contenait un article sur « l'efficacité du baiser ». Elle portait encore son short en coton bleu ainsi qu'un T-shirt blanc qui moulait sa poitrine dépourvue de soutien-gorge. Nous étions assis sur un fauteuil défoncé qui empestait l'huile de moteur. Nous nous embrassions avec fougue et je fus choqué lorsqu'elle glissa sa langue dans ma bouche. Elle avait un goût de beurre de cacahouètes et de gelée au raisin, Emelia me laissait lui malaxer les seins, mais dès que mes mains descendirent plus bas, elle me flanqua un coup de poing sur la pomme d'Adam et j'étouffai aussitôt. Elle s'excusa en me jurant avoir visé mon menton. Elle sortit alors mon zizi de mon pantalon et le secoua en disant : « Essuie-moi ça, tête de nœud », puis elle éclata de rire, prit son magazine et partit.

Le début du mois de juin fut saturé de désespoir, sauf pour ma mère qui rayonnait de bonheur, car elle venait de remporter une bourse qui lui permettait de retourner à Radcliffe pour six semaines. Mon père et moi devions partir à bord de la Dodge direction le Mexique et nous mettre à la recherche d'un très rare colibri qu'on disait

Les Jeux de la nuit

semi-carnivore. On prétendait aussi qu'il existait trente-huit espèces de colibris dans la région où nous devions aller, une perspective qui ne m'enthousiasmait guère.

Les dieux ne manifestent aucune clémence envers les jeunes amoureux et, en ce mois de juin, j'étais désespérément amoureux d'Emelia. J'avais un pressentiment très vif de la mort imminente de notre amour. Le voyage mexicain devait seulement durer deux semaines, mais j'étais sûr qu'à mon retour elle serait partie. Mon oreiller était littéralement trempé de larmes, même si ma bien-aimée n'en répandait aucune en ma présence.

Mon père et moi accompagnâmes ma mère jusqu'à son avion, qui devait décoller à l'aube, puis mon père se recoucha et je rejoignis la cabane pour faire ma gymnastique matinale et me dépenser jusqu'à l'épuisement. J'avais à peine entamé mes exercices quand Emelia arriva à vélo et m'annonça que nous allions faire un tour jusqu'à notre réservoir avant qu'il ne fasse trop chaud. Elle commandait toujours plutôt que de suggérer. Nous voilà donc partis à vélo, tous deux réduits au silence par l'injustice qui allait s'abattre sur nos deux vies. Nous essayâmes de sprinter vers le réservoir encore distant de deux kilomètres, avant de ralentir dans la chaleur du matin. Loin au sud il y avait de gros nuages d'orage, mais je décidai qu'ils passeraient à l'est de notre destination. Ce fut seulement des années plus tard, à l'université, que je compris le vrai sens du terme littéraire de « pressentiment ». Sur le flanc est et ombragé du réservoir, il y avait un énorme serpent à sonnette qui dès notre arrivée se mit à siffler. Au lieu de laisser un homme s'occuper de cette tâche, Emelia incarnant son personnage de Zora lança une grosse pierre sur la tête du reptile qui, touché à mort, fut saisi de spasmes. Renonçant à se baigner en short et T-shirt comme l'autre fois, Emelia

Les Jeux de la nuit

se déshabilla entièrement et très vite. En voyant son sexe pour la première fois et aussi bien, je sentis mon ventre se crisper. Elle croisa les bras sur sa poitrine et, du regard, me défia. Quand je baissai mon short, elle me dit : « Ton zizi a l'air idiot », puis elle plongea. L'eau était fraîche en ce début de matinée et nous frissonnions en nous étreignant. Elle m'ordonna de sucer ses petits seins en forme de cône aplati, puis de me frotter contre ses fesses, qui étaient serrées. Elle ajouta que, si jamais mon « truc » s'approchait de sa chatte, il pourrait la féconder à travers l'eau. Ensuite, elle tenta de me noyer en me maintenant la tête sous l'eau ; mais j'avais gagné en force et je la fis tomber en lui passant un bras entre les cuisses. Mon bras me parut brûlant quand il frotta sa petite chatte potelée. Elle m'adressa alors un regard inexpressif et me dit de la toucher « pendant une minute seulement ». Quand je m'exécutai, elle se mit à trembler. Stupéfait, je la caressai tout en regardant par-dessus son épaule une montagne et l'orage qui de toute évidence approchait. Ma main semblait penser toute seule à ce qu'elle caressait, mais sans aboutir à la moindre conclusion.

La foudre tomba à environ quatre cents mètres et l'on entendit le craquement violent du tonnerre. Nous nous habillâmes avant de rejoindre en courant le gros chêne distant de deux kilomètres où nous avions laissé nos vélos. Nous avions seulement parcouru quelques centaines de mètres quand une pluie diluvienne nous piqua le visage. Comme c'était un terrain accidenté et rocheux, nous courions tête baissée en guettant les serpents à sonnette – ils ne nous effrayaient pas vraiment, ils faisaient partie du paysage. La pluie était fraîche et nous nous frottions énergiquement sous l'arbre afin de nous réchauffer. Le chêne nous protégeait un peu de l'averse. Après avoir échangé avec elle des baisers passionnés, je lui déclarai que je l'aimerais toujours, et elle me demanda « Pourquoi ? », une question que je n'ai jamais comprise. Je me mis à bander comme un âne, elle m'offrit son derrière nu contre lequel je me frottai, tandis qu'Emelia riait, le ventre collé à l'arbre. Ensuite, elle quitta l'abri du chêne pour marcher sous la pluie et laisser l'averse nettoyer mon sperme sur ses fesses nues, son rire sonore et limpide se mêlant au fracas du tonnerre. Ce fut l'une de ces rares images dont le cerveau conserve à jamais un souvenir saisissant de précision.

Le lendemain matin de bonne heure, je me rappelle que l'aube pointait à peine, nous préparâmes notre piteux équipement de camping, sans oublier un carton de conserves de porc aux haricots qu'adorait mon père, et nous voilà en route. Au moment de passer devant la maison obscure des Gagnon à cinq heures et demie du matin, je me retournai sur mon siège pour y jeter un dernier regard. La veille au soir, toute la famille d'Emelia était allée au cinéma et j'avais patiemment attendu leur retour sur leur véranda. J'échangeai une poignée de main avec Dicky et Lawrence, puis Emelia me raccompagna jusqu'au portillon de leur jardin. Elle se dit fatiguée, ajoutant qu'elle avait eu ses « ragnagnas » pendant la projection du film, *Butterfield 8*. Elle m'expliqua que ce film parlait de gens riches, qu'elle-même comptait épouser un homme riche et habiter un gratte-ciel à New York. Notre baiser d'adieu eut un goût de Dentyne, un chewing-gum que je n'aimais pas. Vingt ans devaient s'écouler avant que je ne la revoie.

Nous partîmes donc vers le Mexique, qui se trouvait seulement à cent cinquante kilomètres au sud, entamant ce voyage fatal, du moins pour moi, si bien qu'au cours des années suivantes je crus lire la mince ligne zigzagante de

Les Jeux de la nuit

mon destin dans cette Route 67 qui filait vers le poste frontière de Presidio et d'Ojinaga. Je fus promu navigateur en chef, un poste d'habitude réservé à ma mère. En plus de ses autres problèmes, mon père était dyslexique : je ne pouvais pas lui dire « tourne à gauche » ou « tourne à droite », je devais lui montrer la direction adéquate. À la sortie de Marfa, un pneu de la Dodge creva et mon père se mit à gémir. Il n'en revint pas quand je hissai adroitement la voiture sur le cric et mis en place la roue de secours. Lawrence, qui changeait et intervertissait les pneus à la station-service du carrefour, me fut rétrospectivement d'une grande aide. Il touchait un dollar par pneu, et quand je lui filais un coup de main, il me versait vingt-cinq cents. Assis dans l'ombre de la voiture, mon père lisait *Life Histories of Central American Birds* d'Alexander Skutch. Je connaissais ce livre, car je devais le lui lire à voix haute lorsqu'il conduisait. Dès que j'eus installé la roue de secours, il me demanda depuis quand j'avais ces muscles. Sa question me surprit, car la fenêtre de son bureau exigu donnait sur le jardin et sans doute m'avait-il vu des centaines de fois rejoindre la cabane pour faire ma gymnastique, mais il n'avait sûrement jamais franchi la porte de cette cabane. Le champ de sa curiosité se limitait aux oiseaux et à leurs prédateurs.

Ce genre de voyage chamboule forcément un garçon de douze ans et demi. Il a parfaitement conscience d'être séparé de ses amis, dont il est plus proche que des membres de sa vraie famille, sa mère est partie pour le lointain Massachusetts, où enfant il est allé une fois, mais les souvenirs qu'il en garde sont presque inexistants. Et à côté de lui, le drôle d'oiseau qu'est son père donne de grotesques coups de volant pour observer les volatiles et il crie « Aplomado ! » d'une voix triomphale. Dans les faubourgs

Les Jeux de la nuit

d'Ojinaga, je vis deux femmes se caresser avec passion devant un bar en parpaings et mon père lâcha : « Dégoûtant. » Mais après avoir examiné le livre de ma mère contenant des fragments de Sapho, j'avais ma petite idée sur la question. À propos de Sapho, ma mère m'avait dit que nous n'avions pas à disputer de la nature de la nature. Suite à mes adieux lamentables de la veille au soir, j'avais même lu le fragment qui commençait par « Eros secoua mon esprit tel un vent d'altitude fondant sur les chênes » en trouvant qu'il convenait parfaitement à Emelia dans le réservoir d'eau et sous le chêne. L'amour était sans conteste désordonné. Avant de nager, il nous avait fallu contourner avec précaution toutes ces répugnantes pâtures à vaches.

Quand mon père s'engagea sur la Route 49 après avoir passé la frontière sans encombre, je décidai que jusque-là le Mexique ne semblait pas vraiment exotique. C'étaient les années soixante, bien avant que les médias nous rebattent les oreilles avec les dangers du Mexique. À l'époque, on y voyait une alternative relaxante à notre fébrilité et à nos problèmes ridicules au Vietnam. Emelia chantait ce qu'elle appelait « des chansons de la campagne mexicaine », en fait des *corridos*, encore plus tristes que nos propres rengaines *country* et pour moi compréhensibles grâce aux rudiments d'espagnol que j'avais appris avec mes camarades d'école d'origine hispanique.

J'avais la conviction viscérale que nous roulions dans la mauvaise direction, car je venais de lire un livre appartenant à ma mère, *Drums Along the Mohawk*, l'un de ses préférés depuis l'enfance. Doté d'une imagination très littérale à cette époque, je désirais être un Indien dans les forêts septentrionales, capturer peut-être une fille blanche dans un campement et vivre avec elle près d'une cascade.

Les Jeux de la nuit

De manière assez prophétique, je comptais par ailleurs porter un vêtement en fourrure de loup. Si je considérais le Mexique comme une direction inappropriée, c'était aussi à cause d'une autre lecture récente, encore un livre de ma mère, *Les quatre filles du docteur March*, où j'avais eu l'impression passablement désagréable que les filles étaient seulement des grosses femmes en miniature, et donc des êtres très dangereux. Lawrence m'avait confié qu'une religieuse lui avait brisé un doigt parce qu'il avait « tripoté » une fille.

Nous atteignîmes notre camp proche de La Poquito de Conchos à l'heure du dîner. Personne ne m'en avait averti, mais je découvris avec grand plaisir que nous ne camperions pas seuls. Il y avait trois autres hommes de l'âge de mon père, tous diplômés de Cornell en ornithologie. Le mâle dominant était apparemment George, déjà professeur associé à Yale. De toute évidence il avait de l'argent, car en guise de « cadeau de luxe » il avait loué les services d'un guide mexicain et de son épouse, Nestor et Celia, qui avaient monté nos tentes. George avait emmené sa propre épouse, Laurel, une femme maussade qui s'intéressait à l'art primitif de la Sierra Madre. Cette femme adorable fut la première d'une très longue succession de créatures séduisantes qui me semblaient très malheureuses, mais elle était mariée au genre d'homme décrit par Dicky, le petit frère d'Emelia, comme étant « un enculé de plus ».

« Je croyais qu'on était d'accord pour que personne n'amène de gosse », déclara George en me regardant d'un air dégoûté.

Mon père expliqua que ma mère venait de recevoir une bourse de dernière minute pour aller à Radcliffe et qu'il n'avait pas voulu me laisser chez « des voisins minables », ce qui me mit en colère. Il ajouta que j'étais débrouillard,

Les Jeux de la nuit

que j'aiderais tout le monde au camp et que je ne participerais pas à leurs expéditions.

« Elle devrait faire gaffe. Nous savons tous que ces femmes de Radcliffe n'arrêtent pas de se faire des mamours entre elles, dit George en éclatant d'un gros rire.

— Espèce de porc », lâcha l'épouse de George qui s'assit avec un livre sur une chaise de camping.

Et les voilà partis avec leur panoplie d'amoureux des oiseaux : longue-vue, jumelles, appareils photo. Je paraissais sans doute abattu, car Celia, qui préparait le dîner sur la grosse cuisinière du camp, s'approcha de moi, me serra contre elle et m'embrassa sur la joue. Elle avait certainement mis une bonne couche de rouge à lèvres rubis, car elle me laissa une grosse tache sur la joue, mais son parfum me plut malgré tout.

Nestor m'adressa un signe de la main et nous partîmes dans son pick-up déglingué. Nestor, qui parlait anglais avec un fort accent allemand, m'expliqua qu'il était à moitié mennonite allemand et à moitié mexicain, mais que son côté mexicain l'avait emporté quand à douze ans il s'était enfui de la ferme mennonite où il habitait. Je me mis à réfléchir à cette fugue, au courage que Nestor avait dû rassembler pour quitter sa famille au même âge que moi, mais aussi à la peur et à la faim qu'il avait sans doute connues. Devinant mes pensées, Nestor ajouta que sa vie loin des Mennonites fut ensuite merveilleuse. Tout plutôt que biner le maïs et ânonner les prières. Il s'était enfui dans les montagnes et avait vécu avec un cousin de sa mère mexicaine. Alors que son père avait un cœur de pierre, ce cousin chasseur et trappeur faisait du mescal. « Il n'y a pas de vie plus libre que celle du chasseur », déclara Nestor. Aujourd'hui, il gagnait sa vie en guidant les riches chasseurs qui venaient de Chihuahua, Hermosillo et Mexico ainsi que, parfois, des naturalistes et des anthropologues américains. Il prit une flasque, but une gorgée de mescal au goulot, puis me tendit la flasque, que j'acceptai par politesse. Je faillis m'étrangler et m'étouffer en buvant une modeste gorgée de cet alcool puissant.

Il gara le pick-up, puis nous remontâmes le cours d'un torrent ; huit cents mètres plus loin, dans une belle petite clairière, ce torrent formait un bassin rocheux. Comme il faisait très chaud, je me déshabillai et nageai dans ce bassin, stupéfait par les centaines de colibris qui voletaient parmi les massifs en fleurs. L'un de ces volatiles vint soudain planter son bec dans la tache de rouge à lèvres laissée sur ma joue par Celia, la femme de Nestor. Quand je poussai un cri, Nestor déclara en riant que cette petite plaie était un signe de chance, ce dont je doutai aussitôt. Il ajouta que pour les Indiens des environs, qui avaient presque tous été assassinés par les cow-boys mexicains, les colibris abritaient en leur corps l'âme du tonnerre.

Mes souvenirs de ces quelques jours qui remontent à près de vingt ans sont très flous, peut-être parce que la violence involontaire de ce colibri fut une simple égratignure sur ma joue en comparaison de ce qui devait suivre un peu plus tard. Ce fut comme si les confidences de Nestor sur son passé me rendaient aveugle à mon environnement immédiat, du moins pendant quelques jours. Il dit qu'il avait dû quitter la *casita* du cousin de sa mère au bout d'un hiver, car ils étaient trop pauvres pour nourrir une bouche supplémentaire, et puis le prêtre du village voisin essayait sans arrêt de le baiser. Tout l'hiver, il avait dormi dans la cabane à chèvres sous un tas de peaux de chèvre. En début de soirée il fallait ramener toutes les chèvres dans cette cabane, car un jaguar des environs voulait les tuer et les dévorer. Comme les autochtones étaient

Les Jeux de la nuit

trop peureux pour chasser ce jaguar, Nestor était allé trouver le plus gros propriétaire terrien de la région et lui avait annoncé qu'il était prêt à tuer le jaguar si le notable lui prêtait un fusil. Très amusé de voir ce gamin si désireux de tuer un jaguar, le propriétaire lui avait prêté un fusil à un coup de calibre .22 et lui avait donné quelques cartouches. Nestor avait chassé le jaguar pendant cinq mois et fini par le tuer alors que l'animal dormait dans un arbre. Au dernier moment, le jaguar s'était réveillé, avait grondé, et Nestor avait pissé dans son froc. Il avait tiré et eu la chance de toucher la tête de l'animal, qui était tombé de sa branche. Nestor avait mis deux jours à ramener la dépouille du fauve jusqu'à la *finca* du propriétaire terrien. En chemin, un *hombre* avait tenté de lui voler le jaguar afin de vendre sa précieuse peau. Nestor lui avait tiré une balle dans la tête et à son tour le voleur était tombé raide mort. (Je parlais donc avec un assassin !) Le propriétaire lui avait donné vingt dollars, ce qui à l'époque était une vraie fortune dans les montagnes, même si Nestor avait bientôt appris que le notable avait revendu cette peau cinq cents dollars. Nestor était devenu, de notoriété publique, le garçon chasseur de jaguar, et il s'était mis à décrocher des boulots temporaires de guide auprès de riches chasseurs, mais il connaissait toujours la faim. Quand l'un de ces chasseurs avait tué une ourse noire, Nestor avait nourri un ourson orphelin avec du lait de chèvre ; mais un jour d'hiver où il avait froid et faim, il avait tué cet ourson et l'avait fait rôtir. En me racontant cet épisode de sa vie, Nestor fondit en larmes et nous retournâmes bientôt vers son pick-up. Sur la route du camp, il me confia qu'à dix-huit ans il s'était senti devenir lui-même un animal sauvage, et il avait donc épousé Celia. À cette époque, il redoutait que quelqu'un le prenne pour un *lobo* et l'abatte.

Les Jeux de la nuit

Au dîner, j'essayai de parler à mon père des centaines de colibris que j'avais vus, mais il ne m'écoutait pas. Les quatre ornithologues avaient fait chou blanc et ils étaient de mauvaise humeur. George le dur à cuire m'entendit, se mit en colère et reprocha durement à Nestor de ne pas les avoir emmenés à cet endroit. Nestor répondit qu'il le ferait dès le lendemain matin. George continua de vitupérer, sa femme lui dit, « La ferme ! » et il obtempéra. J'appris ensuite que c'était Laurel qui avait l'argent. Ma joue tout enflée l'inquiétait et elle me soigna avec sa trousse de premiers secours. Le short et le petit débardeur de Laurel semblaient troubler les hommes, et j'eus la même réaction qu'eux lorsqu'elle passa de la teinture d'iode sur ma joue. Elle avait des seins splendides et quand je me mis à bander malgré l'étroitesse de mon short de camping, elle le remarqua et éclata de rire. Un peu plus tard dans la soirée, juste après la tombée de la nuit, tandis que les hommes buvaient de la bière et échangeaient des souvenirs larmoyants sur Cornell, elle se plongea dans un livre sur Goya à la lueur d'une lampe Coleman. Je lui dis avec timidité que ma mère possédait le même livre et qu'enfant j'avais eu très peur des dessins des *brujas* ou des sorcières rassemblées.

« Tu n'es plus un enfant ? me taquina-t-elle.

— Pas du tout, madame », répondis-je d'un air faussement outré.

De cette soirée date une amitié qui se poursuivit jusqu'à l'an dernier, à Madrid. Ô Laurel, quelle grâce et quelle protection tu as parfois offert à mon existence !

Le lendemain matin de bonne heure, ma joue ayant encore enflé durant la nuit, Laurel insista pour que je voie un médecin. Nestor déposa les quatre hommes, que Laurel appelait « les cervelles d'oiseau », près du bassin aux colibris.

Les Jeux de la nuit

Puis il nous emmena en pick-up vers le nord sur la grand-route, en direction du cabinet du médecin. J'étais assis entre Nestor et Laurel qui parlaient très vite en espagnol. Laurel avait passé deux ans à Madrid pour étudier l'art traditionnel et, grâce à mon petit bagage d'espagnol, je compris qu'elle parlait très bien cette langue. Nestor arrêta bientôt le pick-up et en descendit pour discuter avec un homme qui arrivait des monts Diablo avec un cheval de bât le long d'un arroyo. Laurel me chuchota que Nestor venait de lui dire « des saletés ». J'en fus choqué, car j'étais bien sûr amoureux d'elle, et donc jaloux. Elle avait les joues toutes rouges et sous son débardeur ses mamelons pointaient. Lawrence ou Emelia aurait décrit ce débardeur comme celui d'une *puta*. Assis dans la cabine étouffante du pick-up, je m'interrogeai sur la nature énigmatique des adultes. Je commençais à comprendre que Nestor et Laurel en « pinçaient » l'un pour l'autre, mais je ne savais pas pourquoi. Elle était splendide, sophistiquée, alors que lui était un quinquagénaire mexicain dont le visage marqué me rappelait les chiens sauvages Catahoula que possédait un rancher à côté d'Alpine.

Nestor nous fit signe de descendre du pick-up et, en le rejoignant, je perçus une affreuse puanteur. Sur le cheval de bât se trouvaient les carcasses éviscérées d'une louve et de ses deux louveteaux. L'homme était heureux et volubile, car un rancher local allait lui donner une prime pour tous ces animaux tués. « Répugnant ! » grimaça Laurel, tandis que je reculais afin d'échapper à cette puanteur.

De retour dans le pick-up, j'interrogeai Nestor sur les grosses griffes accrochées au collier de l'homme, et il me répondit que ce chasseur avait tué le dernier ours grizzly de la Sierra Madre centrale après la Seconde Guerre mondiale. Nestor ajouta qu'un troisième louveteau s'était

Les Jeux de la nuit

échappé et que nous partirions à sa recherche au cours des prochains jours.

Laurel fut très déçue quand le médecin que nous rencontrâmes se révéla, non pas un praticien classique, mais une très vieille dame dotée d'un œil gauche protubérant qui semblait rempli de lait. Elle habitait une minuscule hutte en adobe et je fus d'abord terrifié, mais elle m'apaisa rapidement. Elle prépara un cataplasme d'argile et de feuilles de plantes médicinales, qu'elle appliqua ensuite contre ma joue. Cette vieille dame prit Laurel pour ma mère et lui dit de bien s'occuper de moi, car j'avais un sang « vulnérable ». Laurel fut ravie d'être confondue avec ma mère et par la suite quand je lui tétais les seins, elle m'appelait en riant « mon fils ».

Quelques minutes après être reparti vers notre camp dans le pick-up, ma joue jusque-là brûlante devint plus fraîche et ma mâchoire moins douloureuse. Histoire de me taquiner, Nestor me dit que j'avais le tonnerre du colibri dans le sang et Laurel se mit à chanter une chanson sur l'amour sans cesse imprévisible. Je fus scandalisé quand Nestor arrêta le pick-up et m'ordonna de rester dans la cabine pendant que Laurel et lui partaient se promener. Je restai donc assis sur la banquette, en me disant que la vie ne comblait nullement mes espérances. Nestor et Laurel étaient sans doute cachés derrière ce gros bloc de roc et ces buissons, en train de baiser comme des chiens, ainsi que disait mon ami Lawrence. Emelia m'avait juré de ne jamais tailler une pipe à un homme et de ne jamais faire l'amour à quatre pattes. Je n'arrêtais pas de penser aux énormes crocs de la louve et à sa langue violette et déliquescente. Le souvenir des louveteaux morts me semblait insupportable, car j'avais l'impression d'être moi-même traité en louveteau. Je descendis sans bruit de la cabine

Les Jeux de la nuit

chauffée telle une serre par le soleil qui cognait contre le pare-brise. Quand j'entendis Laurel japper dans les buissons, des larmes de gêne m'emplirent les yeux. Le jeune romantique que j'étais se faisait remettre à sa place par l'animalité humaine. Je me sentis tellement désespéré que je regrettai de ne pas avoir sur moi l'exemplaire des *Géorgiques* de Virgile que ma mère m'avait demandé de lire en me promettant cinq dollars. Je désirais être un noble fermier sur une terre verte et feuillue, et surtout pas attendre là dans l'immensité infernale du Mexique tandis que le moteur chaud du pick-up cliquetait sous le capot. Quand ils revinrent, un Nestor trempé de sueur ôtait la terre, l'herbe et les feuilles de ses vêtements. Laurel se contentait de sourire comme si elle venait de lire quelques numéros du *New Yorker*, dont au camp elle gardait une pile près de son fauteuil.

Avant le dîner, je décidai comme un adulte que certains aspects de notre nature profonde nous rendent parfois déraisonnables. Une fois de retour, Laurel et Nestor durent faire une sieste pour se remettre de leurs ébats, mais pas avant que Celia et Nestor n'aient une bonne prise de bec. Ma faible maîtrise de l'espagnol me suffit tout de même pour comprendre que Celia venait de repérer l'odeur d'une autre femme sur son mari. Laurel n'attendit pas son reste et battit en retraite sous sa tente. Assis à une table ombragée du camp, je feuilletai les guides de nature appartenant à mon père en regrettant de ne pas avoir moi-même apporté une lecture plus intéressante. Mon père, toujours aussi décevant, m'offrait à chaque Noël ce genre de guide de nature qui me cassait les pieds, même si bon nombre des informations qu'ils contenaient devaient ensuite se révéler utiles. Je restai donc assis là, enfin amusé quand Nestor se réveilla de sa sieste, se rappela qu'il avait oublié d'aller

Les Jeux de la nuit

chercher ses quatre clients ornithologues déposés près du bassin, et partit sur les chapeaux de roues. J'ouvris le couvercle de la glacière pour m'offrir une bière, en souffrant soudain de l'absence de ma bien-aimée Emelia et de nos petites séances érotiques près du réservoir d'eau. Laurel se réveilla à son tour de sa sieste, puis elle rejoignit la douche du camp installée sous un arbre et seulement constituée d'une toile et d'un tuyau amenant l'eau du haut de la colline. En me déplaçant vers l'endroit où Celia faisait la cuisine, je pouvais voir Laurel se savonner à travers une fente de la toile. Les garçons sont des voyeurs naturels. Alors qu'elle se rinçait, Laurel me jeta un coup d'œil, sourit et m'adressa un signe de la main. J'eus l'audace de lui répondre. Après tout, je connaissais leur secret. Laurel fut ma première femme adulte nue et en pied. Je me sentis presque malade, bouleversé par ce que je voyais. J'eus l'impression que mon zizi coulait et que mon visage était chauffé au rouge comme si toute ma tête était un colibri.

Lorsque Nestor les ramena, les amateurs d'oiseaux, loin d'être furieux, se montrèrent ravis et enthousiastes après cette journée formidable, toutefois ils taquinèrent aussi mon père à cause de quelques erreurs d'identification. Pour le lendemain, Nestor suggéra une expédition plus longue qui impliquerait plusieurs heures de marche en terrain accidenté, mais tous les hommes émirent le souhait de retourner près du bassin rocheux. Nestor leur demanda ensuite la permission de m'emmener faire une grande promenade pour retrouver le louveteau égaré, et dans l'euphorie du moment ils acceptèrent. Contrairement aux autres hommes, Nestor était assez corpulent mais aussi capable d'escalader une montagne avec l'agilité d'une chèvre.

Assis à la table, je mangeais mon *posole*, un ragoût de porc et de maïs concassé, en écoutant les hommes se disputer. Je

Les Jeux de la nuit

me demandais pourquoi les gens cultivés semblaient toujours se chamailler. Je remarquai que Laurel ne les écoutait pas. Quand elle me fit une grimace idiote, je souris. Sa mimique me rappela ma mère qui en toute circonstance gardait son calme, alors qu'à chaque instant mon père tentait d'adapter la réalité à ses désirs. George remarqua soudain des éclairs dans le ciel, loin au sud-est, il se plaignit de ce que les orages torrentiels n'étaient pas censés arriver avant le début du mois de juillet, alors que nous étions seulement la veille du solstice et qu'on voyait déjà les signes avant-coureurs des orages d'été si redoutés à cause de leurs inondations instantanées. Il exigea une explication de Nestor, qui répondit seulement que, vu qu'il n'était pas Dieu, il avait appris à se satisfaire du temps qu'il faisait. Laurel lâcha en riant : « Voyez-vous ça ! » Mon père la dévisagea d'un air bizarre, comme s'il remarquait sa présence pour la première fois. Il en était à sa troisième bière, je les avait comptées, et je savais qu'ensuite, s'il continuait de boire, il sombrerait dans les plus lamentables pleurnicheries. Quelques semaines plus tôt, lors d'un pique-nique entre collègues pour fêter la fin de l'année scolaire, il avait bu quelques bières de trop et sur le chemin du retour déclaré : « Les humains sont si malfaisants qu'ils abattent leurs propres chiens. » Je lui avais alors demandé si c'était la raison pour laquelle je ne pouvais pas avoir de chien : parce qu'il redoutait de l'abattre d'un coup de fusil. Il s'était penché par-dessus le dossier du siège pour essayer de me gifler. Ma mère avait donné un coup de volant, hurlé, « Ne le frappe pas, espèce de débile profond ! » et je m'étais senti tout guilleret de la voir prendre ainsi ma défense.

Tout le monde alla se coucher quand la nuit tomba, ou plutôt, me sembla-t-il, lorsqu'elle monta de la terre brûlée.

Les Jeux de la nuit

Sous ce climat, la terre arborait la couleur du pain brûlé jusqu'aux premiers orages d'été, sauf dans les arroyos verdoyants et, plus haut dans les montagnes, parmi les forêts vertes des conifères. Je m'attardai un moment à la table du camp pour regarder avec Laurel un livre d'art sur Vélasquez à la lumière de la lampe à gaz. Il faisait trop sec pour les moustiques, mais de gros et magnifiques papillons de nuit firent leur apparition. Je n'avouai bien sûr pas à Laurel que ma passion pour les livres d'art de ma mère s'expliquait seulement par ma recherche assidue de tableaux de femmes nues, cette recherche aboutissant néanmoins à l'acquisition de quelques connaissances. J'avouai en revanche que j'aimais beaucoup Modigliani et, histoire de me taquiner, elle me rétorqua que c'était parce que Modigliani peignait de belles femmes. Quand je rougis de manière visible dans la lueur de la lampe, elle me dit en souriant : « Je ne suis vraiment pas gentille. Tu me rappelles mon premier petit ami quand j'avais ton âge. Il essayait toujours de jouer avec moi. » Elle me demanda ensuite si j'avais une petite amie avec qui je jouais, et je lui répondis : « Un petit peu. » Elle insista, voulut savoir ce que nous faisions ensemble, mais je fus seulement capable de lui confier que « nous nous frottions » l'un contre l'autre. Je regardai son léger débardeur quand elle en fit sortir un sein. « Touche-le », me dit-elle, et je le touchai d'un index tremblant. À travers mon short, elle effleura mon sexe en érection, puis dit : « Je suis idiote », avant de se lever pour regagner sa tente avec la lanterne, en m'abandonnant dans l'obscurité.

Je partis avec Nestor peu après l'aube, alors que les cervelles d'oiseau se réveillaient à peine, marmonnaient et cherchaient leur équipement. Loin à l'est résonna un coup de tonnerre et les premiers rayons jaunes du soleil levant dardèrent à travers les nuages noirs. Je me sentais tout

Les Jeux de la nuit

bizarre et agité après une nuit d'insomnie due aux ronflements de mon père et au souvenir vivace de l'incident avec Laurel, au mieux un euphémisme.

Nous parcourûmes une dizaine de kilomètres dans le pick-up sur un chemin de bûcherons et dans un canyon qui grimpait vers les montagnes, avant de nous garer sous quelques chênes dans une petite clairière. Je m'aperçus que je venais de rêver du dessin de Goya qui, selon Laurel, s'appelait *La Cocina de las Brujas*, et ce souvenir augmenta mon agitation mentale. D'une oreille distraite, j'écoutais Nestor qui par coïncidence décrivait Laurel comme étant peut-être une sorcière. Il insistait sur le fait que certaines femmes étaient davantage que des femmes et qu'il fallait éviter celles qui étaient trop proches du monde animal. « Bien sûr, j'en ai toujours été incapable », ajouta-t-il.

Nestor me donna une gourde à attacher à ma ceinture et un gros bâton de marche pour m'aider à progresser en terrain difficile. Il me montra comment il allait fixer un nœud coulant au bout de son propre bâton de marche pour extraire de sa tanière le louveteau survivant. « Que vas-tu en faire ? » lui demandai-je en redoutant qu'une fois attrapé ce louveteau ne connaisse le même sort que ses sœurs. Nestor me répondit que selon sa religion privée c'était très bien de tuer un couguar, un jaguar ou un cerf, mais qu'il était impensable de tuer un loup. Dans son sac, il me montra un sachet de *machaca* pour notre déjeuner et un pot de lait de chèvre, avant de m'expliquer que ce louveteau n'était pas sevré et qu'à cet instant même il mourait sans doute de faim. Puis il se tourna vers le sud-est et haussa les épaules vers les nuages d'orage qui dans l'immensité du ciel approchaient de toute évidence.

Ce fut une marche pénible de deux heures jusqu'à la tanière du *lobo*, une marche émaillée de ces changements

Les Jeux de la nuit

d'humeur qui épuisent un garçon de douze ans. À un moment il se prend pour un adulte cheminant sur l'abrupt sentier de montagne au milieu de son premier vrai paysage sauvage, et l'instant suivant c'est l'orphelin archétypal, le pioupiou de l'armée, qui regrette affreusement l'absence de sa mère, qui aimerait être dans la cuisine afin d'écouter avec elle l'opéra du samedi après-midi diffusé par radio Texaco pendant qu'elle prépare pour eux deux un chocolat chaud mexicain, et quand son père sort de son bureau en se plaignant de tout ce boucan, sa mère lui ordonne : « Va-t'en, s'il te plaît. »

Près d'une source minuscule ou d'un suintement coulant d'une faille dans le roc compact, Nestor me montra des traces de jaguar. Quand je manifestai ma peur, il tapota le gros *pistola* qu'il portait à la ceinture en déclarant que tous les jaguars dans un rayon d'une bonne centaine de kilomètres connaissaient son odeur et évitaient de le croiser. Je ne savais pas si je devais le croire, mais en revanche je savais très bien que même les chats domestiques évitaient certaines personnes pour des raisons indéterminées. Quand Nestor annonça que nous étions sur le point d'atteindre la tanière, mon ventre se mit à gronder d'appréhension, peut-être aussi parce que les nuages noirs zébrés d'éclairs jaunes approchaient très vite à partir du sud-est, et qu'on sentait le tonnerre sur les rochers où l'on posait la main pour trouver une prise le long du sentier escarpé. Nous atteignîmes enfin un petit plateau, Nestor fixa le nœud coulant à son bâton de marche, puis il rampa à travers les fourrés jusqu'à une modeste caverne. Il y avait çà et là des os et des morceaux de peau de chevreuil. Je rampai après Nestor et j'entendis bientôt les geignements du louveteau. Nestor avait une petite lampe torche dont il

Les Jeux de la nuit

braqua le faisceau dans le trou, puis il sortit vivement à l'air libre le louveteau au cou enserré du nœud coulant.

Ce louveteau semblait épuisé, à peine en vie, et il ne résista guère quand Nestor prépara une bouillie de lait de chèvre et de *machaca* qu'il introduisit dans la gueule de l'animal. Je tins les mâchoires du louveteau ouvertes, Nestor versa le restant dans sa gueule et poussa la bouillie jusqu'au fond de sa gorge. Nestor m'expliqua que les animaux de la race canine assimilaient très vite les protéines. Assis près de la tanière, nous regardâmes l'orage imminent et au bout d'environ une demi-heure, quand le louveteau réussit à se dresser sur ses pattes tremblantes, Nestor décréta qu'il allait vivre. Je serrai le petit animal contre moi et lui grattai le ventre comme je l'avais fait à des petits cochons sur le ranch de Bozeman. Nestor dit que nous devions déguerpir avant que les pluies diluviennes n'inondent soudain notre sentier. Il noua une longueur de corde à l'arrière de sa ceinture pour que je m'y accroche durant la descente. J'installai le louveteau contre mon cou et nous partîmes sur le sentier, mais une centaine de mètres plus loin la foudre tomba sur un grand pin tout proche. Le vacarme fut assourdissant et la cime de l'arbre s'enflamma. Mes jambes furent comme paralysées, je tombai durement sur les fesses et le louveteau enfonça ses dents dans la chair tendre de mon cou. Je hurlai. Nestor essaya d'écarter le louveteau qui refusait de lâcher prise et la main puissante du Mexicain finit par briser la nuque de l'animal. Nestor fourra le louveteau mort dans son sac en disant qu'il allait falloir déterminer si cet animal avait la *rabia*, c'est-à-dire la rage.

Deuxième Partie

Je suis libre

Presque vingt ans plus tard, en examinant quelques bouts de papier, je découvre que mon diagnostic initial fut celui de « porphyrie érythropoïétique congénitale », ou maladie de Gunther, un verdict énoncé par un hématologue spécialiste des maladies subtropicales, nommé Alfredo Guevara, dans un hôpital de Chihuahua. Cette maladie, qui aboutit d'habitude à une scarification de la peau et à la défiguration, est si rare qu'à un moment donné seules deux cents personnes environ en souffrent dans le monde. Après le décès, les os de la victime brillent sous la lumière noire. Mais assez de détails lugubres. L'essentiel, c'était que je n'avais pas la *rabia*, une maladie redoutable, car un gamin de notre quartier d'Alpine avait enduré la longue série de piqûres dans le ventre afin de ne pas en mourir.

En milieu d'après-midi, quand nous fûmes de retour au camp après avoir attendu que décroissent les rivières qui avaient envahi notre sentier de montagne en une inondation quasi instantanée, le chaos régnait parmi les tentes. L'orage parti vers le nord en direction du lointain Rio Grande avait fait place à un soleil brûlant. Les quatre cervelles d'oiseau avaient réussi à embourber leur véhicule et il leur avait fallu faire « trois kilomètres à pied » pour rentrer au camp, bien que leur véhicule fût clairement visible à environ huit cents mètres au sud. Le problème, c'était ce qu'on appelait « le gumbo » dans le Montana, une pluie diluvienne rendant les chemins de terre impraticables, l'argile et le sable se mélangeant en une boue visqueuse.

 Dès notre retour, Laurel me fit asseoir sur un fauteuil du camp et pencher la tête en arrière pour pouvoir s'occuper de mes blessures avec sa trousse de secours. Elle n'arrivait pas à attirer l'attention des autres, hormis Nestor et Celia, car les quatre cervelles d'oiseau ressassaient toujours les dangers qu'ils venaient de courir. Laurel dut saisir mon père aux épaules et le secouer pour qu'il l'écoute. Puis il examina mes plaies avec son attitude habituelle, du genre « pourquoi me fais-tu une chose pareille ? » Il tenait mordicus à entrer en contact avec ma mère pour qu'elle vienne me chercher, car il avait un travail important à faire. J'avais déjà expliqué à Laurel combien j'étais fier et heureux de voir ma mère décrocher cette bourse à Radcliffe ; elle regarda donc mon père comme un ver de terre, puis annonça qu'elle m'emmènerait elle-même à Chihuahua en voiture dès que les routes auraient un peu séché. Ce projet déplut fortement à George, son mari, mais elle se contenta de le fusiller du regard.

 Nous partîmes donc en fin d'après-midi, dans cet air frais et doré qui suit la pluie. J'étais allongé sous une couverture sur la banquette arrière du Land Cruiser de Laurel, car malgré la température extérieure élevée je frissonnais de fièvre. Mes plaies palpitaient d'une vie indépendante qu'elles semblaient avoir pour de bon. Le louveteau gisait sur le sol à mes pieds et je caressai sa dépouille, moi qui

Les Jeux de la nuit

depuis toujours désirais follement avoir un chien ; et maintenant que j'en avais eu un, ou l'un de ses proches cousins, durant si peu de temps, sa mort plongeait mon jeune cœur dans l'affliction.

Je passai une semaine entière à l'hôpital de la ville de Chihuahua, en proie à une très forte fièvre qui me faisait souvent délirer. Mais le deuxième jour, j'avais toute ma conscience quand je demandai à Laurel et au docteur Guevara qui se trouvaient dans ma chambre de bien vouloir accorder une tombe décente au louveteau, par exemple de l'enterrer sous un cairn de pierres à l'extérieur de la ville. Je doutai ensuite qu'ils m'aient obéi, mais sur le moment je trouvai mon souhait justifié.

Après la semaine passée à Chihuahua, nous rejoignîmes El Paso pour trois jours d'examens en consultation externe avec un vieil hématologue qui avait été le mentor du docteur Guevara durant ses études de médecine. Au moment de se dire au revoir, je remarquai que Laurel et le docteur Guevara s'embrassaient un peu trop longtemps et je commençai bien sûr à avoir des soupçons. Certains individus sont complètement incapables de résister à la tentation sexuelle. Laurel m'avait confié que son mari George et elle s'étaient amourachés l'un de l'autre à l'école primaire, mais après leur mariage, au sortir de l'université, chacun n'était plus pour l'autre qu'un ensemble d'accessoires à disposition. Seul avec elle, George se montrait assez agréable, mais dès qu'il était en présence d'autres hommes il se pavanait, faisait le malin et jouait au dur à cuire faussement chaleureux. Quand j'eus évoqué le mariage de mes propres parents, elle répondit que nous subissons d'étranges métamorphoses quand l'amour s'envole.

Cet échange eut lieu à El Paso, où j'occupais une petite chambre reliée à sa suite d'hôtel. J'étais encore trop faible

Les Jeux de la nuit

pour assouvir mon désir aussi absurde que tenaillant, et puis la deuxième nuit je rêvai d'Emelia : parfois, le week-end, nous nous retrouvions dans la cour de l'école pour nous installer sur la balançoire, un jeu d'ordinaire réservé aux enfants plus jeunes que nous, mais nous aimions apparemment cette sensation métronomique, presque autiste. Dans la suite du rêve, Lawrence et Dickey scrutaient les fenêtres du voisinage et je les suivais timidement. Notre butin visuel était maigre et à défaut de mieux nous allâmes espionner Emelia derrière ses stores vénitiens presque fermés. Lawrence et Dickey étaient furieux qu'Emelia eût sa propre chambre et que la porte en fût toujours fermée à clef. Et la voici allongée sur son lit, nue en dessous de la taille, écoutant les Beach Boys en se roulant dans tous les sens, un gros ours en peluche coincé entre les cuisses. Quand Dickey chuchota : « Mais qu'est-ce qu'elle fout, bordel ? », je pris la poudre d'escampette.

Après trois jours sans résultat à El Paso, les médecins nous envoyèrent à Houston où il y aurait moyen, nous assura-t-on, de procéder à un diagnostic complet. Laurel était maintenant en contact avec ma mère à Cambridge, Massachusetts, pour l'informer chaque soir de l'évolution de notre situation. Quand je prenais le combiné, j'assurai toujours très vite à ma mère que je me portais bien et je ne lui parlais certainement pas de mes cauchemars incompréhensibles ni des crampes qui tétanisaient tous les muscles de mon corps. Ma mère et Laurel se connaissaient depuis Cornell, mais très vaguement, car les riches étudiants doctorants formaient alors un cercle à part. Pour être franc, en dehors de mes symptômes parfois stupéfiants, auxquels je ne comprenais strictement rien, j'appréciais énormément cette vie de château. Mon existence avec mes parents avait toujours été marquée par la pauvreté,

Les Jeux de la nuit

et un bon bifteck était pour nous une chose inconnue. À Houston nous descendîmes dans un hôtel incroyable, l'Alden, même si je passai au moins trois jours et trois nuits à l'hôpital pour me faire sonder, piquer et tester par les spécialistes de la médecine tropicale. Laurel m'expliqua que presque toute la médecine est réglée d'avance et passablement banale, si bien que lorsque les médecins tombent sur un cas intéressant ils ne veulent plus le lâcher. Tous les matins, de bonne heure, nous faisions une marche rapide d'une heure, puis quelques exercices dans le gymnase de l'hôtel, bien que mon corps fût souvent trop chamboulé par les médicaments qu'on me prescrivait pour que je reprenne des forces. Je retrouvais un peu d'énergie et, en même temps, mon romantisme désespéré, presque insensé. Laurel remarqua bien sûr l'amour que je lui portais et dès lors elle resta chastement à l'écart, une attitude qui ne faisait guère partie de sa nature. Un matin de bonne heure, je crus que nous allions être en retard à un rendez-vous et j'entrai dans sa chambre qui jouxtait un salon. L'entendant ronfler doucement, je jetai un coup d'œil par la porte ouverte. Allongée à plat ventre sur le lit, elle exhibait son derrière nu. Je me figeai pour en quelque sorte photographier son cul et ajouter cette image à ma banque de fantasmes. Son souffle changea soudain et elle dit : « Tes yeux percent deux trous brûlants sur mon cul », avant d'éclater de rire. Je savais que plusieurs fois, alors que je passais la nuit à l'hôpital, elle avait reçu des visites masculines. Je rencontrai l'un de ces hommes, un New-Yorkais puant de vanité, qui avait habité près du musée Frick, dans l'ancien quartier de Laurel. Elle m'avait dit s'être passionnée pour l'histoire de l'art quand, jeune fille, elle se rendait tous les jours dans ce musée afin d'échapper à ses parents « malfaisants ».

Les Jeux de la nuit

Nous en étions à la quatrième semaine de nos pérégrinations dues à mon problème et c'était la mi juillet. Nous fîmes une escapade de trois jours près de Corpus Christi, à l'île Mustang, en attendant un diagnostic définitif qui ne devait jamais arriver. Laurel pensait que nager dans le golfe détendrait peut-être mes muscles torturés, d'autant que le chlore de la piscine de l'hôtel m'avait donné des nausées. Il restait une seule chambre disponible dans le meilleur motel situé en bordure de la plage, une chambre pour une personne, et mon cœur bondit à l'idée d'une possible intimité, même si cette chambre contenait deux lits simples. Pour me taquiner, Laurel dit : « Tiens-toi bien, et je ferai de même. » Le premier soir, nous restâmes assis sur la véranda pour regarder la grosse lune se lever à l'est. Il me semblait que ma tête, toute enflée, abritait une nuée de pensées désordonnées. Laurel me permit de boire une bière, une boisson que j'avais souvent savourée avec Dickey, Lawrence et Emelia, qui les volaient dans le stock impressionnant de leur mère.

La mer était très forte, car la veille un modeste ouragan s'était abattu au sud, au-delà de Matamoros. Laurel, qui souvent buvait trop, se préparait de généreuses tequilas glacées. Je descendis les marches, me déshabillai en gardant seulement mon caleçon, puis courus dans les grosses vagues tandis qu'elle criait : « Non ! » La lune jaune montante scintillait sur l'écume des déferlantes et je nageai vers elle. Je me sentais incroyablement fort et hypnotisé par la splendeur conjuguée de la mer et de la lune. Je finis par faire demi-tour et découvris, à côté de Laurel, une silhouette qui braquait dans ma direction une puissante lampe torche, vers laquelle je nageai bientôt. Près du rivage, la dernière vague énorme me propulsa à travers les airs, mais je réussis à atterrir sur mes pieds. L'employé du

Les Jeux de la nuit

motel qui tenait la lampe torche me dit : « Sacrée cascade, petit con », avant de s'éloigner. Quand je serrai Laurel contre moi, elle pleurait comme une ivrogne. Je sortis un sein du débardeur et le suçai. Elle se raidit alors, me repoussa, gravit les marches et rentra dans la chambre, s'arrêtant près de la table pour se servir un autre verre. Elle ôta sa jupe, s'assit au bord du lit en baissant les yeux vers le contenu de son verre, puis fit cul sec et laissa le verre rouler sur le tapis. Debout devant elle, je baissai mon caleçon, puis serrai entre mes bras mon buste tout poisseux d'eau salée. « Ça devrait te faire du bien », dit-elle en me massant le pénis. Je giclai aussitôt sur sa poitrine et Laurel éclata de rire. Ça ne me fit, bien sûr, aucun bien. Un garçon d'à peine treize ans est une fontaine débordante. Elle tendit le bras pour éteindre la lampe de chevet, et je fus sur elle. Elle se débattit, puis renonça. Je lui fis l'amour encore et encore, qu'elle fût éveillée ou endormie. Je ne sais pas ce à quoi je pensais, je crois que je ne pensais à rien.

Dans ma vie ce fut la première de centaines de crises. Je me suis souvent demandé si nous nous métamorphosons ou si, plus simplement, nous devenons davantage nous-mêmes. La mémoire, ou certaines parties de la mémoire, condense tellement le passé que nous désirons à tout prix en reproduire l'essence dans le présent. Par les portes coulissantes restées ouvertes, entraient le lent tonnerre des vagues et le clair de lune. Je pris sa vulve dans ma bouche tandis que ses fesses brillaient sous la lune. Nous n'avions pas dîné et je la montais comme une chienne quand elle vomit un peu de tequila sur la moquette. Avant l'aube elle me repoussa violemment hors du lit, ma tête heurta la table basse et je sombrai dans une bienheureuse inconscience. À l'aube, je m'en souviens, elle me recouvrit d'une

Les Jeux de la nuit

couverture à l'endroit où j'étais allongé tout frissonnant dans l'air frais. À mon réveil en milieu de matinée, je tremblais convulsivement et, après m'avoir fait avaler des tranquillisants et des relaxants musculaires, elle m'emmena dans la salle de bains pour que je prenne un bain très chaud. Une heure plus tard, j'étais assez calme pour aller dans un restaurant, où je mangeai une quantité improbable de *menudos*, un ragoût de tripes dont l'aspect me rappela sa vulve.

Nous passâmes l'après-midi à dormir et à nager parmi les vagues apaisées, et dans la soirée partîmes vers le sud pour Riviera Beach, où je dévorai une quantité prodigieuse de fruits de mer parfaitement frais. Sur le chemin du retour il faisait encore jour, quand elle se gara sur une route déserte et fondit en larmes. Elle regrettait amèrement tout ce que nous venions de faire. C'était de sa faute et la nuit passée devait rester notre secret. Nous n'en avions pas parlé de la journée et je m'étonnai de ne pas y avoir trop repensé, bercé par ma fatigue, comme si tout était arrivé dans une autre vie.

C'était jeudi, une chambre se libéra, loin de la nôtre, et elle réussit à l'obtenir pour moi. Elle me prêta un livre de Goya sur les horreurs de la guerre, contenant des dessins de batailles et de corps démembrés accrochés aux arbres. Au restaurant de fruits de mer, j'avais vu un groupe d'hommes d'affaires entrer, tout imbus d'eux-mêmes comme s'ils occupaient beaucoup plus d'espace qu'en réalité. Ma mère possédait un livre de photographies de Mathew Brady sur la guerre de Sécession, et je me rappelai mon incompréhension face à ces scènes de carnage. Je marchai sur la plage jusqu'à la tombée de la nuit, quand la partie supérieure de la lune fit son apparition à la surface

Les Jeux de la nuit

du golfe du Mexique. Dans l'obscurité je retirai mon pantalon et tentai de baiser le sable mouillé, mais j'eus bientôt très mal au pénis. Je marchai jusqu'à la promenade située devant la chambre de Laurel. Les portes coulissantes étaient fermées et les tentures tirées, même si j'entendais la musique diffusée par sa radio et un présentateur dire : « Scarlatti.» Je restai assis là, le cerveau en ébullition, les muscles contractés de spasmes. Je m'interrogeai sur mon incapacité à réfléchir. Lorsqu'un vol d'oiseaux de mer passa devant la lune, la beauté de ce spectacle me donna la chair de poule. Je songeai alors que j'étais sensible à la beauté, même si toute mon activité cérébrale semblait obnubilée par le parfum de Laurel. Je chuchotai par l'interstice de la porte et Laurel finit par ouvrir. Lorsqu'elle déclara que nous ne devions jamais nous revoir, j'eus l'impression qu'elle usait d'une langue pour moi incompréhensible. Allongés sur le lit, elle me suça plusieurs fois en disant qu'elle avait trop mal. Elle mit un peu de gel sur son anus et je lui fis l'amour de cette manière. Elle m'administra plusieurs tranquillisants accompagnés d'un grand verre de tequila. Elle considéra d'un œil horrifié mon pénis à vif. Elle m'aida à enfiler mon pantalon, puis me poussa par la porte.

À l'aube, un ranger du littoral national de Padre Island me découvrit allongé à plat ventre au bord des vagues et me crut mort. J'étais si faible et tremblant qu'il me fit monter sur son cheval pour parcourir les vingt-cinq kilomètres qui me séparaient du motel. Je ne me rappelais certes pas avoir erré aussi loin. Nous rencontrâmes deux policiers qui parlaient à un groupe de campeurs et le ranger déclara que quelqu'un avait tenté de chasser « l'étrange » inconnu à l'écart de leur feu de camp. Un homme avait un bras cassé et l'inconnu avait essayé de

Les Jeux de la nuit

noyer l'autre dans les vagues. Je me souvenais très bien de cet incident et je fus amusé quand le ranger déclara qu'on avait décrit l'agresseur comme étant « un type vraiment massif ».

Inutile de le dire, Laurel fut soulagée de me voir. Après avoir plié bagages, nous partîmes pour Houston. À l'hôpital, les médecins décrétèrent que j'avais attrapé « un virus sanguin très actif » et ils nous donnèrent un gros flacon de comprimés antiviraux. Nous rejoignîmes l'aéroport afin de prendre un avion pour El Paso où Laurel retrouva son véhicule avant de m'emmener jusqu'à Alpine. Ma mère fut absolument ravie de nous accueillir. J'appris avec soulagement que mon père observait les oiseaux à Big Bend, mais avec tristesse qu'Emelia et sa famille venaient de déménager le matin même pour s'installer à Albuquerque. Laurel s'excusa rapidement, presque paniquée, comme si elle n'avait de cesse de se débarrasser de ma compagnie. Je l'accompagnai malgré tout jusqu'à sa voiture et lui dis : « Je t'aime », ce qui lui mit les larmes aux yeux. « Que Dieu te bénisse, s'Il existe », me répondit-elle.

De retour dans la maison, ma mère me déclara qu'elle n'arrivait pas à croire combien j'avais changé en un mois. Elle examina mon horrible cicatrice à la gorge, l'ordonnance fixée sur le gros flacon de comprimés, puis une pleine page de consignes du médecin qui ne m'intéressaient guère dans l'immédiat. Car après ce mois atroce en leur compagnie, mon objectif était de rester à l'écart des médecins. Nous parlâmes une heure du séjour merveilleux qu'elle passait à Radcliffe. Je voulus lui conseiller de quitter mon père, mais n'en eus pas le courage. Complètement vidé, j'allai me coucher de bonne heure et constatai avec soulagement que la lune visible par la fenêtre de ma

Les Jeux de la nuit

chambre donnant à l'est restait sans effet sur moi. Le lendemain matin de bonne heure, je rejoignis à pied la maison d'Emelia et par les fenêtres regardai les pièces vides.

Au cours des mois suivants, je devais découvrir les effets secondaires déplorables des médicaments antiviraux que je prenais seulement quelques jours avant chaque pleine lune. Comme j'étais un gamin brillant, il ne me fallut ni lire beaucoup ni étudier pendant des heures pour comprendre que, si la lune avait un tel effet sur les marées des océans de la planète, elle pouvait avoir au moins un petit effet sur le système clos de notre circulation sanguine.

Fin août, nous déménageâmes à Cincinnati en tirant notre habituelle remorque derrière la voiture. Installé sur la banquette arrière, je ne savourais pas vraiment nos sandwichs au salami et je notais mentalement les paysages que j'aurais sans doute envie de visiter quand je serais enfin affranchi de mes parents, surtout les Black Jack Hills du nord de l'Oklahoma, et les hautes herbes de la prairie dans le sud du Kansas.

Bien sûr, il s'agit là d'une vision superficielle de ma jeunesse à vif, reconstituée trente-deux ans plus tard. Les perceptions des jeunes adolescents sont incapables d'aboutir à la moindre conclusion rassurante. Voilà pourquoi j'emploie le mot « à vif » pour dire blessée, douloureuse, la langue métaphorique sondant toujours l'amère vérité de la vie. Je me rappelle m'être agenouillé dans le réservoir d'eau pour fourrer mon nez entre les fesses d'Emelia. Je gambergeais tous les jours, car à Houston j'avais entendu un médecin déclarer à Laurel : « Ce garçon produit autant de testostérone que toute une équipe de football. » Je ne voulais surtout pas être l'étranger que j'étais. Pourquoi étais-je amoureux d'une fille riche qui m'ignorait entièrement ? À Cincinnati je trouvai un salut tout relatif dans

Les Jeux de la nuit

l'étude, les exercices d'amélioration de soi et l'amitié d'un jeune mulâtre qui vivait à deux rues de chez nous dans le Tenderloin. Il s'appelait Cedric et il était élevé par son grand-père, un employé des chemins de fer à la retraite qui passait ses journées à jouer du piano et à lire des livres d'histoire qu'il empruntait à la merveilleuse bibliothèque de Cincinnati. Leur petite maison était impeccablement tenue, hormis la cuisine toujours en désordre. Ce grand-père un rien obèse était fasciné par l'idée que l'homme mangeait du gibier depuis deux millions d'années et qu'il devait continuer à le faire. Cedric m'apprit à chasser et à poser des pièges le long de la rivière Ohio et dans tous les bois privés où nous pouvions braconner. Une ou deux fois par semaine, nous partions à vélo vers l'est, l'ouest, le sud, à au moins trente-cinq kilomètres de la ville, puis nous revenions avec des écureuils, des lapins, des ratons laveurs, des rats musqués, de l'opossum, et parfois des canards dont nous étions particulièrement fiers. Nous ne tenions aucun compte de la saison de chasse et personne ne nous adressait le moindre reproche. Cedric possédait une Stevens de calibre .22 à un coup, que j'attachais en travers de mon guidon de vélo, car en cette époque de troubles raciaux il valait mieux que ce soit un jeune Blanc plutôt qu'un Noir qui se balade avec un fusil. Au début de nos virées, un flic nous arrêta, mais quand je lui expliquai le but de nos activités, il nous donna son numéro de téléphone, au cas où nous aurions eu un rat musqué de trop, dont il adorait frire la viande dans du gras de porc. Au cours des années suivantes, nous lui donnâmes beaucoup de gibier et il vint plusieurs fois manger chez Cedric. C'était un grand et gros bonhomme, qui apportait toujours un gâteau mal préparé et une pinte de whisky. Quant

Les Jeux de la nuit

au grand-père de Cedric, c'était le meilleur cuisinier amateur que j'aie jamais rencontré, et beaucoup plus tard dans les bistros lyonnais je reconnus son semblable sous les traits de la divinité des aliments ordinaires qui en toute liberté jaillit de la terre. Une tourte à l'opossum rebuterait la plupart des gens, mais ce sont vraiment des imbéciles. Pour la viande rôtie, une jeune femelle de raton laveur est ce qui se fait de mieux, mais je préférais quant à moi le rat musqué et le lapin frits en toute simplicité après avoir mariné dans le babeurre et le tabasco.

Mes parents furent atterrés d'apprendre que j'étais devenu chasseur. Mon père dégoûté en resta sans voix tandis que l'effarement de ma mère vira à une curiosité de courte durée. Je leur répondis sans sourciller que du point de vue anthropologique l'homme a toujours chassé. Sans doute auraient-ils été moins furieux d'entendre qu'à l'âge de quatorze ans je fréquentais une grosse mère célibataire et noire, prénommée Charlene, que je voyais une fois par mois, toujours aux environs de la pleine lune, quand malgré les comprimés antiviraux je me sentais très agité. Mon énergie débordante amusait Charlene. Cedric découvrit ma bizarrerie un après-midi où nous chassions et étions trop éloignés de nos vélos pour les rejoindre avant la tombée de la nuit, à moins de couper à pied par un marais dont il avait une sainte trouille. Je pesais seulement quatre-vingts kilos à l'époque, et Cedric quatre-vingt-dix, mais je lui fis traverser ce large marigot en le portant sur mon épaule, et le soir même je rendis malgré tout visite à Charlene avec mon billet de dix dollars.

Aux moments les plus imprévus nous nous demandons bien sûr qui nous sommes vraiment derrière les couches de peinture dont la culture nous a recouverts. Je me battais pour ne faire du mal à personne, tout en me sentant en permanence dans la peau d'un inconnu. Je me plongeais dans toutes sortes d'âneries historiques liées à la lycanthropie pour aboutir à cette conclusion que tous ces cas, y compris ceux recensés dans la France du treizième siècle, ressemblaient peut-être un peu au mien, mais que j'étais en définitive un enfant et que je n'avais aucun rapport avec ces sujets. La seule magie tenait à la variété infinie de la chimie sanguine et à toutes ces mutations virales qu'on ne pouvait pas davantage éliminer que par la suite le VIH. À la fin de mon adolescence, j'avais été tellement pressuré et desséché par la profession médicale que je ne pouvais pas passer devant un hôpital ou un dispensaire sans frémir intérieurement. Mon état n'éveillait guère de curiosité chez mon père ; quant à ma mère, très classique, elle croyait seulement que je souffrais d'une maladie du sang et que les comprimés me soignaient. Ce fut Laurel qui veilla sur moi devant le feu de l'âge de pierre, et je parle d'âge de pierre car, malgré toutes les connaissances accumulées par la recherche médicale, il restait des lacunes tout aussi vastes relatives aux maladies du sang. Laurel me fit prendre conscience de cette évidence, Laurel avec qui j'entretenais une correspondance irrégulière ne mentionnant jamais nos deux nuits de sexualité débridée. Elle avait quitté George et ses lettres venaient soit de Séville soit de Grenade, en Espagne. Grâce à ses relations à l'université de Cornell, elle était entrée en contact avec un jeune hématologue de Chicago. Lorsque je lui écrivis que je comptais partir pour l'université de Northwestern, les dés furent jetés. J'arrivai tout heureux à Evanston, près de Chicago, car ma mère venait de plaquer l'irascible crétin qu'était mon père. Ainsi entamais-je une nouvelle vie où seuls me manqueraient ma mère, Cedric et la grosse Charlene pour qui je ressentais beaucoup d'affection.

Les Jeux de la nuit

Un matin de bonne heure, je retrouvai Laurel au centre médical après avoir quitté ma chambre de dortoir instantanément repoussante et pris un car à Evanston. Laurel était fatiguée par le décalage horaire, mais toujours aussi séduisante, et je sentis l'excitation m'envahir dès que je l'embrassai. Ce jeune médecin, en même temps froid et excentrique, était un pur spécialiste du corps qui refusait de reconnaître l'élément humain dans son enveloppe charnelle. On me fit aussitôt des prises de sang dans divers récipients, puis une ponction lombaire affreusement désagréable. C'était un jeudi et je passai un long week-end avec Laurel à l'hôtel Drake. J'étais bizarrement intimidé par l'immense vase de fleurs à la réception. Retour aux perceptions à vif d'un jeune homme de dix-huit ans, un jeune homme relativement pauvre, pour dire la vérité. Si Chicago me parut fastueuse en comparaison de Cincinnati, c'est surtout parce que Chicago est vraiment une ville fastueuse. J'approchais de la date fatidique de ma crise mensuelle et je ne prenais plus d'antivirus pour avoir toute l'énergie que, je le sentais, Laurel attendait de moi. Tout me rappelait Padre Island, car durant nos périodes de repos nous regardions la lune se refléter sur les déferlantes du lac Michigan.

Samedi, Laurel m'acheta quelques vêtements. Ce soir-là, en effet, nous devions dîner avec son père. C'était un homme condescendant et cynique originaire de la Nouvelle-Angleterre, qui partageait son temps entre Beverly, dans le Massachusetts, et New York. Il avait un accent particulier et il taquina sa fille en lui disant qu'elle prenait désormais ses amants « au berceau ». Lorsque rougissante elle nia que nous couchions ensemble, il dit en riant : « Bah, quelle blague ! » Il me gratifia de quelques conseils d'investissements financiers, ce qui en soi était risible, car

Les Jeux de la nuit

bien que bénéficiant d'une bourse complète j'allais devoir me décarcasser pour manger à ma faim, surtout les jours où mes problèmes sanguins se manifesteraient de façon spectaculaire. Ce soir-là j'engloutis cinq douzaines d'huîtres et une énorme entrecôte, ce qui amusa beaucoup le père de Laurel. Je mangeais des huîtres pour la première fois de ma vie et depuis lors je ne cessai jamais de les apprécier.

Le lundi matin, nous étions de retour à l'hôpital, où le jeune et sémillant médecin trouvé par Laurel déclara que j'abritais en même temps un virus aviaire et un virus canin, apparemment incurables, et qui avaient touché le système nerveux. Il parla de ces maladies comme étant « zoonosiques ». Il était au courant de l'épisode du louveteau et je lui expliquai celui du colibri, en ajoutant que durant la descente de la montagne plusieurs colibris s'étaient agglutinés sur ma gorge ensanglantée. Je lui dis que mon père et ses amis ornithologues cherchaient depuis une éternité un rare colibri semi-carnivore dont l'habitat se trouvait au sud de Chihuahua. Absolument fasciné par mes explications, il rétorqua qu'il allait entreprendre bénévolement d'autres recherches sur mon cas et qu'il comptait me revoir. Je lui répondis en riant que c'était peu probable, car les chiens détestent aller chez le vétérinaire.

En début d'après-midi, je partis pour l'aéroport avec Laurel, qui de son côté retournait en Espagne afin d'y étudier l'art. Elle demanda à son chauffeur de me déposer à Evanston, dans un merveilleux orage tonnant. Nos adieux furent mélancoliques et je refusai l'argent qu'elle me proposa. À cette époque l'argent me plongeait dans la plus grande confusion et je me sentais beaucoup mieux à tirer le diable par la queue en vivant chichement grâce à mes modestes revenus de serveur dans un restaurant italien.

Les Jeux de la nuit

J'avais décidé qu'à cause de mes problèmes de santé, je devais vivre, comme ont dit, « à la dure ». En définitive, la nature des virus est bien plus intéressante, complexe et mystérieuse que celle de la superstition, laquelle est seulement un amalgame de l'ignorance et des conséquences prévisibles de la peur. Mon problème exigeait que je devienne un étudiant zélé des causes naturelles. La signification la plus directe du terme « zoonosique », c'est que j'ai été envahi par des créatures invisibles. Il n'y avait tout bonnement pas un seul instant disponible pour l'émotion si humaine de la panique ou les effets désastreux de l'apitoiement sur soi.

Voici ce que je veux dire : je dis au revoir à Laurel, retournai à Evanston, puis fis une longue promenade en espérant brûler mon surplus d'énergie. À la tombée de la nuit je me trouvais à plus de trente kilomètres au nord, près de Lake Forest, et j'avais très mal aux pieds à cause de mes chaussures bon marché. Ce fut alors que je me rappelai la leçon des chiens errants en compagnie desquels je me baladais souvent dans les faubourgs d'Alpine. Ces chiens ont un niveau d'attention qui nous est inconnu. Ils méritent d'être imités. Se sachant errants, ils ne laissent pour ainsi dire jamais errer leurs pensées. Assis sur un banc de parc près du lac Michigan et très loin de ma chambre de dortoir à la laideur repoussante, je pris la résolution d'être toujours capable de me repérer géographiquement, au millimètre près, ainsi qu'au point de vue historique, botanique et sociologique, si je voulais survivre à mes problèmes. Afin de maintenir un tel niveau d'attention, je devais aussi ignorer mes humeurs, lesquelles résultaient seulement du contenu de milliards de neurones en interaction permanente.

Les Jeux de la nuit

Quand on vit dans le cadre strict d'une institution, beaucoup de choses sont affreusement rabougries. L'université est un processus qui essaie en permanence d'interférer avec ses usagers. Malgré l'interruption des vacances, j'étais un étudiant assidu, mais j'aurais avancé encore plus vite en passant davantage de temps dans les bibliothèques et les splendides musées de Chicago consacrés aux arts et aux sciences. Comme ma mère, qui était capable de finir un roman policier anglais en une heure, je pratiquais la lecture rapide. Presque toute la prose universitaire est si assommante qu'on a tendance à la lire très vite. On ralentit bien sûr dans la littérature et les sciences humaines où la dimension esthétique du propos pousse souvent à interrompre la lecture. Quand j'en avais par-dessus la tête de potasser des textes d'économie, ma matière principale à l'université (je le répète, je ne voulais pas être pauvre comme mes parents), je retournais pour une demi-heure vers Ovide et Virgile, Walt Whitman ou Chaucer. Et puis je me mettais à l'espagnol, au français et à l'italien, car l'étude des langues étrangères est distrayante. Je choisis la botanique et la zoologie pour la même raison. Assez simplement, dans toutes les créatures vivantes je discernais l'esprit du jeu et du hasard.

Je comprends rétrospectivement qu'à cette époque j'enviais tous ceux qui avaient les moyens d'assouvir leur curiosité en dehors d'une institution. Bien sûr, une partie de ma relative répulsion venait des démêlés professionnels et conjugaux de mon père qui m'avaient poussé de bonne heure à la rêverie, mes jeunes antennes oscillant pour capter les signaux pervers de la vie qui s'incarnaient chez mes parents.

Je devais une partie de mes distractions à mon camarade de chambre, un brillant étudiant en physique, à moitié anglais et à moitié chinois. Doté d'un incroyable sens de

Les Jeux de la nuit

l'humour, il répondait par ailleurs à toutes mes questions touchant aux sciences. À la fin de sa première année il partit pour Caltech, mais le don qu'il me fit se révéla gigantesque. Voici ce qui arriva : la sœur célibataire de ma mère, une bibliothécaire de Boston qui nous avait rendu une seule fois visite parce qu'elle détestait mon père, avait mis de côté une cagnotte de mille dollars pour mes études. Au printemps de ma première année, j'achetai donc une vieille Chevrolet déglinguée et un bon vélo. Je prêtai les cinq cents dollars restants à mon camarade de chambre pour l'aider à s'installer en Californie, mais dans son esprit ce prêt constituait un investissement sur les inventions qu'il esquissait sans arrêt dans ses carnets. L'une de ces inventions consistait à mesurer les vents solaires (réguliers à deux millions de kilomètres à l'heure, mais soufflant en tempête à trois millions de kilomètres à l'heure). Ce modeste investissement finit par devenir pour moi une rente à vie, car mon camarade allait devenir un pionnier de l'informatique.

Il me fallait une voiture, car je n'en pouvais plus de prendre des cars Greyhound pour rejoindre le nord du Wisconsin ou le Minnesota durant mes troubles mensuels. Il était pour moi hors de question que mes inévitables débordements d'énergie mettent en danger ma carrière universitaire. Durant la pleine lune de décembre, avant Noël, j'avais baisé ma prof d'espagnol presque à mort et j'avais peur pour nous deux. Cette quinquagénaire m'avait séduit presque sans y penser après nous avoir préparé à dîner. Par chance, cette soirée eut lieu au cours de solitaires vacances de Noël et ma professeur ne manqua aucune de ses obligations d'enseignement. À l'hôpital, les médecins des urgences furent certains qu'elle avait été violée à répétition par un gang. Je lui apportai des fleurs et lui fis la

Les Jeux de la nuit

lecture durant les trois jours qu'elle passa à l'hôpital. Elle avait obtenu son doctorat à Columbia en rédigeant une thèse sur Antonio Machado. Après notre expérience fâcheusement inoubliable, allongée dans son lit d'hôpital, elle me cita un passage de Machado :

> *Cherche l'autre dans le miroir,*
> *celui qui t'accompagne.*

Nous restâmes amis, mais certes pas amants, et cette expérience effrayante m'apprit à rechercher les grosses filles des tavernes du Nord, à Duluth, dans le Minnesota, ou Superior, dans le Wisconsin, ou parfois de vigoureuses prostituées noires à Chicago ; d'ailleurs, il me fallut étrangler, peut-être à mort, le maquereau de l'une d'elles, mais je ne trouvai aucune mention de mon crime dans le *Tribune*.

Je me remis à chasser dans le Grand Nord et m'en donnai à cœur joie, mais ces régions sauvages me servirent surtout à éviter les lieux où j'aurais pu faire des dégâts. Ma vie se remit à prendre une forme stable ; je devais trouver un endroit relativement sûr pour mes crises, après quoi je devais m'organiser en vue des deux jours du mois suivant, car le souvenir de mes actes pendant mes crises était court-circuité et me revenaient seulement des visions fugitives. Par exemple, je campais près de Cayuga dans le nord du Wisconsin, en pleine forêt nationale Chequamegon-Nicolet, quand en fin d'après-midi après une marche dans le froid piquant et la neige de la fin novembre, je tombai sur un camp de trois tentes occupé par des chasseurs de chevreuils mais désert à cette heure. Un quartier de gibier était suspendu à une perche dissimulée. Je le fis descendre jusqu'au sol et je m'en allais avec mon butin quand un gros type émergea d'une des tentes et se mit à me crier dessus. Je détalai avec le quartier de chevreuil sous le bras

Les Jeux de la nuit

et l'homme me poursuivit sur un scooter des neiges. Au lieu de retourner vers mon propre camp, je pénétrai dans un delta marécageux proche d'une petite rivière en me disant que ces sous-bois touffus empêcheraient l'homme de continuer à me traquer. Malheureusement, il connaissait la région mieux que moi et il m'attendait en aval de la rivière. Quand il se rua sur moi, je fis tournoyer le quartier de viande congelée qui pesait une quinzaine de kilos et je le frappai à la tête. Je soulevai son corps pour l'installer sur le scooter des neiges que je fis ensuite couler dans la rivière en espérant maquiller mon crime en accident.

Je doute sincèrement qu'il ait survécu. Le chasseur chassé. Le lendemain matin je me rappelai l'épisode sous formes d'images hachées et je me souvins de certaines sensations, surtout dans mes mains quand le quartier de viande avait percuté son crâne. Ensuite, je déplaçai mon camp d'une dizaine de kilomètres, après quoi je passai la soirée à faire dégeler toute cette viande, puis à la cuire et à la déguster. Un vrai festin. J'entendis des loups hurler au loin, et je leur répondis.

Ainsi va la vie. En un peu plus de deux ans je passai mon diplôme à Northwestern grâce à un programme accéléré, puis je m'installai à Minneapolis, où je suivis une formation en gestion de biens. Ensuite, je réussis à m'établir en tant que gérant de propriétés pour des hommes riches habitant les lointaines Minneapolis ou Chicago. Je rencontrais rarement mes employeurs et traitais plutôt avec leurs hommes d'affaires, qui commençaient par se méfier de mon parcours sans faute à l'université. Je leur expliquais qu'en tant que fils de naturaliste je souffrais depuis toujours d'une claustrophobie aiguë. Je déclarais ensuite que l'homme avait passé deux millions d'années au grand air avant de s'installer récemment en intérieur. J'étais sans doute moins évolué, sauf intellectuellement, et je préférais la vie au grand air. Deux d'entre eux me répondirent : « Ah, le genre loup solitaire ! », ce à quoi je rétorquais en plaisantant : « Plutôt le genre chien solitaire. »

Durant toutes ces années, je m'occupai de propriétés situées dans l'ouest des deux Dakotas, au Wyoming, dans le nord du Minnesota et dans tout le Montana. L'hiver surtout me plaisait, car pendant des semaines, et parfois un mois entier, je ne rencontrais jamais âme qui vive, sauf quand j'allais faire des courses. Ces propriétés sont un réconfort pour les hommes riches, même s'ils s'y rendent rarement à l'exception d'un bref séjour estival. Pour des raisons évidentes liées à mon infirmité mensuelle, je refusais de superviser les ranchs en activité. Afin de compenser mon déficit émotionnel et de laisser un peu de vapeur sortir de ma cocotte minute, je lisais de la poésie, le meilleur de la fiction mondiale, et puis j'écoutais de la musique classique ainsi que du rhythm and blues dont les éclats passionnés m'intriguaient. J'entamai aussi un projet qui devait durer toute ma vie, l'étude des langues parlées par les créatures non humaines, découvrant ainsi non sans stupéfaction que je partageais avec mon père l'obsession des oiseaux. Chez la plupart des espèces mammifères, le langage se situe dans le nez, et cette découverte me fascina. Je chassais très souvent pour avoir de la viande, et afin d'éviter la curiosité des gardes-chasse, je me servais rarement d'un fusil. Je suivais la voie du grand anthropologue Louis Leakey en chassant dans les arbres. L'élan était trop gros, mais le chevreuil me convenait. Avec des fruits ou des graines on appâte une zone située sous un arbre et l'on attend, perché sur une branche. Ensuite, le couteau à la main, on se laisse choir sur l'animal. D'habitude, votre

Les Jeux de la nuit

poids suffit à briser la colonne vertébrale de la bête, surtout celle des jeunes femelles, dont la viande a le meilleur goût.

Durant ces années, je passai tristement le plus clair de mon temps dans un état de frustration sexuelle. Je me défoulais surtout en compagnie des grosses Indiennes, qui sont légion dans les nombreuses réserves de l'Ouest américain. Gagnant bien ma vie, je pouvais me montrer généreux et offrir de la nourriture, de l'alcool et de l'argent liquide. Au cours de notre longue histoire parfois grotesque, nous avons traité ces gens avec une sauvagerie hygiénique qui dépassait leur imagination. Il semble que les pays les plus civilisés et les plus mécanisés excellent à infliger une torture lente ainsi que des châtiments prolongés et raffinés. Dans le sillage de la Seconde Guerre mondiale, nous avons beaucoup mieux traité les Japonais et les Allemands que nos propres résidents autochtones.

Au bout de six années passées dans l'Ouest, mon corps me mit littéralement à genoux. J'avais continué de manger des quantités astronomiques de viande et, à cause de ces excès et de mon épuisement physique, mes articulations me faisaient parfois atrocement souffrir. À cette époque, je m'occupais d'une grande propriété située près de la Zone sauvage de Washakie, dans le Wyoming, et un matin de printemps, incapable d'endurer davantage ces douleurs, je fis quatre-vingts kilomètres au volant pour rejoindre Meeteetse et voir un médecin très âgé qui, après des analyses élémentaires, conclut que mon sang contenait assez de purines pour tuer n'importe quel humain qui n'aurait pas été en partie un chien. Son humour me plut. Il ajouta que les ouvriers de ranch qui vivaient dans des cabanes isolées et mangeaient seulement de la viande et des haricots présentaient des versions atténuées de mon problème sanguin. Tout en m'examinant, il dit que mon corps ressemblait à celui d'un *bulldogger*, un cow-boy de rodéo qui saute de son cheval sur un bouvillon et le contraint à se coucher par terre. Je lui répondis en plaisantant que je me battais seulement avec les chevreuils pour manger. Il me conseilla d'aller sous les tropiques et de manger des fruits, du riz et du poisson pendant une bonne décennie, si je ne voulais pas que mon sang goutteux ne me transforme en infirme irrécupérable.

Quelques jours plus tard, par un coup de chance, je fus libéré. Je correspondais parfois avec mon ancien camarade de chambre à Northwestern et mon ami sino-anglais m'apprit qu'il venait de vendre sa petite entreprise située à Palo Alto et il voulait savoir quoi faire de mes parts. Quand je lui téléphonai, je fus passablement surpris par le montant de ce qui me revenait. Je lui demandai de faire un virement à la banque de Chicago qui au fil des ans avait géré ma bourse universitaire ainsi que mes modestes économies. Comme il m'était indispensable de rester mobile, je devrais vivre simplement, ce que je préférais de toute manière. Toute somme d'argent dépassant le minimum requis pour mes besoins m'aurait aveuglé au monde concret que j'en étais venu à aimer. Ma devise de toujours, c'était que rien n'est ce qu'il paraît être. J'avais l'avantage d'être un étranger définitif sur terre, ce qui m'accordait un point de vue très différent sur les choses. Certes, mon tempérament était parfois violent, mais il me semblait que, dès la vie utérine, la plupart des hommes ont tendance à appuyer sur la détente pour un oui ou pour un non. Ma propre existence était condamnée à suivre une trajectoire parfois erratique, mais je devais maintenant lui imposer une direction nouvelle.

Les Jeux de la nuit

Je fis mes valises et partis en voiture vers l'est, avec la vague intention de me rendre à Madrid, une décision que j'aurais pu prendre dans n'importe quel aéroport. Je pensais à ma mère et à Laurel, avec lesquelles j'échangeais des lettres environ tous les mois. Ma mère trouva amusant d'apprendre que, lorsque je lisais certains passages des *Métamorphoses* d'Ovide ou des *Géorgiques* de Virgile, je me rappelais l'environnement où j'avais lu ces textes pour la première fois, près de Bozeman, à Alpine ou Cincinnati. Le lieu est tout quand on est un jeune animal et que notre survie dépend de l'attention portée à ce qui nous entoure. La précarité et le danger caractérisent toujours la jeunesse. Je fus secoué quand ma mère m'écrivit qu'elle trouvait merveilleuse mon amitié avec Emelia, car tous les garçons devraient avoir une sœur. Lorsque je lui répondis pour la taquiner que mon amitié avec Emelia était d'une nature intensément physique, sans commune mesure avec l'habituel rapport frère-sœur, elle me confia avoir vécu la sexualité la plus torride de toute sa vie à quatorze ans, quand son jeune voisin et elle avaient passé un long été à s'embrasser et « se peloter » au fond du verger. Curieusement, cette information me poussa à m'interroger sur la nature du langage que j'avais observé chez les êtres vivants. Une émotion surgit et on l'exprime avec un bruit. Ou bien on sent une odeur et l'on se récite la nature de cette odeur dans une langue dépourvue de mots. Quand il m'arrivait – rarement – d'écrire le même soir à ma mère et à Laurel, je m'étonnais alors de la différence de langage que j'utilisais dans ces deux lettres. Mon langage était en partie une défense, une apologie de ma nature, mais je me montrais hypocrite, car je ne pouvais tout de même pas exprimer ma vraie nature, n'est-ce pas ? Enfant, j'avais été fasciné par « les codes secrets » et je conçus un code alphabétique assez simple afin d'exprimer au moins ma nature profonde pour moi-même. Cet artifice m'aida à supporter la solitude inhérente à mon statut d'authentique étranger sur terre ainsi que le désavantage d'être fils unique. Si, après ma mort, quelqu'un découvrait mon journal, son contenu lui ferait l'effet d'un fatras d'inepties, sauf pour un cryptographe qui trouverait alors mon code secret très rudimentaire. En voici un échantillon :

 4 août

Je campe près de la rivière Bois de Sioux, entre Wahpeton et Sisseton à l'extrême est des Dakotas. Un motel aurait mieux convenu à mes articulations douloureuses, mais je suis en pleine crise mensuelle. Je me réveillai juste après l'aube et remarquai avec désespoir la tête tranchée et les pattes d'un porcelet près de moi, ainsi que les braises encore chaudes d'un feu, sur lequel je préparai du café. J'avais de toute évidence dévoré un porcelet et quelques images nocturnes apparurent sur l'écran de ma mémoire. Une cour de grange au clair de lune. Je saisis un porcelet dans un enclos tandis que la truie se recroquevillait de terreur en percevant mon odeur. J'écrasai le cou du porcelet pour l'empêcher de couiner. Un très gros chien de ferme me sauta dessus. J'enfonçai le pouce et l'index dans les orbites de cet animal, que je noyai dans l'eau de l'abreuvoir. Je m'enfuis quand on alluma une lumière dans la cour.

Je fis une marche de bonne heure pour apaiser mes douleurs d'estomac et les crampes qui me tétanisaient. Sur une petite route couverte de gravillon, j'entendis des voix. Deux jeunes filles montées sur leurs vieux vélos observaient les oiseaux. Elles paraissaient indiennes, ou du moins métisses, sans doute de la réserve locale des Chippewas. Elles m'apprirent qu'elles s'appelaient Lise et Louise. Quand je leur dis avoir entendu une alouette, elles répondirent qu'il s'agissait plus probablement d'une alouette cornue. Elles me

Les Jeux de la nuit

voyaient de profil ; dès que je me tournai vers elles, les deux filles hurlèrent, « Rougarou rougarou rougarou ! » avant de décamper sur leur vélo. Baissant les yeux, je découvris ma chemise couverte de sang de porcelet. Je portai les mains à mon visage et y trouvai de la graisse et du sang séché. Je me lavai en toute hâte à la rivière, je me changeai et fuis au volant de mon pick-up.

Après avoir roulé quelques heures vers le sud, je m'arrêtai à la bibliothèque publique de Sioux Falls et appris, dans la section consacrée aux ouvrages sur les autochtones américains de la région, que rougarou était un terme métis désignant un lycanthrope, un mot à consonances françaises, car les femmes autochtones s'étaient souvent mariées avec des trappeurs français.

Je passai l'inévitable deuxième nuit de ma crise au nord de La Crosse, dans le Wisconsin. Toujours rassasié de viande de cochon, je nageai toute la nuit dans le Mississippi. L'aube me trouva très loin en aval du fleuve, où quelques aimables pêcheurs me raccompagnèrent à bord de leur bateau à moteur jusqu'à mon camp situé à une vingtaine de kilomètres au nord. Ma présence nue et mes muscles surdéveloppés semblèrent les mettre mal à l'aise et ils furent très contents de se débarrasser de moi.

Hormis la circulation automobile infernale, je retrouvai Chicago avec grand plaisir. Curieusement, les embouteillages me rappellent les toilettes publiques bouchées et débordantes, bref, un condensé de nos prothèses superflues, et puis ces mouvements de foule qui au Moyen-Orient ou en Inde tuent tant de fanatiques religieux. Après avoir acheté quelques beaux vêtements, je descendis à l'hôtel Drake grâce à ma récente manne financière. Je venais de passer sept ans dans l'Ouest sans télévision et j'allumai le poste pour découvrir un spectacle qui me rappela étrangement un embouteillage. Durant une minute,

Les Jeux de la nuit

on filmait le public d'un concert de rock. Tous ces jeunes hurlaient et sautaient sur place, leurs traits tordus par un plaisir qui évoquait une rage contenue.

J'avais le temps de faire une brève halte à la Northern Trust pour régler ma situation financière. Mon projet consistant à vivre avec très peu d'argent chaque année étonna l'employé de banque. J'expliquai que depuis sept ans je travaillais pour des hommes très riches et que je désapprouvais la manière dont leur fortune stérilisait leur vie. Je préférais mener une existence plus simple, en marge, afin de poursuivre mon étude des langages non humains. Plus tard, je retirerais peut-être d'autres fonds afin de me construire un chalet dans un lieu reculé, ou m'offrir un voyage à l'étranger pour pêcher. L'employé de banque manifesta une certaine mélancolie et dit : « Ma propre vie est un peu stérile, j'imagine. »

Alors que je rentrais à l'hôtel en fin d'après-midi, je m'interrogeai sur mon agitation. C'était la troisième nuit de pleine lune, et d'ordinaire je retrouvais mon état normal, mais je craignais de faire une crise, même modérée, en ville. Le restaurant de viande où j'avais mangé dix ans plus tôt en compagnie de Laurel et de son père ouvrait ses portes. Toutes les tables étaient réservées, mais à force de supplications j'obtins le droit de déguster une entrecôte et trois douzaines d'huîtres au bar, avec une bouteille de vin français. Le barman fut vaguement troublé par la vitesse avec laquelle je mangeais, et je lui expliquai que je venais de passer beaucoup de temps en montagne sans pouvoir déguster le moindre repas de qualité.

Je retournai à ma chambre en constatant avec un plaisir prudent que le vin m'avait calmé. Je restai assis une heure à la fenêtre pour regarder le lac Michigan en pensant que j'aurais peut-être besoin de nager, mais je repoussai bientôt

Les Jeux de la nuit

cette idée dès que je me rappelai ma baignade de la nuit précédente. Je me dis alors que, puisqu'une bouteille de vin m'avait fait tant de bien, deux bouteilles accompliraient sans doute un miracle. Je me souvins avoir vu à la réception une pancarte indiquant la salle Cape Cod de l'hôtel, un restaurant de fruits de mer. Je descendis et y savourai le premier homard de ma vie ainsi que trois douzaines d'huîtres, en accompagnant ce festin d'une bouteille de vin blanc. De retour dans ma chambre, ma gloutonnerie fit hurler de douleur mes articulations, et je me rappelai qu'un membre de l'espèce canine assimile les protéines beaucoup plus vite qu'un humain. Je pris une douche en envisageant de faire une promenade et de trouver une prostituée, mais dès que je sortis de la douche, je me tournai vers le miroir et aperçus avec terreur ma silhouette à demi accroupie et hyper musclée. La dépression s'empara de mon cerveau et sur un coup de tête j'appelai le médecin excentrique que j'avais été consulter avec Laurel tant d'années plus tôt. Je réussis seulement à laisser un message sur son répondeur, mais il me rappela au bout d'une heure d'angoisse où je descendis deux ou trois mignonnettes découvertes dans le minibar. D'habitude je buvais rarement, mais l'alcool semblait m'aider. Cédant à une folle précipitation, j'expliquai tous mes problèmes et mes symptômes au médecin, qui proposa de m'accueillir aux urgences de son hôpital, lequel ne se trouvait pas très loin de mon hôtel. Il déclara que durant toutes ces années il avait souvent pensé à moi et qu'il envisageait quelques remèdes possibles.

Je parcourus d'un bon pas les douze blocs jusqu'à l'hôpital, où il m'attendait. Dans l'une des petites pièces aux murs couverts d'affiches grotesques représentant des coupes du corps humain, je baissai la garde et lui confiai mes actes les plus terribles en laissant de côté les quelques crimes dont je m'étais peut-être rendu coupable. Je reconnus avoir mangé de la viande crue, j'avouai mes crises mensuelles de deux jours qui en duraient parfois trois.

Il écouta ma lugubre confession tout en m'examinant avec attention avant de déclarer sans le moindre humour que mon corps était parfaitement adapté à la vie préhistorique. Quand je me tus, je l'observai à mon tour et je sentis chez lui quelque chose de légèrement délirant, comme s'il jouait le rôle d'un médecin dans un de ces films d'horreur que je regardais jadis avec Emelia, Lawrence et Dickey, pelotonnés tous ensemble sur le canapé et morts de peur. Il me fit plusieurs prises de sang et reconnut que ma première visite, huit ans plus tôt, l'avait profondément troublé et avait touché au vif sa fierté, car tant à l'université que dans sa faculté de médecine il avait toujours été en tête de sa promotion d'étudiants. Il travaillait maintenant aux premières études du virus VIH qui, en 1979, apparaissait lentement dans la population. Il dit qu'il me faudrait me rendre le lendemain soir dans son petit laboratoire privé, car le traitement qu'il comptait m'administrer était illégal. Il me faisait seulement confiance à cause de mon désir désespéré de guérison. Il m'appela un taxi et m'administra un puissant sédatif en me conseillant avec un sourire dément de « bien me tenir ». À force de l'examiner, j'en conclus qu'il avait perdu cet orgueil démesuré que j'avais senti chez lui tant d'années auparavant. Il me raccompagna jusqu'à un carrefour en me chuchotant que beaucoup de défauts du corps humain n'étaient pas rectifiables, mais qu'on pouvait néanmoins les maîtriser temporairement. Au moment de monter dans le taxi, je regardai deux jeunes passantes qui de toute évidence étaient des prostituées. Il me saisit le bras dans sa faible main et dit « Non » avant

Les Jeux de la nuit

d'ajouter que je risquais sérieusement de mourir d'ici quelques années si l'on ne parvenait pas à juguler mes crises. Je fus, comme il se doit, terrifié par cette nouvelle et j'eus hâte de retrouver la sécurité de ma chambre, même si dans l'ascenseur j'échangeai quelques regards appuyés avec une grosse femme d'âge mûr qui semblait prête à tout.

Ma mère, qui résidait en Italie, et moi nous parlions souvent au téléphone. Un matin de bonne heure elle me réveilla pour me demander de lui rendre d'abord visite à elle, au lieu de sauter dans un avion à destination de Madrid afin de passer un peu de temps avec Laurel. Le vieux mari de ma mère était malade et elle avait besoin de mon aide durant quelques jours pour guider un couple âgé, originaire de Cincinnati, dans le nord de l'Italie. Ma mère avait toujours été très mauvaise conductrice, surtout parce que, à l'en croire, la conduite automobile était ennuyeuse et qu'elle ne parvenait pas à se concentrer sur des petits détails comme le fait de rester sur la même voie. Quand je lui appris que j'attendais un diagnostic, elle me répondit d'appeler mon père à Dowagiac, une ville située à seulement deux heures en voiture de Chicago. J'y pensais déjà, poussé davantage par la curiosité que par l'affection. Comme je ne l'avais pas vu depuis dix ans, je l'appelai et nous prîmes nos dispositions pour le samedi matin suivant, car il ne donnait pas de cours ce jour-là. J'engloutis très vite un petit déjeuner fade, autrement dit sans viande, afin de ménager mes articulations et leur excédent de purines, puis j'appelai l'agence de voyages de l'hôtel, annulai mon vol pour Madrid et réservai une place dans l'avion de Milan. La claustrophobie me torturait, car depuis des années mes matinées incluaient une marche d'au moins deux heures, ponctuée de courses de vitesse, dans un paysage où ne figurait aucun être humain. Ainsi que nous le savons tous, un changement dans la routine quotidienne pèse parfois davantage qu'un simple accès de vertige. Au petit déjeuner, j'avais regardé à la télévision un documentaire évoquant les énormes anacondas des marais du Venezuela, et je désirai soudain me battre contre l'un de ces reptiles pour voir si je réussirais à le vaincre, une idée vraiment bizarre, je vous l'accorde. J'eus un coup de chance devant l'hôtel quand un employé alla chercher mon pick-up. En bavardant avec lui, j'avais appris son projet de partir sur la route avec un ami vers l'Alaska et je lui proposai mon pick-up en échange d'une somme assez dérisoire. En proie au vertige dû à la modification de mes habitudes, je considérai mon véhicule avec une espèce de dégoût, car tout à coup il me sembla incarner mon existence d'étranger sur terre, supportant toutes ces crises dans les régions les plus reculées. Je devais coûte que coûte essayer autre chose, même si je me sentais condamné à finir mes jours dans la Centennial Valley, trois cent cinquante mille arpents de quasi-désert situés sur la frontière séparant le sud-ouest du Montana et l'Idaho. Il n'y a absolument personne là-bas en hiver, ce qui me conviendrait parfaitement. Quand votre corps s'immole au ralenti, le froid extrême devient séduisant.

À ma grande surprise, mon père était heureux, absurdement heureux. Il s'occupait de sa mère infirme avec l'aide d'une infirmière noire et il enseignait les sciences en classes de sixième, cinquième et quatrième d'un collège, à l'ouest de Dowagiac, à Benton Harbor. Il déclara d'une voix exaltée qu'il adorait enseigner les sciences à des élèves si désireux d'apprendre, ce qui le changeait des étudiants pleurnichards de l'université. Même maintenant, en été, il donnait des cours gratuits à des élèves très en retard parce

Les Jeux de la nuit

qu'issus d'une famille pauvre. Il me dit que les deux premières années après que nous l'avions « abandonné » avaient été difficiles, mais qu'il était désormais en pleine forme. Je m'aperçus que mon père et l'infirmière à domicile couchaient ensemble et je me sentis légèrement jaloux de cette convivialité domestique. Nous mangeâmes un excellent poulet rôti à déjeuner, avant de promener la mère infirme de mon père dans sa chaise roulante à travers Dowagiac. Il y avait dans la petite ville beaucoup de ces vieilles maisons bien construites qu'on voit rarement dans les régions moins peuplées situées à l'ouest du Mississippi. Ma grand-mère, qui avait un sérieux grain et qui croyait dur comme fer que ses perceptions faussées représentaient fidèlement le monde réel, me plut. Ainsi, elle saluait certains arbres qu'elle connaissait depuis l'enfance. Je regrettai de devoir partir en fin d'après-midi, afin d'être à l'heure à mon rendez-vous avec mon médecin.

Dans son laboratoire minimaliste, le médecin nous servit à chacun une vodka en déclarant qu'il cédait depuis peu au désespoir, car ses collègues de travail et lui-même s'attendaient à ce que le virus VIH tue des dizaines de millions de personnes. C'était difficilement croyable en 1979, mais bien sûr cet affreux pronostic se réalisa. Il me répéta que, compte tenu de mon état de santé, mon alimentation incontrôlable et mes crises allaient me tuer sans l'ombre d'un doute. Il avait préparé un cocktail unique de médicaments, et chaque année je devrais revenir le voir pour en avoir un autre. La chimie est certainement mon point faible, mais il me dit que le flacon de gélules à effet prolongé qu'il me donnait contenait de la kétamine, un tranquillisant pour animaux, de la Xylazine et de l'atropine afin d'adoucir les effets de la kétamine, plus une petite quantité de Thorazine, un médicament qu'on administre

Les Jeux de la nuit

d'habitude aux schizophrènes. Il ne voyait pas d'autre moyen de me maintenir en vie. Je devais trouver l'endroit le plus sûr possible pour ingérer ce médicament et attendre soixante-douze heures. Je le remerciai et partis. Je passai une longue soirée à lire des guides touristiques, manger une bouchée de poisson et boire une bouteille de pâle vin blanc dans ma chambre plutôt que de sortir dévorer une entrecôte et des huîtres.

Troisième partie

Je cherche un foyer

À trente ans, la plupart d'entre nous avons défini la trajectoire de notre vie et certains s'y sentent peut-être déjà à l'étroit. Nous vagabondons dans la sphère de nos idiosyncrasies sans d'habitude accorder la moindre attention à la parole du poète : « Prends garde, Ô vagabond, la route aussi marche. »

Au cours de la période traditionnelle de vingt-sept jours que dura mon séjour à Reggio, en Italie, je renonçai à étudier le langage des créatures vivantes autres qu'humaines. J'avais loué un vélo et fait une longue balade vers le nord pour voir les ruines du château de Matilda datant du onzième siècle (je crois qu'il s'agit du château de Canossa, dont Matilda de Toscane fut propriétaire) ; elle régna jadis sur tout le nord de l'Italie et elle sauva l'Église catholique menacée par les puissants Allemands, une affaire qui ne m'intéressait pas beaucoup. Mais Matilda m'intriguait, car elle écrivit de la poésie, pratiqua la fauconnerie et chassa avec des chiens. Bref, c'était la femme idéale.

Par une désagréable journée froide et humide, j'attaquai en peinant le dernier kilomètre qui me séparait encore du sommet de la montagne, lequel était enveloppé dans un nuage. Comme je l'ai déjà dit, j'ai besoin de connaître l'histoire, entre autres choses, de la région où je me trouve, et en Europe c'était un sacré défi en comparaison de l'Amérique, où dans de nombreuses régions situées à l'ouest du Mississippi l'histoire est un mot vide de sens, quand elle existe au-delà de l'histoire des tribus autochtones et des efforts très peu héroïques de ceux qui volèrent leurs terres pour y élever un nombre illimité de vaches.

Bref, sous ce crachin glacé je me faisais la remarque que ma curiosité me créait bien des ennuis. Autrement dit, qu'est-ce que je fichais là ? Le gardien de la propriété était si évidemment consterné par le temps qu'il ne sortit pas de sa séduisante maisonnette. Je poursuivis donc mon chemin sur les pierres glissantes du sentier et j'avais à peine progressé de quelques mètres quand, me retournant, je découvris cinq poulets du gardien qui me suivaient de près. Je m'arrêtai. Ils s'arrêtèrent, en levant la tête vers mon visage, le siège apparent de mon être. Pourquoi diable me suivre par ce temps infect vers un immense et absurde tas de cailloux ? En un éclair je perçus la vanité de mon étude de la communication non humaine. Je n'avais rien du chercheur qui se complaît à percer des trous incongrus dans une mince planche. Ce matin seulement, deux fourmis avaient traversé la table branlante de ma petite chambre à Reggio, s'étaient croisées au milieu du plateau, avaient conversé, fait volte-face puis filé chacune dans sa direction. En baissant les yeux vers ces poulets trempés et amicaux, je décidai que je ne comprendrais jamais strictement rien à leurs échanges de caquètements, ou à ce que deux minuscules oiseaux bruns se disaient dans l'arbre au-dessus de moi.

Au retour, pédalant vers le sud et Reggio sous une pluie battante, je réfléchis au premier indice de mon changement, dont sur le moment je n'avais pas saisi toute

Les Jeux de la nuit

l'ampleur. La veille, profitant d'une agréable matinée ensoleillée d'octobre, je m'étais installé contre un arbre pour lire un livre (Alberto Moravia), quand un minuscule lézard descendit le long du tronc, tout près de ma tête, et je pensai alors que le contenu de ce roman était à ma portée, contrairement à ce lézard, depuis sa langue fourchue qui prenait la température de l'air jusqu'à sa queue qui s'effilait vers l'inexistence. Je pensai qu'il serait assez aisé d'identifier ce lézard, mais que je ne comprendrais jamais son être de lézard. Après un bref examen de ma personne, le lézard poursuivit son chemin le long du tronc. Mais où était donc mon propre chemin ? me demandai-je. Seule le définissait une agitation proche du chaos.

Trois mois plus tôt j'avais atterri à Milan, mais la taille gigantesque de cette ville me déboussola. En effet, si je connaissais bien Chicago, Milan constituait pour moi un changement de dernière minute et j'ignorais tout du plan de cette métropole. J'y passai un jour et demi avant de retrouver ma mère à l'aéroport, où elle alla chercher ses clients, un couple âgé originaire de Cincinnati, que j'appellerai Robert et Sylvia. Robert était d'une obésité morbide et il avait seulement envie de manger, de boire et de dormir. Quant à Sylvia, elle s'intéressait à la culture étrusque et à l'art médiéval, mais elle était terriblement ignare. Au cours des quatre jours où nous les promenâmes en voiture, ils ne furent jamais prêts à partir avant onze heures du matin, quand en ce mois de juillet la température était déjà caniculaire. Robert regardait à peine par la fenêtre de la voiture, tant il étudiait avec concentration les guides gastronomiques qui remplissaient sa mallette.

Ma mère se montrait agréable avec eux, mais sans plus, car elle s'inquiétait pour l'état de santé de son mari qu'elle avait laissé derrière elle quand nous étions partis en voiture vers le sud en direction de Parme. Robert sentait mauvais, bien que sa fortune fût liée à une célèbre entreprise de Cincinnati qui produisait du savon et de la pâte dentifrice.

À Parme, nous eûmes quelques heures de liberté après avoir déposé Robert et Sylvia dans un hôtel de luxe tandis que nous-mêmes descendions dans une simple pension. Nous partagions une bouteille de prosecco quand ma mère, parlant de ses clients, s'écria : « Quels affreux emmerdeurs ! » Nous éclatâmes de rire, puis elle sortit de son sac une lettre de mon premier amour, Emelia, que la poste avait fait suivre jusqu'à chez elle, mais que ma mère avait égarée durant plusieurs mois.

« Il y a quelque chose qui ne tourne vraiment pas rond chez toi, fit-elle timidement observer.

— Bien sûr, dis-je en lui fournissant quelques détails sur les complications virales.

— As-tu le sida, mon chéri ? demanda-t-elle en me prenant la main.

— Non, c'est encore plus compliqué, si tu peux imaginer une chose pareille. » Je mourais d'envie de lire la lettre d'Emelia et mon cœur battait la chamade.

De fait, je ne pourrais jamais partager mon secret avec quiconque, en dehors de mon médecin, et même avec lui je laissais de côté mes actes de violence les plus terribles. Déroutée, ma mère resta assise et je filai dans ma chambre pour lire la lettre d'Emelia, en réalité un simple mot au contenu très banal, sauf dans deux brefs passages. C'était pour l'essentiel une litanie d'échecs : un mariage à dix-neuf ans avec un chanteur country dont le seul succès modeste les emmena pendant cinq ou six ans d'un club miteux au suivant. Ils n'avaient pas de logement fixe, seulement un minibus, et ils avaient atterri à Reno où son mari devenu héroïnomane jouait tous les soirs dans une boîte de nuit.

Les Jeux de la nuit

Elle avait essayé de l'aider pendant un an, puis l'avait abandonné à sa drogue. Elle était rentrée chez elle quand son frère Lawrence avait trouvé la mort dans un accident de stock-car. Sa mère avait sombré dans la dépression, son père s'était occupé de la malade avec elle, mais il était souvent absent car il construisait des lignes à haute tension. Un jour, elle avait reçu une lettre de son père, postée à Falstaff, en Arizona, où il disait en avoir « trouvé une autre ». Le point positif, c'était que Dickey, devenu ingénieur en électricité bossant pour l'entreprise Sandia, l'aidait financièrement à suivre les cours de l'école d'infirmières de l'université du Nouveau-Mexique, où elle comptait passer son diplôme aux alentours de Noël. Elle rêvait toujours des moments merveilleux que nous avions partagés au réservoir d'eau, au sud d'Alpine. Elle terminait sa lettre par ces mots, « Ta première petite amie, Emelia », avant d'ajouter ce post-scriptum : « Je n'ai toujours pas habité de gratte-ciel à New York. »

Je m'excitai aussitôt en pensant au réservoir d'eau, au derrière nu d'Emelia et à mon éjaculation tandis que j'observais au-delà de l'épaule de mon amie un groupe de timides vaches Corriente qui attendaient de boire. Sans plus attendre, je nous installai, ma mère et moi, dans un bon hôtel doté d'un standard téléphonique fiable, mais je mis une journée entière à joindre Emelia à Albuquerque. Là-bas c'était l'aube, et elle fut d'abord très mécontente d'être réveillée, mais devint bientôt plus chaleureuse. Je voulus lui envoyer sur-le-champ un billet d'avion, mais elle objecta qu'il faudrait attendre jusqu'à décembre, quand elle passerait son diplôme d'infirmière, c'est-à-dire cinq mois d'une attente insupportable. L'essentiel pour moi, c'était que tout à coup j'avais un espoir. J'étais en Italie depuis quelques jours seulement et il venait de m'arriver

Les Jeux de la nuit

une chose merveilleuse. Je ne voyais maintenant plus aucun inconvénient à prendre mes repas avec le riche Bob tandis que Sylvia et ma mère, dégoûtées, mangeaient légèrement et partaient se promener. Dans un bon restaurant de Parme, le Checci, Bob se fit servir trois assiettes de *zampone*, du pied de porc farci, et trois bouteilles de vin. Ensuite, sous les cris d'encouragement d'autres clients et du personnel, je réussis à porter les cent soixante kilos de Bob jusqu'au trottoir et dans un taxi. Quant à mes accès d'irrépressible gloutonnerie, ils se situaient autour de ces périodes où les impuretés de mon sang s'épanouissaient soudain comme des champignons.

Maintenant que je pédalais sous la pluie au sud du château de Matilda, quarante jours à peine me séparaient encore de l'arrivée d'Emelia à Bologne, encore quarante jours de solitude à penser à elle. Le problème, c'était que la pleine lune était prévue dans douze jours, et la suivante pour l'arrivée d'Emelia. J'avais déjà absorbé trois fois mon cocktail de médicaments, qui m'avait transformé en un zombie vomissant, deux jours d'incapacité absolue où je réussissais à peine à atteindre les toilettes. C'était cette sensation d'être un mort vivant qui me poussa à valoriser la conscience pure, acérée. Je me retrouvai donc en train de pédaler sur la route et je repensai à un cours de littérature destiné aux étudiants en sciences à Northwestern. Ce cours était d'habitude assuré par un aimable vieillard, mais il tomba malade en milieu de semestre et son remplaçant fut une tête brûlée qui nous fit lire *Notes du souterrain* de Dostoïevski, sans doute la fiction la plus hallucinante qui soit. Tous les étudiants en sciences furent très troublés, moi-même peut-être un peu moins que les autres, quand on nous demanda de rédiger une brève dissertation sur la phrase : « Je soutiens qu'une conscience exacerbée relève

Les Jeux de la nuit

de la maladie. » Ce souvenir remontant à l'université m'amusa, mais alors un énorme camion klaxonna derrière moi et je fis une glissade en dehors de la chaussée qui me fit tomber dans une grande flaque de boue. L'élément canin contenu dans mon corps présentait d'indéniables avantages, car je me contentai de m'ébrouer comme un chien avant de repartir sur la route en compagnie de mon intéressant fardeau de pensées. Depuis longtemps j'avais pris la résolution de ne pas laisser la maladie perturber indûment ma perception de la réalité. Je savais depuis tout aussi longtemps chercher l'apaisement dans les lieux sauvages et permettre à toute chose d'être telle qu'elle était. J'avais outrepassé mes limites en croyant pouvoir comprendre un jour les détails du langage des vivants, même si, pour se former une image complète de la vie sur terre, il fallait ajouter leur propre sens de la réalité au nôtre. Ainsi, je pouvais étudier avec attention leur altérité, et me contenter de cela.

Par chance, je dirigeai mon vélo vers le parking d'un restaurant de campagne où quelques voitures étaient garées. Près de l'entrée, deux jeunes Françaises à vélo, arrêtées devant le menu du restaurant, se chamaillaient. Leurs bicyclettes étaient chargées de matériel de camping et ces deux filles semblaient complètement désespérées. La plus petite, assez potelée, comptait ses pièces dans un petit porte-monnaie en caoutchouc tandis que la plus grande, et la plus jolie, pleurait. Je saisis que, bien qu'on fût samedi matin, on allait leur envoyer de l'argent lundi.

« Permettez-moi de vous offrir à déjeuner », leur proposai-je en cédant à une impulsion subite.

Elles tournèrent vers moi un visage méprisant comme si j'étais le connard le plus répugnant de la terre entière.

Les Jeux de la nuit

« Je ne suis pas un animal. Je suis seul et c'est mon anniversaire, expliquai-je en mentant deux fois.

— Ça nous convient, cochon d'Américain », dit la petite potelée en riant, après avoir deviné ma nationalité malgré ou à cause de mon français approximatif.

Ma chance se confirma quand je reconnus le propriétaire de l'établissement : il habitait tout près de notre hôtel à Reggio et nous avions parlé plusieurs fois d'oiseaux en prenant un café matinal dans une taverne voisine. Il nous installa à une table située devant la cheminée et chacun de nous mangea comme quatre. Je repris deux fois du porc braisé aux figues et les filles mangèrent une soupe de poissons et de la poule faisane. Nous partageâmes trois bouteilles de vin, rîmes pour des riens, puis sombrâmes dans la somnolence devant le feu. L'une d'elles étudiait l'histoire de l'art et l'autre une poétesse de la Renaissance nommée Gaspara Stampa ; elles faisaient un voyage d'un mois dans le nord de l'Italie et elles campaient, chose clairement impossible ce jour-là à cause du mauvais temps. Elles espéraient atteindre Modène, la ville la plus proche, dans la soirée. Je parlai au propriétaire du restaurant, qui appela un ami possédant un grand taxi. J'achetai une bouteille de vin et une bouteille de grappa, et nous voilà partis. La patronne de ma pension ne fut guère ravie en découvrant mes deux amies, mais je lui donnai vingt dollars en lires et la suppliai de se montrer aimable. Quand elles eurent pris un bain chaud, je leur prêtai des T-shirts secs. Je m'endormis par terre dans mon sac de couchage douillet, où la potelée, Mireille, me rejoignit en fin d'après-midi, pour me serrer dans son délicieux étau. Quand la grande, et la plus jolie, prénommée Kristabelle, fut réveillée par nos ébats, elle cracha : « Moi, je ne baiserai jamais avec un Américain », je lui répondis du tac au tac : « Alors, ne le fais

Les Jeux de la nuit

pas », et elles éclatèrent d'un rire hystérique. Elles burent le vin et je m'offris plusieurs gorgées de grappa. Nous sortîmes dans la soirée pour manger des pizzas et boire encore du vin, les deux filles apprécièrent beaucoup mes vêtements amples et mes vieilles chemises de cow-boy achetées dans l'Ouest sauvage. Kristabelle se montrait plutôt renfrognée, comme le sont souvent les jolies filles, mais je lui fis brièvement l'amour à l'aube, tous les trois réunis au lit dans la chambre fraîche. Dimanche matin, elles partirent pour Modène. Je leur donnai un peu d'argent et dis que je les verrai peut-être lundi, car j'avais l'intention de visiter cette ville.

Quelle heureuse période ce fut pour moi ! J'avais eu droit à peu d'amour depuis la fin juillet, quand j'avais aidé ma mère. Ensuite, j'avais retrouvé Laurel à Madrid. Nous fûmes ravis de nous revoir et de partager quelques nuits d'amour, mais cinq jours après mon arrivée son père débarqua et ne fut guère content de me découvrir là. Laurel devint inconsolable car son père la harcelait pour qu'elle ait un enfant. Laurel était en effet la dernière représentante de cette lignée familiale. Âgé de plus de soixante-dix ans, son père avait perdu tout le charme que j'avais remarqué chez lui douze ans plus tôt. Un soir, assez tard, je demandai pourquoi lui-même ne faisait pas un autre enfant. Laurel me répondit qu'il avait bien essayé, mais qu'après examen un médecin lui avait annoncé que son taux de spermatozoïdes était trop bas. « Et toi ? » me demanda-t-elle soudain. Je sursautai. L'idée qu'un homme dans mon état pût avoir un enfant ne m'avait jamais effleuré. Le lendemain matin, j'appelai le médecin à Chicago, et il me déclara aussitôt : « C'est hors de question », ajoutant qu'il croyait aujourd'hui que je ne devais même pas faire l'amour sans porter au moins deux

Les Jeux de la nuit

couches de latex pour me protéger. Laurel réagit mal à cette nouvelle, qui marqua la fin de notre matinée d'amour. Elle avait gentiment trouvé trois régions de France qui étaient relativement désertes, ce que les cartographes appellent « des belles endormies », des zones où je pourrais me réfugier en attendant mes crises : le Morvan dans l'ouest de la Bourgogne, le Massif central et le Pays basque. La Galice dans l'ouest de l'Espagne était aussi envisageable. Mais comme on s'en doute, j'étais trop sensible au poids de l'histoire espagnole, une histoire qui avait beaucoup marqué ma maîtresse prof d'espagnol à Northwestern, dont le grand-père avait été torturé à mort par les Phalangistes à Grenade. Mon esprit fut pour l'essentiel façonné par les sciences, surtout la zoologie et la botanique, et je ne suis pas très superstitieux, mais en Espagne je ressentis curieusement ce que les hippies appelaient « des mauvaises vibrations ». Un simple examen superficiel de la guerre civile espagnole rappelle de manière frappante les longues horreurs de notre propre guerre de Sécession. Les principales ondes de choc de l'histoire mondiale sont dues à l'étonnante capacité qu'ont les hommes à s'entretuer pour des raisons politiques ou religieuses, et le plus souvent une combinaison des deux.

Laurel et moi décidâmes de faire un bref voyage en train à Séville, puis à Grenade, avant de revenir à Madrid, mais son père était parti de bonne heure le matin prévu de notre départ et il avait épuisé sa fille à force de la tanner pour qu'elle ait un enfant. Assise sur sa valise toute prête dans son élégant appartement, elle sanglota une bonne heure et je ne pus rien faire pour l'aider. Impossible de trouver ma place dans le rapport désagréable qu'elle entretenait avec son père, et par-dessus le marché je ne pouvais pas lui offrir un bébé à cause des raisons médicales qu'on sait.

Les Jeux de la nuit

Elle me demanda donc de partir et je fis un bref périple par Grenade, Séville, puis Barcelone, en prenant des trains locaux qui roulaient lentement, une chose que j'adore. À quoi bon se presser quand l'avenir est tellement imprévisible ? Je constatai ensuite, en relisant mon journal de l'époque, que la beauté du paysage espagnol m'avait bouleversé, mais qu'en même temps j'avais sombré dans la mélancolie de cette histoire dramatique. Comme je l'ai déjà dit, j'aime me familiariser avec un pays que je visite, en lisant et en étudiant tout ce qui le concerne, y compris la littérature qui indique la nature de la vie spirituelle de ce pays. Dans le cas de l'Espagne, ce fut un désastre, car je lisais les volumes des poésies de Lorca, Machado et Hernandez, dont les os blanchis témoignent des tourments subis par les Espagnols. Deux jours dans la grandeur de Barcelone m'apportèrent un soulagement relatif, mais pas vraiment suffisant pour garantir ma survie. J'allai dans un minuscule et pouilleux club gitan, où une vieille se mit à hurler dès que de toute évidence elle perçut ma vraie nature. Je m'enfuis. Je pris un train lent qui longea la Costa Brava jusqu'à Collioure en France où je fis halte pour rendre visite à la tombe de Machado. Je longeai ensuite la côte de la Méditerranée jusqu'à l'Italie, là encore en empruntant des trains locaux qui roulaient lentement. Qu'y a-t-il de plus agréable que de lire un livre dans un train et de lever les yeux pour ne rien manquer du paysage ? Je fus aussitôt soulagé d'échapper à l'esprit de meurtre qui caractérise l'Espagne, et entre Narbonne et Montpellier une étudiante se pelotonna sur la banquette en face de moi en montrant ses fesses moulées dans sa minijupe, que j'examinai comme s'il s'agissait de l'authentique origine de l'univers. Le contrôleur remarqua mon regard, rougit, puis haussa les épaules, comme amusé par cette lubricité gratuite. Je pris bonne note de revenir un jour dans cette région, surtout dans la partie montagneuse située au nord de la côte, où je pourrais chercher mon refuge habituel.

    Je suis à présent à Modène en ce début novembre, Emelia doit arriver dans trente-cinq jours et je me sens agité malgré la belle chambre et la minuscule kitchenette, situées à proximité de la place principale, de la cathédrale et de l'immense et magnifique marché où j'achète de quoi me préparer mes repas. Hier, j'ai concocté une sauce de pâtes à partir de trois espèces différentes de champignons sauvages et ce matin j'ai acheté un poulpe de taille moyenne. Les gélules de mon médecin de Chicago sont venues à bout de mon appétit gargantuesque et je leur en suis reconnaissant, mais au moins une fois par jour je regrette brièvement le feu dévorant de mon sang qui est aussi pur que le désir sexuel. La fille du train qui près de Montpellier me montrait ses fesses sourit à ses spectateurs en se réveillant. Nous voici, nous et nos jeux sauvages.

    Ce matin dans un café, avant d'aller au marché, la sono diffusait une succession d'arias chantés par ce fils de Modène qu'est Pavarotti. Mes cheveux se dressèrent sur ma nuque et j'eus la chair de poule en entendant cette voix divine. Regardant autour de moi, je remarquai que les gens se désintéressaient de leur journal du matin. Quant à moi, je lisais un volume de poèmes d'Ungaretti lorsque les larmes brouillèrent soudain les caractères imprimés sur la page. Certaines musiques nous ramènent, semble-t-il, au cœur de notre être, et cela malgré mon inquiétude liée à la recherche d'un lieu paisible où vivre ma crise qui devait arriver dans cinq jours.

    En rentrant du marché, j'achetai un radio-cassettes à piles et plusieurs cassettes de Pavarotti en pensant que je devais

Les Jeux de la nuit

écouter cette voix avec attention. Je me dis même qu'il valait mieux étudier cette voix dans la ville où elle s'était fait entendre pour la première fois. Dans ma chambre, je l'écoutai tout en dépliant mes cartes et je me retrouvai attiré par le Morvan. À Madrid, dans l'appartement de Laurel, j'avais feuilleté distraitement un volume consacré à cette région de la Bourgogne, mais maintenant je me sentais séduit, non pas tant par ses origines celtes ou romaines que par la dimension de ses zones boisées. J'avais déjà remarqué que, quelques jours avant une crise, je me sentais irrésistiblement attiré par les forêts, par l'odeur des feuillus à la fin de l'automne. C'était le genre de sentimentalité physiologique que j'avais découverte chez Proust à l'université. Près de Cincinnati, il y avait quelques parcelles de beaux feuillus que j'étais capable de me remémorer après mes premières expériences de chasse. J'avais de toute évidence besoin d'une forêt pour supporter mon traumatisme imminent.

Je mangeai rapidement mon poulpe, puis sortis acheter une petite camionnette de livraison à un homme qui renonçait à vendre ses légumes au marché. Quand je l'eus payé en argent liquide, il m'avertit que l'immatriculation légale de son véhicule prendrait plusieurs jours. « Qu'ils aillent se faire foutre ! » m'écriai-je comme on dit dans l'Ouest. Mon dépit l'amusa et pour vingt dollars supplémentaires il laissa ses plaques minéralogiques sur sa camionnette. Il comptait se rendre à Seattle aux États-Unis pour voir sa fille qui travaillait là-bas comme chef et il se montra très insouciant. Une heure plus tard, je roulais vers le nord-ouest et la France, *via* Turin.

> 7-10 nov. Après trois jours de voyage dans cette camionnette poussive incapable de dépasser soixante-cinq kilomètres à l'heure, j'ai planté le camp à l'ouest d'Autun. J'ai un

Les Jeux de la nuit

moment été tenté de m'installer près du mont Beuvray, mais il y avait là trop de visiteurs attirés par la célébrité de ce lieu où Jules César était passé vers 60 av. J.-C. À Vézelay à l'heure du déjeuner j'ai découvert en frémissant, au-dessus de la porte principale de la basilique, les figures sculptées d'hommes à tête de chien. Alors que je déjeunais dans un bistro, un type du cru m'a étonné en m'apprenant que les Celtes vivaient ici aux alentours de 4000 av. J.-C. Quand je lui ai dit que je campais, cet original qui n'avait rien du Français cynique ordinaire m'a conseillé de me méfier des esprits de la forêt. En tant qu'amoureux des chevaux, il s'est ensuite mis à vitupérer contre les gens de la montagne qui tuent et mangent des chevaux sauvages. Plus tard dans l'après-midi, alors que mon véhicule gravissait péniblement un chemin de montagne, je me suis senti vraiment bizarre et j'ai eu du mal à surmonter cette sensation idiote. Tout avait commencé à Vézelay et à Autun. Quand j'avais vagabondé dans ces deux endroits comme un banal touriste, des chiens errants, timides et déférents, m'avaient suivi, et j'ai soupçonné que mon odeur avait changé plus radicalement qu'autrefois à l'approche de la pleine lune. Près de la cathédrale d'Autun, trois jeunes filles se sont moqué de moi en disant que j'avais quelque chose du chien, et je leur ai alors lancé un grondement feint mais impressionnant. Elles ont détalé en hurlant. Dommage qu'elles ne puissent pas camper avec moi ce soir, ai-je alors pensé, mais ma conscience m'a enjoint de « ne faire aucun mal ». Quels efforts ne fait pas la culture pour nous convaincre que nous ne sommes pas ce que nous sommes ! Je savais que les nazis avaient exécuté des villages entiers dans cette région. Comment pouvait-on tuer un enfant ? L'autre soir, sur une aire de repos proche de Grenoble, j'avais tenté de dormir recroquevillé dans ma camionnette glacée, quand la main d'un voleur était apparue par la porte arrière, que je n'avais pas fermée à clef. J'ai alors écrasé cette main dans la mienne en sentant les os du voleur se briser entre mes doigts.

Les Jeux de la nuit

Il a hurlé. Je l'ai lâché avant de lui arracher quelques doigts. Durant ce long trajet en voiture, j'ai senti très fort l'étrange fardeau de mon enfance. Je croyais avoir rejeté mes parents, mais je n'allais jamais nulle part sans mes volumes de Virgile et d'Ovide, et souvent Sapho, sans oublier le patrimoine des livres sur les oiseaux. Au cours de ce voyage, mes souvenirs les plus frappants ont été ceux d'Emelia. Elle m'occasionnait souvent une peur bleue, mais, dix-huit ans plus tard, la moindre évocation d'une image de son corps suffisait à me faire bander comme un âne. Comment la mémoire peut-elle avoir une telle influence sur le corps ? Question oiseuse, car force est de constater que c'est bien le cas. Emelia sortant du réservoir d'eau, son derrière nu pointé vers le ciel, les poils drus jaillissant de sa minuscule crevasse, les lèvres potelées de sa chatte et son petit trou du cul rose, les odeurs contradictoires du chewing-gum Dentyne et du savon Camay. Ou bien assise sur le canapé humide de ma cabane, les genoux remontés pour attirer mon regard le long de l'intérieur de ses cuisses vers la chatte rebondie moulée par le coton blanc de la culotte, et tout son visage disait : « Vas-y, rince-toi l'œil, crétin. » Quand dans un fourré entouré de chênes broussailleux et rabougris j'ai trouvé l'endroit idéal où planter le camp, par désespoir j'ai baisé une petite plaque de mousse froide, puis, à la lueur du feu j'ai ingéré la moitié d'une gélule en me disant que cette demi-dose me suffirait dans ce lieu éloigné. La poudre qui restait dans la gélule, je l'ai glissée dans un carré de papier plié semblable à celui que j'avais acheté à l'université et qui contenait un gramme de cocaïne, puis je l'ai fourré dans ma poche. Eh bien, cette demi-dose n'a pas été suffisante, loin de là : onze heures plus tard l'aube m'a trouvé dans une forêt qui s'étend en terrain plat, à une cinquantaine de kilomètres vers l'ouest, en compagnie d'un chien couché à dix mètres de moi. J'ai vomi aussitôt à la seule pensée que j'en avais peut-être mangé un morceau, mais lorsque l'animal s'est réveillé, je me suis réjoui de n'avoir pas cédé au cannibalisme. Le chien s'est approché, je l'ai caressé, puis il s'est éloigné en trottinant comme s'il avait accompli sa mission consistant à me protéger, une bien mauvaise blague quand je pense que j'aurais pu le dévorer. Je me suis pelotonné pour dormir encore un peu, puis j'ai bondi sur mes pieds en voyant à travers les arbres un chevreuil dans la brume de l'aube, à une centaine de mètres de mon fourré. J'ai réussi à me contrôler et j'ai absorbé très vite la moitié restante du médicament dans son enveloppe en papier. Je suis parti à pied vers l'est et le soleil levant, m'arrêtant de temps à autre pour mettre dans mon ample blouson les nombreux bolets que je ramassais sur le sol dense de la forêt. J'en ai bientôt eu trouvé tellement qu'il m'a fallu confectionner un sac de fortune avec ma sur-chemise. Je pensais sans arrêt à mon professeur Hamric qui, à l'université citait volontiers Heidegger dans mon seul cours de philosophie : « Vivre sa vie est une chose qui nous est étrangère à tous. » J'étais épuisé après ma longue course nocturne, la forêt m'avait fait l'effet d'un large fleuve de clair de lune. Ma fatigue s'expliquait aussi par l'effet soporifique du médicament, qui atténuait au moins la sauvagerie de mon appétit. Je me suis assis contre un arbre pour me reposer et, peu après, deux hommes et un chien se sont retrouvés debout devant moi. Si je n'avais pas pris mon médicament, ils n'auraient jamais pu s'approcher ainsi de moi. Comme le chien était à hauteur de mes yeux, je l'ai salué en premier. L'un des hommes, très massif, s'est écrié : « Bon Dieu ! » en découvrant mon gros sac rempli de bolets. L'autre, grand et mince, m'a considéré d'un air soucieux. « Vous êtes malade », a-t-il dit sans se tromper. J'ai expliqué piteusement que j'étais un habitué des marathons et que je venais de courir toute la nuit. J'ai proposé de leur donner mon sac de champignons s'ils acceptaient de me raccompagner jusqu'à mon camp. Le bibendum s'est retenu de hurler, « Oui ! » et ils m'ont pris bientôt à bord de leur grosse voiture confortable, s'arrêtant devant la boucherie d'un village, où j'ai acheté une baguette et un kilo de fromage de tête. J'ai englouti littéralement le tout en quelques minutes. Je voyais bien qu'ils étaient ravis quand nous avons roulé sur le chemin de terre aboutissant à mon camp. J'ai pris dans mes bras et embrassé leur chien Eliot qui avait dormi sur mes cuisses et avec qui j'avais partagé un peu de cette excellente viande de porc. J'étais soulagé de retrouver mon camp et j'ai sorti les champignons qui se trouvaient dans les poches de mon blouson. J'y ai découvert un gros doigt humain tout ensanglanté, que j'ai lancé au loin parmi les arbres. Ce doigt a réveillé ma déplorable mémoire et je me suis rappelé qu'au début de ma course nocturne j'avais fait halte dans une taverne de campagne pour boire plusieurs verres d'eau et autant de vin rouge. Le patron de la taverne ainsi qu'un gros paysan m'avaient hurlé de ficher le camp, ma présence les mettant de toute évidence mal à l'aise. J'avais l'esprit lent, comme si j'étais incapable de comprendre le langage des hommes. Ils s'étaient alors emparés de moi et m'avaient porté jusqu'à la porte. Le paysan me tordait le bras et me faisait mal. Alors j'avais vu rouge, je les avais envoyés valser sur le parking et m'étais retrouvé avec un doigt au creux de la paume. J'avais espéré cuisiner mes champignons à la poêle avec un filet d'huile d'olive sur mon feu de camp, mais j'ai décidé que je devais quitter cette région sur-le-champ.

Je roulai vers le sud en direction de Lyon, où la faim m'incita à m'arrêter en tout début de soirée. Je rencontrai deux prostituées massives dans un quartier ouvrier et je les invitai à dîner dans un bistro. Je délirais, à peine conscient du fait que c'était la deuxième nuit de ma crise. À Lyon, le confluent des fleuves dévorait la lune et je mangeai comme un ogre dans ce bistro, engloutissant entre autres plusieurs portions de museau de bœuf vinaigrette, puis trois assiettes de ragoût de bœuf. J'aime la texture coriace, résistante, du museau de bœuf, et je me rappelai Liz, un

Les Jeux de la nuit

chien de berger Catahoula sur un ranch dont je m'occupais dans le Wyoming, Liz qui enfonçait ses crocs dans le museau des taureaux récalcitrants, arrachait cet appendice de chair, puis le laissait tomber dans la poussière. En dehors de sensations agréables, ces putains ne me laissèrent pas beaucoup de souvenirs. À l'aube, la police me repêcha dans le Rhône où j'avais décidé de me baigner. Me croyant saoul, les flics m'ordonnèrent seulement : « Rentre chez toi. »

Je me dirigeai vers Turin en m'enfonçant à chaque heure plus profondément dans une espèce nouvelle de mélancolie, une hypothermie de l'âme. Complètement épuisé, je m'arrêtais de temps à autre dans le violent mistral qui soufflait du nord, afin de dormir un peu dans mon sac de couchage que je sortais dès que je trouvais une étendue boisée. J'étais bel et bien suicidaire à un point que je n'avais jamais connu auparavant et c'était seulement l'arrivée d'Emelia prévue dans quelques semaines qui me retenait de passer à l'acte. Je commençai bien sûr à penser à la religion. Emelia, une femme que je n'avais pas revue depuis l'âge de douze ans, était-elle ma religion ? Dans mon état dépressif, elle avait autant de sens que les milliers de Jésus sanglants que j'avais vus dans les musées et les églises d'Italie. Qui étais-je, sinon une âme malade qui ne connaissait personne aussi bien que les livres qu'elle emportait dans ses voyages ? Les livres constituaient la religion de ma mère, les oiseaux celle de mon père. Enfant, je n'avais reçu aucune éducation religieuse. La muse de mes perceptions était sans doute la nature de la nature, mais plus je l'étudiais plus elle se dérobait. Étais-je conçu pour comprendre réellement un rat ou une galaxie ? J'essayais depuis dix-huit ans de prendre ma maladie de vitesse, une obsession peut-être synonyme de volonté de vivre. Si

Les Jeux de la nuit

c'était Emelia qui me maintenait en vie sur cette terre, comment savoir si je serais toujours amoureux d'elle, ou elle de moi ? C'était là un fil ténu, et non une corde solide à laquelle s'accrocher. Mon épuisement était un vide que le paysage ne pouvait remplir. Il y avait bien toute cette parfaite beauté européenne, tant naturelle que créée par l'homme, mais seul le monde sauvage réussissait parfois à m'intéresser entre deux pleines lunes. Je ne parvenais pas à me convaincre qu'Emelia désirerait vivre avec moi. Il serait absurde de ne pas lui révéler absolument tout sur mon état présent. Je n'avais aucun Dieu inconnu à qui adresser mes prières, et les centaines de divinités de la mythologie n'étaient guère plus rassurantes qu'un serpent à sonnette ou un ours grizzly.

À Turin, je bifurquai vers le sud en direction de Savone et poursuivis le long de la côte en me disant que la Méditerranée me consolerait peut-être, ou du moins absorberait le poison de mon esprit. Et elle y parvint seulement parce que la violence du mistral accordait à la mer une puissance si implacable qu'au loin l'horizon semblait froissé. Je regrettai soudain de ne pas avoir emporté avec moi une anthologie de la poésie chinoise intitulée *Le Poney blanc*, que je possédais depuis la classe de première au lycée. Wang Wei, Li Po, Tu Fu et Su Tung-Po ne proposent aucune assurance, ce qui finit par être rassurant. On accepte enfin de vivre et de mourir parmi les ruines, mais on apprend aussi que ses éventuels malheur ou sa mélancolie relèvent simplement de l'apitoiement sur soi. Je me rappelai que, sur le mur de la petite maison en adobe de cette femme, la *curandera*, qui avait appliqué un cataplasme contre ma joue à l'endroit où un colibri m'avait percé la peau avec son bec, il y avait un masque noir de loup au museau entouré du dessin d'une femme nue. Je

Les Jeux de la nuit

l'avais montré à Nestor, qui avait alors dit en riant que cela faisait tout simplement « partie de la vie ». Quand j'atteignis Modène en fin de soirée, le troisième jour de mon voyage de retour dans ma camionnette déglinguée, je me fis du café et passai la nuit à lire des livres sur les arbres d'Europe, la Seconde Guerre mondiale en Italie, ainsi qu'un volume de poèmes que m'avait donné Laurel, par un poète français contemporain, René Char. Elle avait déclaré de manière assez approximative et ambiguë que René Char « préférait le monde extérieur, comme toi ». Je dévorai avidement ses poèmes en pensant que ce serait formidable de parler avec un homme comme lui, mais je ne connaissais presque personne sur cette terre, et ma propre histoire était à peine racontable. Je ne pouvais quand même pas dire que j'avais récemment trouvé un doigt dans ma poche. Il était tout à fait naturel qu'en lisant je tente de compenser ce fait criant que j'appartenais de manière aussi convaincante au monde animal qu'au monde des humains. L'autre matin, alors que je roupillais sur une plage froide de la Méditerranée, j'avais découvert avec amusement deux bouviers, qui sont d'ordinaire des chiens de garde, pelotonnés près de moi, peut-être certains que j'étais leur chef de meute perdu de vue depuis longtemps et prêt à les protéger dans cette vallée de larmes. Leur propriétaire, un Anglais rubicond, les appela sans succès, puis il s'approcha en soufflant avant d'exiger de connaître mon « truc », et à tous trois je répondis alors en blaguant que j'étais en partie chien.

Les semaines suivantes, en attendant Emelia, je m'occupai en effectuant toutes sortes de recherches. Je pris le train pour Bologne, puis pour Florence, afin de rendre visite à des librairies. Cette période d'attente d'Emelia me fit l'effet d'un purgatoire préalable au ciel ou à l'enfer. Je n'avais

Les Jeux de la nuit

aucune idée de ce qui allait suivre, mais je m'exhortai à ne pas penser en termes de contraires, lesquels sont invariablement modérés par la réalité. Je lui parlais seulement une fois par semaine tout au plus, car elle révisait ses cours en vue de son examen final d'infirmière. Je devinais une fois encore à sa voix combien elle pouvait se montrer difficile. Elle dit qu'à cause de son « connard » d'ancien mari elle avait appris à ne plus jamais dépendre d'un homme. Elle avait toujours parlé de son père comme d'un « trouduc autoritaire ». Je n'assistai jamais à aucun règlement de comptes entre le père et la fille, mais j'en entendis parler plus tard, un matin de décembre exceptionnel où il était tombé une quinzaine de centimètres de neige poudreuse : en soutien-gorge et petite culotte, Emelia était sortie en courant pour se rouler dans la neige. « Papa lui a tanné le cul », me confia alors Lawrence, et elle ne lui adressa pas la parole durant des semaines, jusqu'à ce qu'il lui offre, pour se faire pardonner, la bicyclette neuve qu'elle désirait. De manière très concrète, elle contrôlait sa famille. Elle m'avait déjà averti de ne pas « lui sauter dessus » dès son arrivée en Italie. Elle prenait des cours d'arts martiaux depuis des années, et je risquais de regretter la moindre de mes bévues. Si son arrivée devait être ma délivrance, et presque un événement religieux, elle aurait sans aucun doute toute l'ambiguïté de ce que j'avais appris des religions organisées.

Mon voyage jusqu'à la belle ville de Bologne fut un échec, car des hordes d'hommes d'affaires envahissaient les rues pour se rendre à leurs rendez-vous. À notre époque, on a mille fois raison de se méfier des hommes en costume-cravate. Ma chambre, trop petite, était située à côté d'un garage de réparations automobiles : pendant que je lisais une histoire de la Seconde Guerre mondiale, j'entendais un

Les Jeux de la nuit

vacarme incessant de ponceuses et de marteaux. Je renonçai et pris le train pour Florence en me reprochant ma frugalité. En effet, je n'avais jamais dépensé davantage que la moitié de mon allocation mensuelle qui arrivait au bureau de l'American Express, si bien qu'à Florence je louai une chambre dans un hôtel donnant sur la Piazza della Repubblica. Je trouvai une librairie qui proposait de nombreux titres anglais et je pus ainsi remiser mes dictionnaires de français et d'italien dont l'usage fréquent m'obligeait à lire à une allure d'escargot. J'achetai même un livre complètement idiot sur les statistiques mondiales, pour le parcourir au déjeuner et au dîner, quand les lectures sérieuses vous gâchent parfois tout un repas. Ainsi, au Sostanza, en savourant trois soirs de suite une énorme entrecôte florentine (pour deux), j'appris qu'au dix-neuvième siècle nous autres Américains avions massacré soixante-dix millions de bisons alors que le président Mao avait programmé la mort de soixante-dix millions de Chinois. Que faire de cette coïncidence numérique ? Je renonçai à m'informer sur l'histoire du monde. Les librairies n'avaient pas l'anthologie chinoise intitulée *Le Poney blanc*, mais elles la commandèrent pour moi et promirent de me l'envoyer à Modène. Je trouvai malgré tout des traductions anglaises du chinois, où comme on s'en doute la famine et la guerre figuraient en bonne place.

Emelia hantait mes nuits à un point inconcevable. Je dormais par intermittence, puis je me levais et faisais de longues promenades dans la ville endormie. Sans cesse je me retrouvais piégé dans l'abstraction de l'avenir. M'attendais-je vraiment à ce qu'elle se jette dans mes bras et vive avec moi pour toujours ? Lors de notre dernière conversation téléphonique, elle m'avait dit qu'elle venait d'accepter

Les Jeux de la nuit

un boulot dans un petit hôpital de Dillon, dans le Montana, à partir de janvier. Elle espérait rencontrer un rancher qui lui offrirait des chevaux. Aussitôt jaloux, je lui répondis que je pouvais lui faire ce cadeau et que les chevaux n'avaient pas de secret pour moi à cause de toutes les années que j'avais passées à surveiller des ranchs. Ce n'était pas tout à fait vrai, car je préférais marcher, mais reconnaître la vérité ne faisait pas partie de ma stratégie amoureuse. Elle me harcela pour savoir d'où je tenais mon argent et je lui avouai qu'autrefois à l'université j'avais fait un fructueux investissement de cinq cents dollars. « Ah merde, c'est vraiment pas juste », répondit-elle. Je lui dis alors que rien n'était juste dans l'économie du monde. Notre échange sombra ensuite dans l'incohérence, car nous nous connaissions seulement grâce à des souvenirs vieux de dix-huit ans.

Quand une chaleur hors de saison s'abattit sur la région, je pris le train pour retourner dans le nord, à Modène, un trajet vraiment court selon les critères américains. À Modène aussi, il faisait une chaleur hors de saison. Je regrettai soudain le froid du Middle West, comme si au cours de mes rythmes circadiens je mourais d'envie de retrouver la fraîcheur des grands lacs ou le froid violent de l'extrême nord du Minnesota, du Wisconsin et du Michigan où, étudiant, je chassais. Au pays, Thanksgiving était passé depuis une semaine, quand ici en Italie je tuais les mouches avec une tapette dans une chambre d'hôtel surchauffée en rêvant de mes raquettes à neige et de mes skis de fond remisés à Chicago.

Je devins bel et bien insomniaque à force d'arpenter les rues de Modène par les nuits fraîches, vêtu d'une mince chemise pour essayer d'avoir froid, et la catastrophe nous tomba dessus le 1er décembre, une semaine avant l'arrivée

Les Jeux de la nuit

prévue d'Emelia. Ma gérante me réveilla à cinq heures du matin pour m'informer qu'une femme m'appelait du Nouveau-Mexique. C'était bien sûr Emelia. Au milieu des larmes, elle m'apprit que son frère Dickey et elle étaient partis à cheval près de Mountainair, quand le cheval de Dickey avait jeté son cavalier à terre en lui écrasant une hanche, et à cet instant même il était encore au bloc opératoire où le chirurgien lui installait une tige métallique dans le fémur. Il était à l'hôpital depuis une semaine, et elle comptait s'occuper de lui avant de retourner dans le Montana à la mi-janvier, quand Dickey serait remis sur pied. Elle était à la fois abattue et furieuse, car elle désirait plus que tout venir me voir. « Y a-t-il des réservoirs d'eau là où tu es ? » plaisanta-t-elle en sanglotant. Je restai muet de stupeur, jusqu'à ce qu'elle me demande : « Tu es toujours là ? ». Le mot « Europe », elle le prononçait *Yerp*.

« Puisque tu ne peux pas venir, je vais te rejoindre là-bas, proposai-je enfin.

— D'accord. On se verra à ton arrivée », fut tout ce qu'elle dit, et sans la moindre trace de romantisme.

Quand ma famille s'installa à Alpine, ma mère répétait volontiers que les membres de celle d'Emelia étaient une adorable « racaille ». Je demandai à ma mère d'arrêter d'employer ce mot insultant et elle finit par s'entendre très bien avec la mère d'Emelia. Installées sur la véranda, les deux femmes parlaient de leurs plantes vivaces en buvant de la bière.

Prenant aussitôt mes dispositions, j'arrivai à Dallas trente-six heures plus tard, *via* Milan et Paris. Emelia avait voulu que je lui fasse visiter Paris et la tour Eiffel, le seul monument parisien qu'elle semblait connaître. À cause de ma culture livresque, je voulais me convaincre que les contraires s'attirent. Le vol de Milan à Paris me donna la

Les Jeux de la nuit

nausée, mais le très long trajet depuis Paris jusqu'à Dallas me plongea dans une sombre culpabilité. Je ne comprenais pas que ma vie pût être changée aussi radicalement sous prétexte que Dickey venait d'avoir un accident de cheval. Ce hasard me bouleversait. Et puis, le fait que les hormones de la puberté nous aient tant rapprochés, Emelia et moi, ne constituait guère une raison valable pour nous revoir dix-huit ans plus tard. J'essayais de lire un livre de Primo Levi quand je ne pensais pas à Emelia, et ces deux activités mentales me mettaient une boule dans la gorge. Je me rappelai le professeur Hamric nous disant que les idées de vertu ethnique étaient inévitablement destructrices pour les Blancs, les Noirs, les Juifs et les Indiens d'Amérique. Qui d'autre encore ? J'avais lu quelque part que, dans le cas des tortues dotées de deux têtes à cause d'un défaut génétique, chacune de ces têtes se battait invariablement contre l'autre pour manger. Comme il y avait beaucoup d'étudiants bruyants en échange universitaire parmi les passagers de mon vol, je rejoignis les toilettes et pris une minuscule pincée de ma poudre de zombie, laquelle me permit de dormir durant les sept dernières heures du voyage. Par chance, c'était samedi après-midi et je fus donc dispensé des embouteillages monstrueux dans l'agglomération urbaine de Dallas. Je bifurquai vers Amarillo, puis sur la Route 40 et peu avant minuit vers Santa Rosa au Nouveau-Mexique. Quand j'appelai Emelia, elle me dit de ne pas vraiment compter sur sa compagnie le dimanche, car son examen le plus important avait lieu lundi et, entre ses révisions et ses visites à Dickey, que je devrais moi aussi aller voir, elle n'aurait pas beaucoup de temps à me consacrer.

À Santa Rosa, je quittai mon motel avant l'aube et roulai jusqu'aux environs de Variadero, où autrefois je m'étais brièvement occupé d'une propriété jusqu'à ce que la chaleur estivale me pousse à retourner dans le Montana. Dans l'aube glaciale, je parcourus à pied une dizaine de kilomètres en suivant la route d'un ranch et en admirant ces immensités recouvertes de genévriers. Le contraste entre le nord de l'Italie et ces étendues vides était saisissant. L'Italie offrait la beauté parfaite d'un paysage dominé par l'homme. J'essayai d'imaginer ce à quoi ressemblaient ces terres herbeuses avant que le genévrier ne les envahissent, et je me rappelai qu'on pouvait toujours admirer ces vastes étendues d'herbe entre Mountainair et Vaughan.

Quand je retrouvai ma voiture, j'examinai mon corps, soudain paniqué à l'idée de tout ce dont il était capable. À midi j'atteignis Albuquerque et l'appartement d'Emelia dans un motel rénové. J'étais tellement hébété que je ne sentis pas mes phalanges frapper contre la porte et, quand elle ouvrit, je ne réussis pas tout de suite à voire Emelia dans sa totalité, mais seulement de manière morcelée. Elle était plus grande que je ne m'y attendais, mais mes attentes étaient absurdes. Elle avait à peu près ma taille, un mètre soixante-dix-sept. Ainsi que j'aurais dû le prévoir, elle avait toujours le teint olivâtre et ces cheveux noirs qui lui venaient de son père, un certain Gagnon originaire de Louisiane. J'avais du mal à faire le lien entre tous ces détails visuels, mais au cours de mes trente années de vie j'avais eu très peu de contacts durables avec d'autres gens. Je lui tendis bêtement la main au lieu d'essayer de serrer Emelia contre moi, mais je me sentais troublé par l'idée qu'elle était belle plutôt que jolie.

« On dirait que tu n'as pas eu la vie facile, fit-elle en me massant la main.

— Non, pas tout à fait, répondis-je en remarquant la légère odeur de lilas d'Emelia.

Les Jeux de la nuit

— J'ai révisé jusqu'à cinq heures du matin et maintenant il faut que j'aille voir Dickey. Demain matin, quand j'aurai enfin passé cet examen, tu pourras t'installer ici. Sois gentil, prépare-moi des œufs brouillés et du gruau de maïs pour que je puisse prendre une douche. »
Elle traversa la chambre pour rejoindre la salle d'eau et je me remis enfin à respirer quand j'entendis le bruit de la douche. Le cœur toujours battant, j'entrepris de lui préparer son petit déjeuner. Je n'avais jamais eu ce qu'on appelle une amoureuse. Je ne saurais de quel terme qualifier Laurel ou Emelia quand nous avions douze ans. J'avais fait l'amour à des dizaines de prostituées et de filles de bar dans l'Ouest, à proximité de mes divers lieux de travail sur des grandes propriétés et des ranchs, mais en fin de compte mes problèmes médicaux m'obligeaient à rester distant. J'avais même gardé mes distances avec l'idée de croyance, sauf dans les détails foisonnants du monde naturel. Mon esprit se tenait invariablement à l'écart de tout ce qui risquait de se révéler un tant soit peu sentimental. Maintenant, en préparant du gruau de maïs et des œufs, ce que je faisais depuis l'enfance, car ma mère n'aurait pu se passer de ses grasses matinées, tout ce que je désirais vraiment sur terre c'était d'avoir une petite amie. Que nous devenions assez intimes pour que je sois obligé de reconnaître tous les symptômes de ma maladie, c'était une autre affaire.
Quand elle arriva de la chambre, elle était aux trois quarts habillée, pieds nus, en jupe verte et corsage à demi ouvert. Elle me dévisagea un moment, arrosa de tabasco son petit déjeuner, puis mangea rapidement. Elle alluma une cigarette, me dévisagea encore, puis saisit mon avant-bras qui émergeait de ma chemise à manches courtes.
« J'ai eu une excellente formation et je ne suis pas idiote. J'ai besoin de savoir ce qui cloche chez toi. On ne te donne

pas trente ans, mais au moins quarante. Tu brûles intérieurement, tu te consumes. »

Je n'avais pas anticipé cette situation, seulement espéré m'y habituer lentement. En l'absence de toute alternative, je jouai mon va-tout et lui racontai l'histoire de ma vie, sauf quelques expériences violentes que je réussissais à peine à m'avouer à moi-même.

« Nom de Dieu ! s'écria-t-elle sans retenue. Sors d'ici et laisse-moi tranquille jusqu'à demain midi. J'ai un calibre .38, mais j'espère que j'aurai pas besoin de m'en servir. J'ai jamais eu peur de rien.

— Je m'en souviens », dis-je d'une voix mal assurée.

À la porte, elle m'embrassa sur les lèvres et ma tremblote l'amusa.

Je m'effondrai dans la voiture et fondis en larmes, une réaction qui me parut étrange, car je ne me rappelais pas avoir jamais pleuré. Sans doute me surveillait-elle de son appartement, car j'entendis soudain tapoter à la fenêtre de la voiture. Quand j'ouvris la portière, Emelia me serra fort contre sa poitrine et me dit : « Peut-être que je peux m'occuper de toi. »

Je roulai vers le sud, car je devais trouver un endroit pour ma crise imminente qui aurait lieu deux jours plus tard. Je tournai à droite à Socorro et roulai longtemps vers l'ouest, jusqu'à une région nommée les Plaines de San Agustin, une fois encore un bout de carte baptisé « belle endormie » par les cartographes, et relativement dépourvu des souillures permanentes dont nous avons défiguré la terre. Je décidai de passer la nuit sur place et, par conséquent, je dus rouler plus loin jusqu'à la lisière de la Gila Wilderness Area pour trouver du bois à brûler, car je devinais qu'il allait faire très froid, le genre de température qui m'avait cruellement manqué en Italie, et je doutais que

Les Jeux de la nuit

mon sac de couchage me suffit. J'avais acheté deux burritos à Socorro, que je comptais réchauffer près de mon feu. Ce que je désirais surtout, c'était l'immensité des étoiles, car dans nos régions peuplées comme en Europe la lumière ambiante des villes tend à nous les rendre invisibles.

Je plantai le camp à l'entrée d'un canyon, n'osant pas m'aventurer plus loin sur le chemin de terre avec ma voiture de location. Je fis un gros tas de bois, surtout du genévrier, et allumai trois feux pour dormir au centre de ce triangle, un rituel très efficace. Comme il me restait environ une heure de jour, je gravis la pente la plus abrupte que je pus trouver pour m'épuiser.

Ce fut une nuit splendide. Allongé dans l'air froid au milieu de mon triangle de flammes, les étoiles me semblèrent presque trop proches. Ces étoiles m'aidèrent à ralentir le cours de mes pensées avant que la lune ne se lève pour m'infliger son inévitable pouvoir excitant. La récente étreinte d'Emelia m'avait plongé dans un ravissement tel que je ne me rappelais pas avoir éprouvé un bonheur comparable. Ma réaction émotionnelle à ces étoiles dont la densité était presque crémeuse approchait ce que d'autres ressentaient sans doute envers leur religion. Allongé là, je me souvins avec intérêt que ma mère, férue de classicisme, m'avait initié aux dieux plutôt qu'à une divinité plus théiste, et que les dieux fantasques de l'Antiquité proposaient peut-être une meilleure explication de notre présence sur cette planète. La rotation de la terre métamorphosa le ciel en un fleuve sans fin, et même quand la lune se leva, plutôt que d'en être troublé, je me vis seulement comme un enfant de la gravité. Je pensais sans cesse à un poème que ma professeur d'espagnol m'avait plusieurs fois cité alors qu'assis sur un banc de parc par une soirée de mai

Les Jeux de la nuit

nous regardions la suave étendue du lac Michigan. Ce poème avait été écrit par un Portugais nommé Pessoa :

> Les dieux, par leur exemple,
> Aident seulement ceux
> Qui cherchent à aller nulle part
> Sinon dans le fleuve des choses.

Avant de m'endormir enfin, longtemps après minuit, et tout en écoutant les coyotes se pourchasser, je pensai qu'Emelia m'accepterait peut-être malgré tout ce que je lui avais confié, car nous avions été amants très tôt dans la vie. Les étreintes de nos deux corps nus dans le réservoir d'eau, nos langues et nos membres mêlés, voilà un baptême qu'aucun morne langage ne pouvait effacer. Le désir adolescent de deux corps l'un pour l'autre faisait à jamais partie de mon esprit et de ma chair. J'y voyais la loi impérieuse de ce qui était censé *être*.

Exceptionnellement, je dormis après l'aube comme si je faisais partie intégrante du sol. Le temps avait changé et une légère brise tiède soufflait du sud. Je préparai du café dans la petite casserole rangée à l'intérieur de mon sac à dos, avec le restant d'un paquet de café acheté à Modène ; quand je le bus, l'odeur et le goût de ce breuvage suscitèrent en moi l'impression vertigineuse de n'avoir jamais quitté le modeste café donnant sur la rue où je prenais mon petit déjeuner. Curieux de découvrir un canyon situé très loin à l'ouest, je m'y rendis d'un pas rapide, m'arrêtant pour regarder un vol de colombes innombrables qui décrivaient des cercles au-dessus d'un réservoir d'eau. Cette marche forcée excita ma faim. Quand j'avais commencé de chasser avec mon ami Cedric au sud de Cincinnati, nous abattions une dizaine de colombes, faisions un feu, avant de les plumer et de les griller dans le panier métallique

Les Jeux de la nuit

qu'il détachait de son vélo. Mais je n'avais rien à manger et la faim me ramena vers ma voiture. Quelque chose me tracassait et je me rappelai soudain un bref cauchemar que j'avais fait, où le nuage des colibris voletaient sous la pluie autour de la plaie à vif de ma gorge. Je fis halte à Socorro, où je dévorai deux bols de *menudo*, un ragoût de tripes mexicain, puis je repartis vers le nord en direction d'Albuquerque et d'Emelia, m'arrêtant en chemin pour acheter un peu de bon vin, car sur le comptoir de sa cuisine j'avais vu une bouteille vide de gros rouge, à côté d'une bouteille de bonne tequila Herradura.

Lorsque je me garai devant son appartement, elle venait de rentrer chez elle après son dernier examen. Épuisée, elle avait le blanc des yeux tout rose et les nerfs à vif. Je lui servis un petit verre de tequila en la regardant se déshabiller à l'autre bout de la chambre, pour ne garder que sa culotte. Je mis un gant de toilette sous l'eau chaude, puis l'essorai. Elle but sa tequila cul sec, puis je m'agenouillai et lui posai le gant chaud sur les yeux. Le cœur dans la bouche, je lui embrassai un sein.

« Je suis trop vannée pour baiser, mais je veux bien quand même », dit-elle avec un sourire las.

Ensuite, elle me demanda d'aller voir Dickey, et puis de lui acheter un bon steak, après quoi elle sombra dans les bras de Morphée en ronflant doucement. Sur un bureau encombré de manuels de médecine et de produits cosmétiques, il y avait une photo d'elle, Dickey, Lawrence et moi déguisés pour Halloween tant d'années plus tôt. Elle portait un turban et moi un costume de Superman, trop grand et mal fichu, acheté trois fois rien à une vente de garage.

Chez le boucher, je me dis qu'il était vraiment étrange de faire l'amour à un être qu'on aimait. Je rendis visite à Dickey qui, à demi suspendu dans sa gangue de plâtre, fut

Les Jeux de la nuit

content de me voir. « Dommage que Lawrence ne soit pas ici », regretta-t-il, après quoi nous restâmes quelques minutes silencieux, les yeux tournés vers les monts Jemez qui se dressaient très loin au nord.

Je me demandai si Emelia l'avait informé de mes problèmes de santé, mais il n'y fit aucune allusion.

« Je suis heureux que tu sois ici pour Emelia. Il y a quatre ans, elle était dans une merde noire. Je crois qu'elle prenait même de l'héroïne comme son mari. J'ai dit à ce connard que, si jamais il se repointait au Nouveau-Mexique, je lui tranchais la gorge. »

Après une bonne heure de remémorations partagées, je lui annonçai que je comptais acheter un pick-up dès le lendemain matin et conduire Emelia chez lui à Sandia Park. Elle s'occuperait de lui pendant que j'irais à Dillon pour nous trouver un endroit où vivre. Je n'avais pas eu l'intention de dire « nous trouver » un endroit où vivre.

Quand je retournai à l'appartement, elle était presque complètement remise. Ne possédant aucun gril pour cuire le steak, elle m'assura néanmoins qu'elle se débrouillerait très bien avec une poêle en fer. J'avais oublié de retirer l'étiquette du prix sur la bouteille de vin.

« Je ne vais pas te dire que tu as eu une chance incroyable », me lança-t-elle en riant.

Nous passâmes la meilleure soirée de ma vie, et le lendemain matin nous achetâmes un pick-up. Je lui annonçai que je devais maintenant quitter la ville pour deux jours. Elle voulut m'accompagner afin de s'occuper de moi, mais je lui répondis que plus tard nous pourrions peut-être le faire, dès que nous aurions trouvé un environnement « sûr ». Elle me demanda alors d'une voix tremblante : « Tu es certain de revenir ? » Il y a dans le monde tant d'enfants abandonnés.

Les Jeux de la nuit

Je rejoignis les Plaines de San Agustin, où deux nuits de suite j'épuisai mon corps, tout en ayant le minimum de bon sens de décrire un vaste cercle, car j'avais enfin une destination. Je pris un peu plus que ma dose habituelle de médicament, dans l'espoir de ne courir aucun risque majeur. À mon retour, j'emmenai Emelia à la maison de Dickey, puis je partis vers le nord et le Montana afin de nous trouver un endroit où vivre.

Pendant presque une semaine entière, je parcourus des cercles de plus en plus grands autour de Dillon, sans cesser d'appeler Emelia à partir de téléphones publics, et elle me répétait à chaque fois que nous aurions besoin de beaucoup d'espace pour un cheval. L'idée de m'accompagner lors de mes crises mensuelles lui plaisait. Je finis par trouver un endroit à quelques kilomètres au sud de Melrose, soit à une cinquantaine de kilomètres au nord de Dillon. C'était un vieux mais spacieux chalet de pêcheur à la truite, sur un terrain de dix arpents incluant une portion de la Big Hole River, avec une cabane que je pourrais transformer en écurie. J'aurais préféré une propriété un peu plus isolée, mais le territoire environnant redéfinissait le concept moderne de l'isolement. Au bar-restaurant local, il y avait déjà un poteau de véranda où attacher son cheval. Je me rendis au magasin de pêche à la mouche où j'achetai des cuissardes, puis je traversai la rivière depuis le chalet afin de jeter un coup d'œil à une pâture triangulaire entourée de falaises plutôt escarpées, dont l'une copieusement maculée de fiente d'oiseau : tout en haut, on distinguait un nid d'aigles dorés. Au bout de cette pâture plate poussaient des massifs de sauge hauts de trois mètres, en une luxuriance que je n'avais jamais vue nulle part ailleurs, malgré toutes mes années passées à travailler dans la campagne à ranch de l'Ouest américain. Il suffisait de soulever

Les Jeux de la nuit

un peu le couvercle du monde naturel dont nous faisions intégralement partie pour découvrir autant d'obscurité que de lumière. Et afin de l'examiner avec un minimum de sérieux, il fallait tenter de le considérer à travers les perceptions de plus d'un million d'autres espèces.

Épilogue

Je rentrai à Albuquerque et, après avoir passé Noël avec Dickey, nous partîmes dans le Nord pas vraiment comme des jeunes mariés. Je faisais la cuisine en sachant que cette tâche m'incomberait longtemps, car le peu de concentration d'Emelia lui interdisait cette activité (« Mettons les côtes d'agneau au four et allons faire un tour »). Lors du dîner de Noël arrosé de beaucoup de vin, nous nous disputâmes pour savoir quels parents étaient les pires, mais la nature miséricordieuse des fêtes de fin d'année nous permit de retrouver bientôt notre bonne humeur. La mère d'Emelia était rentrée chez elle, elle avait vécu un deuxième mariage peu concluant, et elle entamait son troisième avec un voisin travaillant dans le business des alligators, quoi que cela veuille dire.

Emelia aimait bien son boulot à Dillon et, plus important encore, la propriété que j'avais achetée près de Melrose lui plaisait. Durant un mois de janvier particulièrement froid, je convertis la cabane en écurie et réparai avec grand soin dix arpents de clôtures. Nous finîmes par acheter deux chevaux pour un prix raisonnable, car Emelia répétait qu'« un cheval tout seul s'ennuie ».

Notre vie commune n'était pas vraiment idyllique, mais par définition les idylles sont de courte durée. En avril, à une quinzaine de kilomètres à l'ouest des monts Pioneer, je fis une crise vraiment grave et fus arrêté pour possession illégale de chevreuil. La plainte fut néanmoins retirée quand le garde-chasse avoua qu'il ne comprenait pas comment cette bête avait été tuée. Après cette mésaventure, Emelia me déposa dans la vallée d'altitude de Centennial, au milieu de quatre cent mille arpents à peu près déserts. Je devais être très bien équipé, car en hiver la température descendait jusqu'à moins quarante.

La mauvaise nouvelle tomba en juin, alors que nous passions une petite semaine à Chicago. Je restai près de trois jours en compagnie du médecin, pendant qu'Emelia prenait l'ascenseur dans presque tous les gratte-ciel où elle put entrer, ainsi que dans divers musées. Elle eut très peur de s'envoler de Bozeman, car de sa vie elle n'avait jamais pris l'avion. Elle adorait se faire servir le petit déjeuner dans notre chambre d'hôtel qui donnait sur le lac Michigan. Les habitants du Sud-Ouest n'arrivent pas à concevoir l'existence de lacs aussi vastes, et elle n'arrêtait pas de dire : « Mais regarde-moi un peu toute cette eau ! »

La mauvaise nouvelle arriva par la bouche du médecin qui m'annonça que je manifestais les symptômes d'une forme de progéria canine, un vieillissement prématuré des cellules, maladie qui aboutirait à d'inévitables défaillances rénales et articulaires. J'avais trente et un ans et il doutait que j'atteigne la quarantaine. Je m'abstins d'annoncer cette nouvelle à Emelia, car je ne voulais pas lui gâcher son plaisir d'être à Chicago. J'appris au médecin que j'avais trouvé un endroit où supporter mes crises sans prendre ces médicaments abrutissants dont je passais une semaine à me remettre. Il en fut heureux pour moi. Je dois reconnaître que ma condamnation à mort décupla le plaisir que je pris durant le temps qui m'était imparti. Voici donc la

Les Jeux de la nuit

fin de l'aventure, pensai-je bêtement. Emelia remarqua qu'après Chicago j'étais de meilleure humeur.

  Emelia dormit pendant presque tout le long vol de retour dans le Montana, la tête posée contre mon épaule, réussissant dans son sommeil à faire exploser la bulle de son chewing-gum. Comme je trouvai alors étrange de revoir la jeune fille chez la femme ! Il est si difficile d'emballer certaines sensations avec des mots. Tous, nous redoutons bien sûr les souffrances futures et au beau milieu de ces souffrances nous nous demandons très naturellement : combien de temps cela va-t-il encore durer ? Quand nous goûtons à quelque soulagement, les aspects les plus banals de l'existence semblent parfois d'une beauté incroyable. Là, dans l'avion qui survolait l'improbable Mississippi et toute cette verdure que nous ne contemplons jamais dans l'Ouest, je me rappelai une matinée pénible, six ou sept ans plus tôt, près de Choteau dans le nord du Montana, au sud de la réserve Blackfeet. Un voisin m'avait appelé à l'aide à cause d'un ours. Son petit ranch s'adossait à la Sun River qui sortait de la réserve de Bob Marshall. Je me rendis chez lui en pick-up, m'arrêtant dans la cour pour saluer son épouse, une métisse Blackfoot, et admirer sa magnifique rangée de pivoines. Le problème causé par cet ours, c'était que mon voisin l'avait abattu alors que l'animal tuait un veau. Le paysan avait conduit sa pelleteuse derrière la cabane, jusqu'à l'ourse morte, car il s'agissait d'une vieille femelle grizzly, et il m'apprit que son ourson de deux ans avait détalé vers les montagnes. Je baissai les yeux vers la forme massive qui gisait à terre, puis, une trentaine de mètres plus loin, regardai le veau mort auquel manquait un gros paquet de muscles derrière le cou et dont on voyait les vertèbres cervicales. « Pauvre fille », se lamenta mon voisin avant

Les Jeux de la nuit

d'aller chercher une clef anglaise dans la cabane pour resserrer les boulons de sa pelleteuse. Il comptait enterrer l'animal afin d'éviter tout différend avec les fonctionnaires du bureau de la chasse. Je profitai de son absence pour me baisser et examiner les dents de l'ourse, découvrant ainsi qu'elle était vraiment âgée et que l'ourson qui venait de s'enfuir était sans doute son dernier. À deux ans, ce petit ne survivrait certainement pas, mais peut-être que si. Cédant à une impulsion subite, je m'allongeai à côté de l'ourse et plongeai mon regard dans ses yeux morts situés à moins de trente centimètres de mon visage. Puis je posai la main sur sa tête massive comme si nous étions amants. J'eus alors cette pensée troublante : « Ce n'est pas toi ni moi, mais nous », en incluant le veau mort qui gisait à l'écart, et le ciel bleu vif au-dessus de nous. Malgré sa tête aussi grosse qu'un panier à linge et ses griffes aussi longues que mes doigts, il me sembla durant un long moment que nous étions cousins.

Table

La Fille du fermier 7
Chien Brun, le retour 117
Les Jeux de la nuit 227

Mise en page par Meta-systems
Roubaix (59100)

CET OUVRAGE
A ÉTÉ ACHEVÉ D'IMPRIMER
SUR ROTO-PAGE
PAR L'IMPRIMERIE FLOCH
À MAYENNE EN MAI 2010

N° d'édition : L.01ELHN000191.N001. N° d'impression : 76725
Dépôt légal : septembre 2010
(Imprimé en France)